Scripto

W0397291

Emma Chastain

Confessions d'une catastrophe ambulante

Le journal de Chloe Snow

Traduit de l'anglais
par Nathalie Peronny

Gallimard

Pour mes parents,
Patricia Anne et David Chastain

Titre original :
Confessions of a High School Disaster : Chloe Snow's Diary

Édition originale publiée aux États-Unis par Simon Pulse,
une marque de Simon & Schuster Children's Publishing Division,
1230, avenue of the Americas, New York, New York 10020.

Lundi 10 août

Maman est partie. Pas pour toujours, bien sûr. Juste pour quatre mois. C'est ce qu'elle m'a dit.

Elle est arrivée toute tremblante, les yeux gonflés, et elle a pressé son front contre le mien. Son haleine sentait le pad thaï. Elle m'a dit :

– Tu sais à quel point je t'aime, hein ?

On a pleuré toutes les deux. Elle m'a tout expliqué : elle part au Mexique travailler sur son roman. Elle a conscience que c'est un peu soudain comme annonce, mais elle sait aussi que je suis assez mature pour gérer les petites surprises de la vie. On restera en contact tout le temps. On pourra communiquer par Skype, par *chat* ou par téléphone chaque fois qu'on voudra. Peut-être même que je pourrai lui rendre visite là-bas.

Elle m'a offert son petit lapin blanc et bleu en porcelaine (celui que j'adore depuis toujours) ainsi qu'un journal intime flambant neuf en déclarant :

– S'il y a une chose dont je tiens à ce que tu te rappelles, c'est de l'importance de se créer des souvenirs.

Je n'ai pas très envie de me souvenir de ça, pour être honnête. En plus, je tiens déjà mon journal intime sur cette appli, mais bon, je ne voulais pas lui faire de peine.

Mardi 11 août

Papa m'a préparé le petit déj avant d'aller au travail : pancakes à la banane, bacon et smoothie à la fraise. Il s'est assis pour me regarder manger. Snickers aussi. Je ne lui donne jamais rien à manger quand je suis à table, mais il ne perd jamais espoir.

– C'est hyper-bon, j'ai commenté.

– Tu n'es pas obligée de finir, m'a répondu papa (mais j'ai tenu à le faire quand même parce qu'il avait l'air tout triste).

– T'inquiète pas. C'est pour pas longtemps.

Il a dévissé le mixeur de son socle. Il ne me regardait pas.

– Elle doit écrire son roman, j'ai ajouté. C'est impossible pour elle de se concentrer ici. Elle a besoin d'espace.

Il a éclaté de rire, mais pas d'un vrai rire, et il m'a répondu :

– Tu as raison.

Mercredi 12 août

Les trucs que j'adore chez mon père :

1 : son jean de papa

2 : ses yeux plissés

3 : quand il m'envoie des vidéos de chats

4 : le fait qu'il ne s'énerve jamais

5 : il porte encore l'immonde cravate marron que

je lui ai offerte pour la fête des Pères quand j'avais huit ans

6 : il connaît les paroles de toutes les chansons des années 80

7 : son odeur de papa (cacahuètes et citron vert)

Jeudi 13 août

J'essaie d'oublier que j'entre au lycée dans quelques semaines, mais parfois ce détail me revient d'un coup en pleine figure et je me mets à transpirer d'angoisse.

En même temps, ça ne peut pas être pire que le collège. Ma théorie, c'est qu'ils réunissent les pires classes dans un même bâtiment pour éviter qu'elles contaminent le reste. En gros, j'ai passé toutes mes années collège à textoter, me recoiffer, entretenir mon autel à la gloire de Benedict Cumberbatch et me demander comment augmenter ma popularité. Rien que d'y repenser, j'en frémis de honte.

Je veux être différente, au lycée. Devenir quelqu'un d'autre.

Et je veux sortir avec un garçon, aussi. C'est trop humiliant d'être encore vierge de pelles à mon grand âge. Tous les gens à peu près normaux dans ma promo ont connu leur premier baiser, genre, à dix ans. Même sur la joue, je n'ai même jamais été embrassée par un garçon (je ne compte bien sûr pas mon père ni mon oncle Julian). Et plus je resterai dans cette situation, plus je me sentirai monstrueuse. Si je termine le lycée sans avoir roulé de pelles à un mec, je serai trop embarrassée pour le faire à la fac et alors je mourrai sans avoir jamais connu la moindre expérience vaguement sexuelle. Il faut que ça change, et vite. Je fais le serment suivant : j'embrasserai un mec avant le jour de l'An. Ou bien le jour du jour de l'An. OK, disons que je fais le serment suivant : j'embrasserai un mec avant la Saint-Valentin. Je le jure solennellement.

Vendredi 14 août

Avant de partir au travail, papa m'a dit :

– Ne reste pas scotchée sur Internet toute la journée, OK ?

Alors j'ai invité Hannah, et on est allées à la piscine. Elle met de l'écran total indice un milliard pour se protéger parce qu'elle est tellement pâle qu'elle a l'air bleu clair. Elle n'arrêtait pas de jacasser et de dire à quel point elle avait la trouille d'entrer au lycée. Pour la faire taire, j'ai fini par lui annoncer que ma mère partait au Mexique.

Elle a lâché :

– Haaan !

– Oh, ça va, c'est pas la fin du monde, j'ai répondu, un peu agacée.

– Ne fais pas semblant d'être blasée.

J'ai mis mes lunettes de soleil.

– Il y a un problème entre tes parents ? a-t-elle insisté.

– Pas du tout. Elle bosse sur son roman. C'est tout.

– Chloe, je suis vraiment désolée…

– T'es débile ou quoi ? Elle écrit un roman, c'est pas comme si elle allait mourir.

Je sais que c'est mal de traiter les gens de débiles et que je ne devrais pas me montrer si méchante envers Hannah, mais elle a vraiment le don de me rendre dingue, parfois. Plus elle en fait des tonnes dans le genre émotif, plus je me transforme en glaçon.

Samedi 15 août

J'ai ressorti de mon placard mes cartons de fringues d'automne et d'hiver. Le verdict est sans appel : je déteste TOUT. Le message qui s'en dégage, c'est : « J'ai zéro personnalité alors je vais porter les trucs les plus passe-partout pour bien me fondre dans la masse. » J'adore les baskets à fleurs que m'avait offertes Hannah. Le reste, je le mettrais au feu si je pouvais.

J'ai besoin d'un relooking total. Non, pas un relooking – ça sonne trop comme le vocabulaire de ces magazines stupides. J'ai besoin de m'habiller comme la fille que je suis vraiment. C'est-à-dire, heu… Hipster. Hippie. Grunge. Emo. BCBG. En fait, non. Rien de tout ça.

Dimanche 16 août

La première chose que je fais le matin, dans mon lit, avant même d'être complètement réveillée, c'est de vérifier mon téléphone. J'en ai même pas vraiment envie, mais c'est plus fort que moi : j'ai *besoin* de me tenir au courant de ce qui s'est passé pendant mon sommeil, histoire de ne pas me sentir larguée. J'ai essayé de faire une cure de désintox, une fois : j'ai tenu trois heures. Je ne comprends pas pourquoi on se sent si bien quand on clique, sur le moment, et pourquoi ça paraît si écœurant quand on a fini.

Lundi 17 août

Je viens de parler à maman !!!!! Pas très longtemps, parce que son téléphone était mourant. Elle s'est installée dans une petite ville avec des pavés ronds dans les rues, une arène de tauromachie, et elle loue un studio qui donne sur une cour intérieure.

– Tu me manques terriblement, a-t-elle dit.

– Moi aussi !

– J'ai tellement hâte de te montrer où j'habite, ma puce. Mes voisins du dessous sont de jeunes Argentins qui jouent des percussions sous ma fenêtre jour et nuit. Ce matin, j'ai trouvé un chat errant sur mon paillasson. Une femelle rousse avec une patte blanche. J'ai bien de la chance, tu ne trouves pas ?

Je lui ai demandé si elle voulait parler à papa, mais elle m'a expliqué qu'elle devait filer acheter de la nourriture pour chat avant la fermeture du magasin et qu'elle me rappellerait plus tard.

Au dîner, j'ai raconté notre conversation à papa. Il a hoché la tête en souriant. On aurait dit qu'il avait la migraine. Mais quand je lui ai demandé s'il voulait une aspirine, il m'a répondu que ça allait très bien et qu'il était juste fatigué.

Mardi 18 août

Les trucs que j'adore chez ma mère :

1 : son côté artiste

2 : elle faisait déjà du yoga avant que ça devienne branché

3 : c'est un écrivain génial

4 : elle me laisse sécher le bahut pour faire des trucs avec elle

5 : elle m'autorise à lire et à mater tout ce que je veux à la télé parce qu'on ne peut pas couper les enfants du monde et qu'au contraire, il faut le leur montrer tel qu'il est

6 : elle est trop belle
7 : elle me couvre toujours de compliments

Mercredi 19 août

Mme Egan, la mère de Hannah nous a emmenées au centre commercial. Elle portait un gilet rose à manches courtes et des sandales compensées en liège à brides roses aussi. Pendant le trajet, on a parlé du grand frère de Hannah, Brian, qui vient de partir faire ses études à Dartmouth, la meilleure fac du monde d'après sa mère.

– Crois-moi, Chloe, le secret de la réussite, c'est de dîner en famille. Il est scientifiquement prouvé que partager le repas du soir tous ensemble autour d'une table permet d'obtenir de meilleures notes à l'examen d'entrée à l'université. Le savais-tu ?

– Maman…, a protesté Hannah tout bas.

– Oh, ma chérie, a poursuivi Mme Egan en me regardant dans le rétroviseur, Hannah m'a dit, à propos de ta mère…

J'ai jeté un coup d'œil assassin à ma chère amie.

– Elle sera de retour en décembre, ai-je rétorqué.

– Naturellement !

Une fois au centre commercial, j'ai refusé d'adresser la parole à Hannah jusqu'à ce qu'elle m'achète un bretzel géant et un Coca Light. Et même après ça, j'ai continué à lui faire la tête. Je l'ai accompagnée dans tous les magasins, mais j'ai fait la grève des essayages. Je me suis affalée sur les fauteuils installés devant les cabines, ceux pour les mecs qui accompagnent leurs copines, et j'ai fait semblant de m'endormir.

Même quand maman était à la maison, on ne dînait jamais tous ensemble. En général, papa nous préparait un bon petit plat, juste pour nous deux, et on mangeait pendant que maman travaillait à l'étage. Après quoi, elle descendait à la cuisine grignoter quelques carottes avec du houmous, debout devant le plan de travail. Normal, c'est une artiste, elle ne peut pas avoir d'horaires réguliers.

N'empêche, je compte bien atomiser le score de Brian à l'examen d'entrée à la fac. Il est du genre à dire « merci infiniment » ou lieu de « merci beaucoup », comme tout le monde, sous prétexte que ça sonne plus chic.

Jeudi 20 août

La piscine, c'est ce qu'il y a de mieux au monde. Liste des accessoires à ne pas oublier :

* des lunettes de soleil

* une serviette de plage ornée d'un taxi new-yorkais (pour mieux échafauder tes plans d'évasion hors de la banlieue)

* une trousse avec les clés de chez toi et de la monnaie pour la buvette

* un bon bouquin

Le but est de rester étendue au soleil pendant des heures et d'aller faire quelques brasses quand il fait trop chaud. Ne culpabilise pas à l'idée que tu es paresseuse. Pas du tout, tu lis *et* tu travailles ton bronzage. Je sais que ça donne des rides plus tard, mais imagine que tu meures dans un attentat à vingt ans ? Tu regretteras d'avoir perdu ton temps à t'inquiéter des effets du soleil alors que tu aurais pu profiter de la vie en étant belle et bronzée.

Vendredi 21 août

Hannah est venue chez moi en pleurant à cause de notre soi-disant dispute. J'avais envie de lui dire : « Écoute, j'ai d'autres chats à fouetter », mais je me suis retenue. Primo, parce que ça aurait été méchant de ma part. Et deuzio, parce que ce serait un mensonge.

– T'inquiète pas pour ça, ai-je dit. Désolée de ne pas avoir essayé de pantalons avec toi.

Elle a failli s'évanouir de soulagement. Il pleuvait dehors, alors on a mangé des beignets à la cannelle et je lui ai parlé de mon serment du baiser. Elle ne peut pas comprendre mes souffrances, elle a embrassé Matt Welch l'été dernier à l'anniversaire de Kayla Price, ce qui fait d'elle une adolescente humaine normale et non une ratée jamais embrassée comme moi. Chaque fois que je lui demande de me décrire comment c'était, elle se contente de me dire que c'était « trop humide », « un peu bizarre » et « pas vraiment ce à quoi je m'attendais ». C'est hyper-frustrant, je meurs d'envie de connaître tous les détails techniques concernant le placement nasal, la texture de la langue et les expressions faciales post-baiser.

– N'y pense pas trop, m'a-t-elle sorti en découpant un morceau de son pain pita. Ça arrivera quand ça arrivera.

– Non, j'ai besoin d'un plan d'action, Hannah. Je dois prendre mon destin en main. Aide-moi à rédiger ma liste de cibles potentielles.

Après des heures de recherches sur Internet, on a établi une liste officielle de trois mecs célibataires, raisonnablement mignons mais pas inaccessibles non plus, suffisamment populaires mais pas trop, pas trop drogués, pas trop odieux, pas trop moqueurs et surtout pas trop infidèles :

1/ Zach Chen. Élève de seconde. Cheveux attachés en chignon (je trouve ça sexy, perso), chanteur dans un groupe *a cappella* (hum ringard) et guitariste dans un groupe de rock appelé Deposed Monarchs (re-sexy).

2/ Luke Powers. Élève de première. Gardien de but dans l'équipe de hockey. Arbore une magnifique nuque longue comme les joueurs de hockey des années 70. Taille : un mètre quatre-vingt-trois minimum, musculature bien dessinée. Hannah pense que je boxe hors de ma catégorie en m'attaquant à lui, mais son style capillaire ne fait pas forcément l'unanimité et ses tweets prouvent qu'il est archifan des Colons de Catane, ce qui n'est pas non plus la tasse de thé de tout le monde.

3/ Griffin Gonzales. Élève de troisième, comme moi. Possède le nom le plus cool de toute la promo, et de loin. Lecteur boulimique, comme moi. Lève les yeux au ciel et soupire en cours d'anglais quand les incultes prennent la parole. Donne franchement l'impression de compter les jours jusqu'à son entrée en thèse. Il m'effraie, je le trouve snob, mais je voudrais désespérément qu'il m'apprécie.

Ces trois garçons sont loin de s'imaginer que l'un d'eux me roulera des pelles avant la fin de l'année.

Samedi 22 août

Je me suis rendue seule à la piscine. J'aime bien faire des trucs sans personne. C'est plus facile d'observer le monde quand on n'est pas obligé de faire la conversation.

Sur le chemin de la buvette pour m'acheter une

glace à l'eau, j'ai dû passer devant un groupe de mecs plus âgés. Ils se sont tus quand je suis arrivée, mais je ne les regardais pas, alors j'ignore si c'était une pause naturelle dans leur discussion ou si l'un d'eux était genre en train de faire un geste obscène dans ma direction pendant que ses potes s'étouffaient de rire.

Une fois ma glace achetée, je me suis retournée pour regagner ma place et j'ai vu que l'un des garçons faisait la queue derrière deux gamins grelottants de froid dans leurs serviettes de bain rayées. Quand nos regards se sont croisés, ça m'a fait le même effet qu'une clé qui tourne dans une serrure.

– Et moi, tu m'as rien pris ? m'a-t-il demandé.

– Hein ? Heu, non, je… désolée, j'avais pas…

– Pas de panique. Je plaisante. Attends-moi, on pourra manger ensemble.

Je l'ai bien observé pendant qu'il commandait sa glace Bob l'Éponge. Je ne pense pas que Hannah le trouverait mignon. Il a un visage mou comme de la pâte à pain avec deux raisins secs à la place des yeux et des tonnes de boutons sur le menton. Ses cheveux, qui lui arrivent aux épaules, ressemblent à des dreadlocks. Il fait trois têtes de plus que moi, comme s'il était assis sur un minitracteur, et il est *très* musclé des bras et des jambes. Mais pas musclé genre salle de sport. Plutôt musclé à force de soulever des bottes de foin avec une fourche – même si les bottes de foin se font plutôt rares par ici.

J'ai attendu qu'il paye, et puis on est allés s'asseoir sur un banc. Bizarre de penser qu'il y a quelques minutes à peine, je n'avais jamais vu cette personne de ma vie et qu'on était maintenant assis côte à côte, comme si c'était la chose la plus normale au monde. Et ça l'était peut-être, au fond. Comment le saurais-je ? Je ne rencontre jamais de nouveaux garçons. Je connais tous les élèves de ma classe depuis la maternelle.

– Tu es au lycée ? m'a-t-il demandé.

– J'y entre en septembre.

Je devais avoir l'air pétrifié de terreur, parce qu'il m'a aussitôt répondu :

– T'as aucune raison de t'inquiéter, tu sais.

– Sur une échelle de un à dix, c'est horrible comment ?

– Deux. (Détail hyper-viril : il croquait sa glace au lieu de la lécher.)

– Tu dois être vachement populaire pour donner une si petite note, ai-je fait remarquer.

– *Pff*, a-t-il soupiré en agitant Bob l'Éponge. C'est de la connerie, tout ça.

– Alors là c'est sûr, tu es populaire !

– Pas toi ?

L'espace d'un instant, j'ai envisagé de mentir… avant de réaliser qu'il découvrirait la vérité dès le jour de la rentrée. À condition qu'il remarque ma présence, bien sûr.

– Non, ai-je avoué. Je ne suis pas non plus la pire des ringardes, mais je ne suis pas une célébrité dans mon collège. Disons que je me situe quelque part entre les deux.

– J'ai du mal à y croire.

Je suis sûre qu'il a dit ça juste pour se montrer galant.

On est repartis ensemble vers la piscine. Tous ses copains nous observaient comme si on avait des flammes sur la tête ou je ne sais quoi. L'un d'eux s'est écrié : « Eh, vérifie son âge sur sa carte d'identité ! » et ils ont tous rigolé.

– Ignore ces imbéciles, m'a-t-il dit en me raccompagnant jusqu'à ma chaise longue. Et au fait, tu t'appelles comment ?

– Chloe.

– Chloe. Ça me plaît. Je t'appellerai Chloe Jo.

– Pourquoi ?

– Parce que c'est mignon, comme toi.

Il m'a ébouriffé les cheveux. Moi, c'est Mac, au fait.

J'ai vu qu'un groupe de jeunes mamans nous espionnaient derrière leurs grosses lunettes noires. Je déteste cette ville. Ce n'est que ragots, potins et compagnie.

J'ai fait semblant de lire pendant une heure, puis Mac et ses copains sont partis et sur le chemin de la sortie, il m'a soufflé un baiser avec sa main.

Dimanche 23 août

!!!!!!!!

J'étais en train d'enquêter sur Internet à propos de Mac – sans grand résultats, hélas, étant donné que je ne connais ni son nom de famille ni son vrai prénom – quand tout à coup, *il m'a ajoutée*.

Son vrai nom est Macintyre Brody et je crois qu'il a une copine.

Il a l'un de ces profils très ennuyeux sans le moindre post personnel sur son mur, un millier de messages d'autres gens auxquels il ne répond jamais, et une dizaine de photos.

Sur l'une d'elles, on le voit chez quelqu'un, dans

la salle de jeux du sous-sol, vêtu d'un tee-shirt gris aux manches coupées, un gobelet en plastique à la main. Une autre le montre dans sa tenue de foot américain, en train de courir sur le stade et de faire un doigt d'honneur au photographe. Et puis il y en a une autre vraiment magnifique. Les bras écartés, il éclate de rire. Il vient de pousser une fille d'un ponton et elle paraît suspendue en l'air comme une étoile, avec ses longs cheveux qui voltigent derrière elle. Elle porte un bermuda en jean et un marcel blanc. Pas de soutien-gorge. Elle n'a même pas supprimé son identification sur la photo (alors qu'on voit ses tétons) et je sais donc comment elle s'appelle : Sienna Ross. Dans les commentaires, elle a écrit : « Je me vengerai, mon pote !!! » Si j'étais la copine de Mac, je l'appellerais sûrement par un petit surnom ridicule, genre « mon chéri ». Mais elle l'appelle « mon pote ». C'est pas banal !

Je n'ai pas pu espionner son profil parce qu'elle a des paramètres de confidentialité hyper-stricts mais à en juger par cette photo, elle semble très sportive et aimer les activités en plein air. Le genre de personne qui survivrait sans problème à une invasion de zombies et qui n'a même pas besoin d'eye-liner pour avoir l'air présentable.

Bref.

Lundi 24 août

Mon SMS à Hannah : Rencontré un mec à la piscine. Il s'appelle Mac. Mignon mais il a déjà une meuf. Snif.

Elle m'a rappelée dans la seconde pour tout savoir. Quand je lui ai envoyé le lien vers le profil de Mac, elle a dit :

– Waouh, il est vraiment beau gosse.

J'ai bien entendu au ton de sa voix qu'elle ne le pensait pas vraiment, mais qu'elle s'efforçait d'avoir l'air convaincante. Ça, c'est une vraie amie.

Mardi 25 août

Maman me manque horriblement, mais c'est sympa aussi d'avoir mon père pour moi toute seule.

Ils se disputent beaucoup. Maman jette des trucs – pas sur lui directement, mais sans faire trop d'efforts pour l'éviter non plus. La semaine juste avant son départ, elle a balancé un verre à vin contre le mur au-dessus de l'évier et il s'est brisé en mille morceaux.

Peut-être que tous les parents font ça. Je n'en sais rien. C'est pas vraiment le genre de sujet que j'aborde avec Hannah. J'ai vu ses parents se chamailler une fois parce qu'ils devaient aller au cinéma et que quand Mme Egan a demandé à son mari comment il la trouvait, il lui a répondu qu'il était « pas trop fan de son pantalon ». Elle a soupiré en roulant des yeux, et il a ajouté :

– Ben quoi ? d'un air bourru.

– La gentillesse est plus importante que la franchise, lui a-t-elle répondu (sur ce point, je suis d'accord).

– Chérie, il a rétorqué, si tu ne veux pas connaître mon avis, ne me le demande pas.

Quand ils sont enfin partis, Hannah a lâché :

– Je déteste quand ils se disputent.

Et j'ai juste dit :

– Ouais.

Alors qu'au fond de moi, je pensais : « Ça, une dispute ? »

Liste des trucs pour lesquels mes parents s'engueulent :

1 : est-ce que oui ou non mon père respecte ma mère en tant qu'artiste (il prétend que si, sans quoi il n'aurait jamais accepté de travailler pour « l'entretenir » et la laisser écrire ; elle soutient que non, sous prétexte qu'il n'arrête pas de lui balancer ses histoires de boulot à la figure, genre « être un avocat c'est quand même plus dur qu'écrivain et mère au foyer »)

2 : l'état de la maison (il se plaint toujours que c'est le bazar, elle prétend qu'il est maniaque et qu'il devrait aller consulter un psy)

3 : les séances shopping de ma mère sur Internet (il l'accuse de dilapider l'argent de mes futures études, elle répond qu'il faut toujours qu'il exagère)

4 : les copines de ma mère (il les traite de ratées, elle dit qu'il est jaloux de tous ceux qui s'intéressent plus à l'art qu'à l'argent)

Ils croient que je ne les entends pas sous prétexte que je suis dans ma chambre avec la porte fermée, mais notre maison date du XVIIIe siècle et les murs sont fins comme du papier. Je pourrais mettre de la musique très fort, bien sûr, mais je me dis qu'il est de mon devoir de les écouter, histoire de savoir à quoi m'attendre.

À d'autres moments, ils font des trucs écœurants comme danser un slow dans la cuisine en se tripotant les fesses ou chanter des airs de comédies musicales. Ça me rend presque encore plus dingue que quand ils se disputent.

Mercredi 26 août

Papa m'a emmenée dans une papeterie acheter

mes fournitures scolaires. J'ai pris des surligneurs, des feutres à pointe fine, des cahiers et deux trois classeurs avec des licornes dessus. C'était du second degré, bien sûr. Mais maintenant, j'ai peur qu'on me prenne pour une idiote qui aime les licornes. *Grrrrr.*

De retour à la maison, j'ai déballé mes achats dans ma chambre pour les étaler sur mon lit. Quel bonheur d'avoir des surligneurs flambant neufs et de beaux cahiers au papier tout frais, tout lisse ! Ça me remplit d'espoir. Comme si cette nouvelle année allait être géniale et que j'allais enfin comprendre les maths comme par magie.

Jeudi 27 août

Après le dîner, on a regardé *Minuit à Paris* avec papa. Le thème du film, c'est que tout le monde idéalise le passé sans se rendre compte que l'époque présente sera à son tour idéalisée par les générations futures.

– Je crois que j'aurais préféré vivre dans les années 1920, j'ai commenté à la fin.

Mon père a ricané :

– Tu ne survivrais pas cinq minutes sans ton portable.

J'ai trouvé sa remarque idiote car si j'étais née à cette époque, je ne saurais même pas ce qu'est un Smartphone et par conséquent ça ne pourrait pas me manquer. Je ne me suis d'ailleurs pas privée de le lui dire, et cet argument imparable m'a valu de remporter le débat. Au dessert, papa a pris un verre de whisky et moi une glace italienne au citron que j'ai retournée pour manger la meringue en premier.

Vendredi 28 août

J'ai reçu un e-mail de maman!!!!

Ma puce,

Que onda? *(Comment ça va?) Je t'écris depuis la bibliothèque municipale. C'est le seul endroit où je peux me connecter à Internet, et c'est tant mieux; autrement, tu me connais, je ne sortirais jamais de chez moi! J'ai dû faire tout ce chemin jusqu'au Mexique rien que pour échapper aux sirènes de Twitter.*

J'ai découvert qu'en ouvrant la fenêtre à côté de ma salle de bains et qu'en me faufilant sur le toit, j'avais accès à une petite cachette géniale pour bronzer. J'y reste assise des heures tous les jours, à écrire tout en me dorant au soleil.

Je travaille énormément, mais tu me manques. Réponds-moi vite et raconte-moi tout.

Gros bisous,

Ta vieille maman qui t'aime.

J'avais envie de chatter, mais elle n'était pas en ligne alors je me suis contentée d'un e-mail:

Chère maman,

TU ME MANQUES*! Et à papa aussi. J'ai rencontré un garçon à la piscine. Il s'appelle Mac. J'essaie de rester calme et sûre de moi, comme tu me le dis toujours, mais j'ai du mal parce qu'il est vraiment trop mignon et que je ne sais pas ce qu'il pense de moi. Il m'a ajoutée comme amie sur Facebook mais j'ai l'impression qu'il a déjà une copine… Que faut-il en penser, à ton avis?*

Adios *et à bientôt! Bisous,*

Chloe

Samedi 29 août

Je suis chez Hannah. On vient de regarder *N'oublie jamais* en pleurant comme des Madeleine. (Je faisais un peu semblant, j'avoue. À mon avis, la fille aurait dû se marier avec le gentil aux yeux bleus et à la mâchoire carrée. Elle lui reprochait quoi, franchement ?) Maintenant, Hannah est sur son ordi, et moi, j'écris. Ça me fout le cafard d'être ici. Cette soirée pyjama me déprime d'avance. À quoi ça sert ? On se sent obligées de veiller jusqu'à cinq heures du mat, on mange trop de bonbons, on se sent vaseux le lendemain et on se met à pleurer pour n'importe quel truc idiot parce qu'on manque de sommeil. Même si on se couche à un horaire normal, impossible de dormir : la maison de Hannah a une odeur bizarre et il y a une horloge qui tique-taque dans sa chambre. En plus, le matin, il faut manger à table avec ses parents qui prennent des œufs au petit déj – moi, franchement, ça me *dégoûte.*

Dimanche 30 août

Le téléphone fixe a sonné ce matin. J'ai laissé papa décrocher, comme d'hab. Je déteste répondre au téléphone quand je ne sais pas qui appelle. Quelques minutes plus tard, je l'ai entendu élever la voix alors je me suis glissée sans bruit à l'étage pour écouter. La porte était fermée, je n'ai entendu que des bribes de phrases : « Si tu crois que je vais... d'une inconscience qui frôle l'incompréhension... pas juste d'amour et d'eau fraîche, je te parle de la vraie vie... » et enfin : « Bien sûr qu'elle le vit mal, elle cache bien son jeu, voilà tout ! » En entendant ça, j'ai culpabilisé de jouer les espionnes, alors je suis vite redescendue. Snickers se tenait derrière la baie vitrée, en train de regarder fixement la pelouse. Je me suis agenouillée pour lui grattouiller le cou, mais il n'était pas vraiment d'humeur à ça. Il était trop accaparé par sa mission de surveillance des écureuils dehors.

Je suis remontée. La porte de la chambre de mes parents était ouverte. Papa était en train de sortir les fringues de maman du placard et de les jeter sur le lit.

– Je voulais parler à maman.

– Elle a dû raccrocher.

Il a détaché sa robe longue verte de son cintre pour la jeter sur la pile.

– Tu fais quoi, là ?

– Je range.

– Tu comptes jeter tout ça ?

– Ta mère m'a demandé de donner une partie de ses vêtements.

Je ne voyais pas son visage, mais sa voix semblait bizarre.

– Je peux les récupérer ? j'ai demandé. Si elle n'en veut plus...

Il s'est tourné vers moi.

– Pourquoi pas, a-t-il répondu.

J'ai bien vu que ça ne l'enchantait pas, mais il n'avait aucune raison valable de me dire non. Tant pis ! Ça lui apprendra à me mentir.

J'ai dû faire six allers-retours pour déménager toutes les affaires de maman dans ma chambre.

Si je devais décrire son style en trois mots, ce serait : VIVE LES FOULARDS. Imaginez une Gitane prof de yoga et rajoutez-lui une tonne supplémentaire de bracelets : voilà, c'est ma mère.

Lundi 31 août

Heureusement que Snickers est là. Je pleurais toute seule dans mon lit hier soir et il a grimpé près de moi en me regardant d'un air inquiet. Puis il s'est glissé sous la couette, tête la première, et il s'est endormi. S'il ne m'avait pas pété à la figure pendant toute la nuit, je dirais que c'est le chien idéal.

Mardi 1er septembre

La rentrée, c'est demain. Je porte le vieux tee-shirt Fun Run de papa et j'ai envie de faire un câlin à Snickers, mais il fait trente degrés dehors donc à ses yeux, je n'existe pas. Je suis fin prête pour l'hiver, les gros pulls et le chocolat chaud. À nous deux, lycée! C'est parti!

Mercredi 2 septembre

Résultat de la journée: bof bof.

Il faisait chaud aujourd'hui, mais j'avais quand même décidé de porter un sweat et des collants pour bien me mettre dans l'état d'esprit automnal. Une fille avec une grosse choucroute sur la tête m'a zieutée de bas en haut avant de me demander:

– Eh ben, t'as pas chaud?

Je lui ai répondu non alors que je transpirais comme un bœuf. Là-dessus, elle a ouvert le casier voisin du mien. Super.

Hélas, Hannah et moi n'avons qu'un seul cours ensemble: anglais avec Mlle Murphy. On dirait une exploratrice: elle a le teint bronzé, et sa chevelure est un mélange de blond et de gris. Elle portait un jean moulant, une petite veste noire et pas de maquillage.

Après les cours, je l'ai vue repartir au volant d'une Jeep rouge décapotable. On étudiera *Les Sorcières de Salem* pour commencer.

Griffin Gonzales est dans le même cours que nous. Je lui suis « accidentellement » rentrée dedans pendant qu'on sortait de la classe, et il a dit :

– Oh, désolé.

Ma campagne est officiellement lancée !

Je déjeune à 11 h 12, seule. Dans quel pays fasciste oblige-t-on les gens à déjeuner le *matin* ? Quand je serai grande, je dormirai jusqu'à 11 heures tous les jours avant de bruncher avec mes amis artistes.

J'ai été obligée d'aller m'attabler à côté de Gloria Lingley, dont les cheveux n'ont jamais rencontré une seule paire de ciseaux de toute leur vie (sa mère refuse). Elle me bassinait avec un pianiste du nom de Keith Jared ou je ne sais quoi sans même se rendre compte que je ne savais pas qui c'était. Je n'ai pas dû dire autre chose que « heu » et « hum » pendant tout le repas.

Sienna Ross est dans mon cours d'espagnol, avec sa clique d'idiotes populaires. Elle portait une montre de sport *waterproof* et pas la moindre trace de maquillage. Ses jambes doivent être plus longues que mon corps tout entier.

À première vue, je dirais que le lycée est une version exagérée du collège : fenêtres étroites comme des meurtrières, carrelage couleur vomi et néons blafards qui donnent un teint cadavérique à tout le monde. Je me suis perdue quatre fois, mais personne ne m'a poussée, traitée de viande fraîche ou autre humiliation. En conclusion, je donne à cette journée la note de 10/20.

Papa prépare un gratin de macaronis pour le dîner. Après ça, je suis sûre que j'aurai droit à un coup de fil de maman. Elle aime toujours que je lui fasse un compte rendu détaillé le jour de la rentrée.

Jeudi 3 septembre

Bon, le truc, c'est qu'elle est mégadébordée. Elle ne peut pas tout interrompre juste pour me passer un coup de fil. Je parie qu'elle est en train d'écrire un chapitre hyper-prenant.

Vendredi 4 septembre

Hannah m'a expliqué qu'elle se verrait bien en bonne sœur. Dans quel siècle elle vit, sérieux ? Ça existe encore, les bonnes sœurs ?

Samedi 5 septembre

Hannah est partie en week-end avec ses parents. Je me retrouve donc totalement, absolument, horriblement seule. Tous mes devoirs sont faits et j'ai déjà emmené Snickers deux fois en promenade. Ni Zach, ni Luke, ni Griffin n'ont posté de nouveaux trucs sur leurs pages de toute la journée. C'est moche, la vie.

Dimanche 6 septembre

Papa m'a obligée à regarder *Les hommes préfèrent les blondes*. On a mangé de la glace à même le pot, ce que maman nous interdit toujours de faire. Qui sait, je serai peut-être une croqueuse de diamants plus tard, comme Lorelei dans le film. Elle se fiche pas mal de l'opinion des autres.

Lundi 7 septembre

J'ai écouté en douce la conversation de la fille qui s'était moquée de mon pull – fastoche, c'est ma voisine de casier et elle adore faire de grandes leçons de morale à son faire-valoir, une nana prénommée Ambreen.

– Voyons, personne ne s'intéresse à Zach, Ambreen. Il ne pratique aucun sport. Mac Brody est bien plus populaire.

La pauvre a hoché la tête d'un air mortifié.

Pourquoi parlaient-elles de Zach ? Ambreen l'avait-elle dans son viseur, elle aussi ?

Plus tard dans la journée, j'ai vu Zach assis tout seul sur les marches devant l'entrée, en train de chercher un truc dans son sac. Sans même réfléchir, je suis allée me planter devant lui et je lui ai dit :

– Salut, moi c'est Chloe.

Je n'avais jamais eu un tel culot de toute ma vie, mais la peur de me faire doubler par Ambreen m'a donné du courage.

– Salut, a répondu Zach, l'air surpris.

– Désolée, genre, de t'accoster comme ça…

« Genre, de t'accoster comme ça ? » Bravo pour la phrase d'introduction la plus artificielle et la plus nulle du monde.

– Je voulais juste te dire que quelqu'un m'a envoyé une vidéo de ton groupe au Festival de discours et débat et que je vous avais trouvés géniaux.

Mensonge absolu. Personne ne m'avait rien envoyé du tout. J'avais traqué toutes les vidéos existantes de Deposed Monarchs sur le Net et regardé chacune d'entre elles jusqu'à les mémoriser.

– Waouh, merci.

Son ton est devenu plus chaleureux, d'un seul coup.

– C'est vraiment sympa de ta part. On va donner un gros concert en décembre au Sidecar. C'est ouvert à tous les âges. N'hésite pas à venir. Tu peux aussi venir à nos autres concerts avant, mais franchement, ils auront l'air nuls en comparaison.

– Ouais, carrément ! Enfin, je veux dire… je suis sûre que vos autres concerts seront super aussi. Mais, heu, oui, bien sûr, je viendrai en décembre.

– Cool. Suis-nous sur Twitter. On postera toutes les infos.

– Avec plaisir, ai-je répondu en me gardant bien de préciser que je suivais Deposed Monarchs et tous ses membres sur Twitter depuis le 21 août.

Mardi 8 septembre

La semaine dernière, je considérais encore le lycée comme une nouvelle expérience à découvrir. Aujourd'hui, je commence à réaliser avec horreur que c'est ici que se dérouleront les quatre prochaines années de ma vie*. Le bus passe à 6 h 55, ce qui signifie que je dois me lever à 6 heures (ou 6 h 10 si je zappe le shampooing). C'est tellement tôt que ça me donne mal au cœur – littéralement. À peine si je peux avaler mes cookies et mon Coca Light. Vers midi, je pique du nez. Je commence vaguement à me réveiller juste après le dîner, c'est-à-dire à l'heure où je devrais aller me coucher, sauf que je n'ai absolument pas sommeil puisque l'horloge interne des ados est différente de

* Aux États-Unis, le lycée commence plus tôt qu'en France puisqu'il va de la troisième à la terminale. (*N.d.T.*)

celle des adultes. Nous sommes faits pour nous coucher et nous lever tard : c'est un fait avéré, je l'ai lu sur un site d'info très sérieux. La nature nous a programmés pour nous sentir fatigués vers 1 heure du matin. Voilà pourquoi c'est une telle torture pour nous de se lever si tôt. Un lycée a décidé de faire démarrer les cours plus tard dans la matinée, et les résultats aux examens d'entrée à la fac ont progressé de deux cents points en moyenne. Pourquoi notre proviseur fait-il un tel rejet de la médecine et de la science ?

Mercredi 9 septembre

Ô jour de rêve ! D'abord, comme Hannah surveille sa ligne, elle m'a donné son brownie… il était fourré à la menthe et aux pépites de chocolat ! Mme Egan est un génie ! Ensuite, pendant qu'on se rendait en cours d'anglais, on a croisé dans le couloir Mac avec un groupe de garçons. Il s'est exclamé « Chloe Snow ! » en me montrant du doigt et une bonne centaine de gens m'ont vue. Ça y est, c'est officiel, je suis célèbre !

Jeudi 10 septembre

Hannah veut que je me présente à l'audition pour la chorale *a cappella* du lycée, Les Bonnes Notes (ah ah, merci le jeu de mots). C'est une élève de terminale, Bernadette Sanz, qui s'en occupe, et il n'y a qu'une douzaine de membres, ce qui signifie qu'ils n'acceptent sûrement pas les débutants comme moi. En plus, tout le monde a vu *The Hit Girls* un bon milliard de fois et se voit déjà dans la peau d'Anna Kendrick, donc l'audition risque d'être prise d'assaut par un tas de filles hyper-douées. Zach Chen y sera. Si ça se trouve, je donnerai la meilleure audition de tous les temps, il tombera amoureux de moi et ça nous fera une histoire adorable à raconter à nos enfants. Ou bien je me ridiculiserai devant tout le monde et il devra se retenir d'éclater de rire. Ouais, je dirais que la seconde hypothèse paraît plus crédible. Il est hors de question que j'y aille.

Vendredi 11 septembre

J'ai l'impression d'avoir des souvenirs de l'attentat du World Trade Center à New York, mais c'est rigoureusement impossible vu que c'était en 2001 et que j'étais bébé. Pour savourer ma tristesse, j'ai écouté Nico chanter ses échecs et ses promenades solitaires de sa belle voix grave et étrange.

Samedi 12 septembre

J'ai interprété un medley des tubes de l'été dans la salle de bains. Je me suis un peu loupée sur *Blurred Lines*, mais j'ai mieux réussi avec *Call Me Maybe* : franchement, on aurait dit l'original. Eh, je vais peut-être auditionner pour les Bonnes Notes, après tout !

Dimanche 13 septembre

E-mail de mamaaaaan !!!

Mon petit poney,

Tu me manques mucho mucho*! La nuit dernière, il y a eu un orage terrible. C'était incroyable et terrifiant, tout ce bruit autour de moi. Le chat a eu la frousse de sa vie. Tu ne peux pas savoir ce qu'est le claquement du tonnerre tant que tu ne l'as pas entendu résonner entre les montagnes* *mexicaines. Aujourd'hui, le ciel est d'un bleu azur à couper le souffle.*

Mon roman avance bien. Je m'assois tous les jours en attendant que la muse de l'inspiration vienne me rendre visite et, le plus souvent, elle est présente à l'appel.

Je suis ravie que tu aies rencontré un garçon qui te plaît ! Il tombera forcément amoureux de toi, c'est obligé. Souviens-toi, une petite touche d'indifférence fait parfois des miracles. N'en fais pas des tonnes pour tâcher de l'impressionner. Tu es une déesse, pas une bête de foire.

Avec tout mon amour,

Ta maman.

Je vais attendre demain pour lui répondre. La petite touche d'indifférence marche peut-être sur les mères aussi.

Lundi 14 septembre

Les Sorcières de Salem est un bouquin tellement génial que je l'ai lu en deux heures. Ça parle d'une fille prénommée Abigail qui sort avec un homme marié, John Proctor. Elle est populaire : tout le monde la craint et l'admire en même temps, et voudrait la rendre heureuse. Quand John Proctor la quitte, elle pète les plombs et commence à accuser certaines femmes d'être des sorcières, dont la propre épouse de John (!!!). Bien sûr, toutes ses copines la croient. Elles ont même l'air de croire leurs propres mensonges. Elles sont tellement aveuglées par leur adoration envers Abigail et par leur fierté d'appartenir à son entourage qu'elles ont des hallucinations. Les adultes les prennent au sérieux. Parmi eux, il y a des juges et des avocats. Résultat, la plupart de ces soi-disant sorcières sont tuées. Le pire, le truc qui m'a clouée sur place, c'est que ça s'inspire de faits réels. Toute cette histoire de chasse aux sorcières est réellement arrivée, pas très loin de là où j'habite. C'est quand même dingue, l'école, on y apprend de *vrais* trucs !

Mardi 15 septembre

J'ai à nouveau écouté la conversation de ma voisine de casier avec Ambreen.

– C'est genre, occupe-toi de tes affaires, tu vois ?

– T'as raison, a répondu Ambreen.

– Je vais pas me pointer vers quelqu'un et lui dire : « Excuse-moi, t'as un gros cul pour manger des frites. » Pourquoi les gens se croient-ils autorisés à critiquer mon alimentation ?

– T'as raison.

– Genre, j'y peux rien si je suis maigre naturellement ! Les gens se moquent de moi à cause d'un truc que je ne contrôle pas. Désolée si j'aime manger des yaourts nature et avoir une hygiène de vie saine. En quoi ça les regarde ?

– T'as raison.

Ma voisine de casier n'aurait aucun mal à accuser quelqu'un d'être une sorcière.

Mercredi 16 septembre

Papa m'a surprise en train de parler à Snickers et il a voulu qu'on ait une grande conversation en tête à tête pour savoir si je me sens seule, si maman me manque, et patati et patata. Je lui ai dit :

– Tout va bien, p'pa. Au fait, il y a une audition

pour la chorale du lycée. Tu crois que je devrais me présenter ?

– Absolument, a-t-il répondu sans hésiter.

– Tu n'y as même pas réfléchi deux secondes.

– Tu as besoin d'activités extrascolaires.

– J'en ai déjà !

– Textoter, ça ne compte pas.

– Ha ha, très drôle.

Mais en vérité, il a raison. J'ai essayé pas mal d'activités différentes (danse classique, foot, etc.), mais je finis toujours par abandonner parce que rien ne m'amuse autant que de chanter par-dessus les vidéos de YouTube devant ma glace. Si je veux un jour quitter cette ville pourrie, il faut que je peaufine à mort mon dossier d'inscription en fac. Et ça veut dire prouver que je suis plus qu'une excellente élève en anglais avec une moyenne catastrophique en maths.

Jeudi 17 septembre

Maman a appelé, mais je l'entendais très mal. Son téléphone n'arrêtait pas de couper, alors on a fini par renoncer. Mais ça ne fait rien. On est connectées quand même. Je *sens* ce qu'elle pense. Je parie qu'elle est assise sur son toit en ce moment même, avec ses énormes lunettes noires, en train d'écrire dans un cahier.

Vendredi 18 septembre

Hannah m'a parlé de Bernadette Sanz, la présidente des Bonnes Notes. Apparemment, ses parents lui ont donné ce prénom en hommage à Bernadette Peters et elle semble promise à une grande carrière dans le music-hall. Elle a tenu le rôle principal dans la comédie musicale du lycée trois années de suite et tout le monde est convaincu qu'elle entrera à Julliard, l'école de spectacle la plus connue du pays. Tant mieux pour elle.

Samedi 19 septembre

Je pense qu'Abigail est folle et méchante. Mais je l'admire, aussi. Une ado qui tient une ville entière sous son contrôle par le simple pouvoir de ses mots ! Quand John la quitte, elle ne reste pas dans son lit à pleurnicher sur son sort, comme je le ferais. Non. Elle se dit : « Personne n'a le droit de me faire ça. Je suis Abigail Williams ! » Pas une seconde elle ne culpabilise à l'idée de coucher avec un homme marié. Tout ce qui l'intéresse, c'est son nombril. Elle fait condamner des gens à mort pour le simple plaisir de punir John ! Si elle vivait à notre époque, elle entrerait à Harvard en trichant sur son dossier d'inscription, après quoi elle irait travailler dans une banque d'investissement pour y faire des magouilles financières.

Dimanche 20 septembre

Hannah est venue dormir à la maison. Au réveil, on s'est entraînées pour l'audition. Elle prend des cours de chant deux fois par semaine après la classe mais, pour être parfaitement honnête, je me trouve meilleure qu'elle.

C'était bizarre, au petit déj. Elle a dit qu'elle n'avait pas faim, alors j'ai englouti un énorme bol de céréales à la cannelle toute seule. Comme personne ne parlait, on entendait seulement mes bruits de mastication.

Lundi 21 septembre

Mlle Murphy nous a expliqué que *Les Sorcières de Salem* parlait notamment de la chasse aux sorcières contre les communistes aux États-Unis dans les années 1950. Qui l'eût cru ? Eh bien, Griffin Gonzales était au courant, apparemment. Il a levé la main avec une excitation telle qu'il a failli en tomber de sa chaise et quand Mlle Murphy lui a donné la parole, il a déclaré :

– Arthur Miller, l'auteur, était lui-même communiste, bien sûr. Les méchants de l'histoire sont les chasseurs de sorcières, qui symbolisent les anticommunistes. Les libéraux ont fait de lui leur héros, alors qu'en réalité il est plus proche des démocrates actuels ou des progressistes.

– Excellente remarque, Griffin, a répondu la prof, après quoi ils ont continué à dialoguer ensemble pendant une vingtaine de minutes. Tout le monde regardait par la fenêtre.

Sortir avec Griffin doit donner l'impression d'appartenir en permanence à un club de lecture. Ce serait fantastique ! Mais j'aurais des tonnes de trucs à chercher sur Google pour préparer chacune de nos conversations. En plus, je me demande s'il n'est pas du genre à mépriser les potins. J'ai déjà une Hannah dans ma vie. Je n'ai pas besoin de sortir en prime avec sa version masculine.

Mardi 22 septembre

Parfois, j'aime sortir Snickers après les cours. Il a l'air si joyeux, à trotter avec son collier qui tinte autour du cou, à renifler tout ce qu'il trouve et à courir après les oiseaux ! Les feuilles commencent à changer de couleur. Bientôt, ce sera l'hiver, il fera nuit à seize heures et on se gèlera les fesses avec Snickers quand on ira se promener. Il y a une saison pour chaque chose. Le cycle de la vie, etc.

Mercredi 23 septembre

Il est 1 heure du mat et je flippe comme une dingue. L'audition pour les Bonnes Notes a lieu demain. Je peux encore changer d'avis ? Après tout, il y a un tas d'autres activités extrascolaires. Je pourrais m'inscrire à la Ligue des lycéens contre l'alcool au volant, par exemple ! Ou bien, heu… me présenter aux élections des délégués !

Oh, non non non. Je veux pas y aller !

Jeudi 24 septembre

Les auditions avaient lieu dans l'auditorium, une salle immense et très chic équipée d'environ deux mille fauteuils en velours rouge. Le club de théâtre du lycée est vraiment génial ; l'un des acteurs de la série *Park and Recreation* en a été membre, ainsi que cette comédienne marrante qui fait des imitations et dont le nom m'échappe. On était une bonne quarantaine de candidats, répartis entre les sièges des premiers rangs. Tout à coup, j'ai vu ma voisine de casier se lever pour nous distribuer des formulaires.

– C'est qui ? j'ai demandé à Hannah tout bas.

Elle m'a jeté un coup d'œil bizarre.

– Ben, c'est Bernadette !

Il fallait inscrire notre nom, notre adresse e-mail, notre classe, les autres activités extrascolaires pratiquées (j'ai marqué « danse », ce qui n'est pas totalement un mensonge puisque je danse devant mon miroir au moins quatre fois par semaine) et notre tessiture vocale. Comme je ne savais pas ce que ça voulait dire, j'ai regardé Hannah avec une grimace, genre « gné ??? » et elle m'a montré sa feuille. Elle avait écrit « soprano », alors j'ai fait pareil. On repérait tout de suite les élèves de première année comme elle et moi : ils étaient muets et terrifiés. Les autres prenaient un malin plaisir à montrer à quel point ils étaient relax et détendus. Zach Chen est passé devant moi en disant : « Salut, Chloe, quoi de neuf ? » avant d'aller rejoindre ses copains. Son petit chignon était particulièrement splendide, aujourd'hui.

Un prof à l'air terne est venu récupérer les questionnaires. Puis il est monté sur scène pour faire une déclaration :

– Je me présente : M. Collier, l'enseignant superviseur de cette chorale. Je me permets d'attirer votre attention sur le fait que si vous êtes acceptés par les Bonnes Notes, de modestes frais d'admission vous seront demandés afin de couvrir le coût des représentations. Pour les costumes, j'entends.

Il a jeté un coup d'œil en direction des coulisses.

– Je vais maintenant céder la parole à Bernadette Sanz, la véritable directrice de ce merveilleux ensemble.

Il a applaudi, et tout le monde l'a imité. Bernadette a fait son entrée en scène et il a reculé, sans cesser d'applaudir, avant de quasiment lui faire la révérence et de se retirer. Pourquoi les profs ont-ils peur des élèves populaires ? C'est pathétique.

– Merci, monsieur Collier, a-t-elle déclaré en rejetant ses cheveux en arrière. Soit elle s'était fait un brushing exprès pour l'audition, soit elle faisait partie de ces magiciennes capables d'accomplir des miracles capillaires toutes seules dans leur salle de bains.

– OK, un peu d'attention, tout le monde. Je ne veux pas être méchante, mais nous constituons un petit groupe très fermé et je ne peux accepter que seize personnes grand maximum. Je vois un certain nombre de terminales qui faisaient déjà partie de la chorale l'an dernier, mais personne n'a de place garantie.

Un mec assis au premier rang a lâché :

– Ouais, c'est ça, et les gens ont ricané.

Bernadette l'a foudroyé du regard.

– La ferme, Roy ! Bref, quels sont mes critères de sélection ? Petit un : la qualité. Petit deux : l'intonation. Petit trois : une bonne connaissance musicale. Petit quatre : la présence scénique. Vous avez trente-deux mesures pour me montrer ce que vous avez dans le ventre.

Pendant qu'elle énumérait ses quatre critères en comptant sur ses doigts, j'ai regardé fixement son vernis à ongles gris en sentant une grosse boule se former dans mon ventre. C'est quoi, *l'intonation* ? Combien y a-t-il de mesures dans une chanson ? À côté de moi, Hannah acquiesçait en souriant. J'ai tourné la tête vers la gauche et croisé le regard d'un mec mignon qui portait une chemise à carreaux bleus. On a échangé un coup d'œil inquiet, genre « oh, la vache ».

Bernadette a montré la pile de questionnaires qu'elle venait de ramasser.

– Je vais les mélanger et vous appeler un par un, au hasard. Dites-moi si vous avez besoin que je vous donne la note de départ.

À ces mots, pour je ne sais quelle raison, les terminales assis au premier rang ont tous fait :

– Boouh !

Bernadette est retournée s'asseoir pour mélanger les feuilles. Hannah a été l'une des premières candidates à monter sur scène. Elle a chanté un morceau d'Evanescence. Sa prestation était bonne : elle ne semblait pas du tout avoir le trac et paraissait très impliquée dans la chanson, qu'elle adore parce que ça parle de Dieu et tout ça. Quand elle est retournée à sa place, je lui ai bien sûr chuchoté qu'elle avait assuré.

Chaque fois que Bernadette brandissait un nouveau formulaire au hasard, mon cœur s'arrêtait de battre… et elle appelait un autre nom que le mien. Certains candidats étaient fantastiques, d'autres atrocement mauvais… et d'autres encore laissaient un silence gênant derrière eux. Chaque fois qu'un(e) première ou un(e) terminale finissait sa chanson, ses copains s'écriaient « Wouhou ! » et l'applaudissaient comme des dingues. Personne n'applaudissait les troisièmes, en revanche. Zach a chanté *Where Are Ü Now*. Un petit terminale prénommé Josh a repris *I've Got the World on a String* et on aurait dit un enregistrement de Franck Sinatra. À la fin, il a eu droit à des tonnes de « Wouhou ! » et même à un *high-five*. Il faut dire qu'il était EXCELLENT : il a chanté le jingle de la pub Subway façon jazzy, et c'était à la fois génial et très drôle. J'ai même applaudi malgré moi (et j'aurais mieux fait de m'abstenir car j'étais la seule).

Enfin – *enfin !!* – Bernadette a appelé mon nom. Je me suis levée en titubant, j'ai failli m'écrouler sur les genoux de Hannah et j'ai grimpé les marches de l'estrade d'un pas lourd. J'avais les jambes en coton.

– As-tu besoin que je t'indique la première note ? m'a demandé Bernadette.

À force de voir défiler les autres candidats, j'avais compris que cette question constituait un piège et j'ai fait non de la tête. J'avais répété ma chanson un million de fois et je savais exactement où placer la première note.

J'ai fermé les yeux pendant une seconde et je me suis imaginée dans ma salle de bains, avec Snickers endormi sur le tapis. Puis j'ai rouvert les yeux, j'ai pris une grande inspiration et je me suis lancée dans *Somewhere Over the Rainbow*, la célèbre chanson de Dorothy dans *Le Magicien d'Oz*. Une fois passé le début, je me suis sentie mieux. Et même très bien, à vrai dire ! J'ai fixé mon regard au-dessus du public, vers le fond de la salle, et je me suis mise dans la peau de Dorothy, appuyée contre une barrière et rêvant d'une vie pleine d'aventures. Arrivée à la fin, j'ai baissé les yeux vers Bernadette. Elle faisait une tête comme si elle venait de mordre dans un citron.

Il y a eu un silence de mort dans la salle. Je ne me souviens même pas comment j'ai regagné ma place. Je crois que j'ai fait un gros black-out. Je me souviens d'un seul détail : le mec à la chemise à carreaux m'a regardée en faisant « waouh ». C'est bien la preuve que je n'ai pas été totalement nulle. Ou alors il voulait juste se montrer gentil.

Vendredi 25 septembre

Bernadette a annoncé qu'elle nous enverrait les résultats par e-mail lundi, « après consultation avec M. Collier ». Je parie que le rôle de consultant de M. Collier consiste à faire un tour chez Starbucks chaque fois que Bernadette a envie de boire un thé vert.

Samedi 26 septembre

Maman a appelé aujourd'hui. Apparemment, il y a eu un lâcher de taureaux dans les rues de sa ville ! Elle est allée voir et s'est retrouvée tout près d'un énorme taureau noir. Après ça, elle a assisté à une corrida, juste par curiosité, et elle a détesté ça. D'après elle, les spectateurs n'étaient que des jeunes bourrés venus exprès de Mexico.

– Le torero avait une telle dignité, par contre ! À un moment donné, quelqu'un lui a jeté une chaussure. Il a fait comme si de rien n'était. C'était spectaculaire.

Je ne lui ai même pas parlé de mon audition. Ça paraissait dérisoire comparé à des taureaux mourants.

Dimanche 27 septembre

Mon père gagne très bien sa vie grâce à son boulot ennuyeux. Alors pourquoi s'obstine-t-il à aller faire son jogging avec ses vieilles baskets pourries ? La vie est pleine de mystères.

Lundi 28 septembre

Je n'ai pas été prise dans la chorale.

Hannah, si. Le type qui s'appelle Josh aussi. Et Zach aussi, naturellement.

Je ne sais rien à propos du type à la chemise à carreaux, étant donné que je ne connais même pas son nom.

J'étais pourtant tellement fière de ma prestation… Je suis dégoûtée.

J'essaye de me rappeler que je ne connaissais même pas l'existence des Bonnes Notes il y a encore quelques semaines, mais ça ne m'aide pas, bizarrement.

Mardi 29 septembre

Hannah m'a dit :

– C'est vraiment nul. Tu aurais dû être prise.

Elle semblait le penser sincèrement.

Mercredi 30 septembre

Le mec à la chemise à carreaux m'a arrêtée dans le couloir. Il s'appelle Tristan Flynn, il est en troisième, comme moi, et il vient d'arriver du New Hampshire. Lui non plus, il n'a pas été pris dans la chorale.

– Bernadette est une garce, a-t-il grommelé.

– Son vernis à ongles fait tellement 2013, ai-je ajouté.

– Je parie qu'elle se sentait menacée par nous à cause de notre talent exceptionnel.

Du coup, on a décidé de s'inscrire au club de chant du lycée, qui est ouvert à tout le monde. Et tadaaa, Tristan a enregistré son numéro dans mon téléphone !

Jeudi 1er octobre

Il n'y a pas pire humiliation au monde que de ne pas s'apercevoir qu'on a ses règles jusqu'à ce que Chris Fortier vous envoie un ballon dans la nuque au milieu du gymnase en hurlant :

– Hé, Blanche-Neige, t'as du sang plein les fesses !

Vendredi 2 octobre

Je me suis fait traiter de « fesses rouges » quatre fois

dans la même journée. Trop humiliée pour en dire davantage.

Samedi 3 octobre

Avec Hannah, on a organisé une petite réunion préparatoire pour parler de nos déguisements de Halloween. L'idée, c'est d'y réfléchir le plus tôt possible, histoire de ne pas s'affoler à la dernière minute et de se retrouver à nouveau déguisée en chat. (Concept particulièrement pathétique quand votre puritain de père vous interdit l'option « chat sexy ».)

Voilà ce qu'on a noté pour l'instant :

– M. Spock et capitaine Kirk
– Loup-garou
– Ninjas
– Squelettes

Maintenant que je revois la liste écrite noir sur blanc, je m'aperçois qu'on a la mentalité de gamines de onze ans.

Dimanche 4 octobre

Maman n'aime pas trop les fêtes traditionnelles. D'après elle, notre culture consumériste les a toutes gâchées. L'avantage de son absence temporaire de la maison, c'est qu'on va pouvoir se lâcher sur les décorations de Halloween sans qu'elle lève les yeux au ciel ou qu'elle nous traite de moutons.

Aujourd'hui, on est allés acheter deux citrouilles géantes. Je vais sculpter la mienne pour lui faire la tête de Groucho Marx.

Lundi 5 octobre

L'info du jour : sculpter une moustache, c'est plus facile à dire qu'à faire.

Mardi 6 octobre

Première répète avec le club de chant aujourd'hui. C'était trop bien ! C'est Mlle Murphy, ma prof d'anglais, qui dirige le groupe, et elle m'a fait un clin d'œil quand je suis entrée dans la salle… j'avais l'impression d'être une célébrité. On a chanté quelques gammes, et il s'avère que j'ai une tessiture de soprano. On va préparer des chants de Noël pour le concert de fin d'année. Youpi !

Après les cours, Tristan m'a textoté : fa la la la la la la la et je lui ai renvoyé un émoticone père Noël. Ça s'appelle flirter, vous croyez ? Peut-être bien.

Mercredi 7 octobre

Pour une fois, j'ai décidé de ne pas envoyer de SMS ni de regarder mon téléphone pendant tout le trajet à pied jusqu'à la maison et j'ai remarqué à quel point les arbres étaient flamboyants avec leurs feuilles rouges, orange et jaunes. On aurait dit de superbes feux d'artifice. Cette saleté de ville n'est pas si moche, au fond.

Jeudi 8 octobre

OH,

MON

DIEU

Je me rendais à ma répète de chant quand Mac a tourné à l'angle du couloir et a failli me rentrer dedans. Il portait un bermuda de sport et un tee-shirt aux manches coupées.

– Alors, comment va ? m'a-t-il demandé.

J'ai haussé les épaules.

– Pas trop mal.

– T'as déjà un mec ?

– Heu… non, pas encore (genre, comme si j'hésitais entre plusieurs options).

– Tant mieux, a-t-il dit.

– …, j'ai répondu.

– Bon, c'est pas tout ça, mais on m'attend. J'ai entraînement.

– Ah, OK.

– À plusse !

Et sur ces mots, il m'a donné UNE TAPE SUR LES FESSES. EN PLEIN SUR LES FESSES !

Je crois que j'ai subi ce qu'on appelle une agression sexuelle. Franchement, ça ne m'a pas déplu.

Vendredi 9 octobre

Est-ce que Mac a trompé Sienna, techniquement, en touchant une partie de mon corps ? C'est dingue, je culpabilise alors que c'est *moi* la victime dans cette histoire.

Samedi 10 octobre

D'après Hannah, il faut que j'arrête de stresser pour rien. Ha ha ! C'est facile pour elle ! J'aimerais bien l'y voir.

Dimanche 11 octobre

Longue conversation avec maman. Elle m'a dit :

– Ma puce, tu ne devineras jamais. Tu te souviens de la corrida ? Eh bien, je suis allée boire un verre après – il fallait que je me calme les nerfs. J'étais là, dans mon coin, en train de siroter un paloma, quand le matador est entré dans le bar ! On a commencé à discuter, et c'est quelqu'un de fascinant. Les cheveux noirs en bataille, les yeux de la couleur du concombre frais. Il m'a inspiré la création d'un nouveau personnage pour mon roman. J'ai déjà l'équivalent d'un chapitre entier, grâce à lui. J'ai de la chance, non ?

Elle n'a pas intérêt à tomber amoureuse de ce torero. Pauvre papa, il en mourrait de chagrin.

Lundi 12 octobre

Aujourd'hui, c'est un jour férié dans toute l'Amérique en l'honneur de Christophe Colomb. Je me suis fait une liste d'activités :

1. Faire des cookies
2. Lire *Sa Majesté des Mouches*
3. Me vernir les ongles
4. Trouver des idées de déguisement mortelles pour Halloween
5. Promener Snickers
6. Préparer mon exposé pour le cours de sciences et vie de la terre (un truc sur les nuages, peut-être ?)
7. M'occuper du dîner

Pour l'instant, je n'ai réussi à faire que le n° 2 et le n° 5. Le reste de la journée m'a totalement échappé. Traduction : j'ai échangé des SMS avec Tristan pendant environ huit heures. Après quoi j'ai traqué Mac en ligne pendant des heures, même s'il n'y avait pas grand-chose à traquer. Je l'inclurais bien dans mon plan d'action, mais à quoi bon ajouter «Mac Brody, le plus populaire des terminales, décrochera sans doute une bourse pour intégrer une équipe de football américain universitaire, et petit ami officiel de Sienna Ross, star injustement canon de l'équipe de foot féminine» ?

Mardi 13 octobre

Alerte rouge: Josh (alias Franck Sinatra) a invité Hannah à une soirée samedi, et elle m'a proposé de l'accompagner. Une soirée de terminales avec de la bière, des clopes et peut-être même des joints. Rien que d'y penser, j'en ai des sueurs froides.

Josh est le petit génie qui chante comme Sinatra. Grâce à Internet et à ses talents d'espionne, Hannah a découvert qu'il n'était pas populaire jusqu'à l'année dernière, quand il a aidé des gens de sa classe à améliorer leurs notes aux exams. Maintenant, c'est la mascotte de sa promo. Quelqu'un a créé une page Facebook intitulée «Je suis entré(e) à la fac grâce à Josh!», et elle comptabilise 192 «like».

Mercredi 14 octobre

Dans les brochures qu'on nous distribue pendant le cours sur la santé, les personnes qui proposent de la drogue sont toujours des inconnus à la mine patibulaire. C'est facile d'envoyer promener quelqu'un qu'on ne connaît pas. Mais je dis quoi, moi, si Josh me propose de fumer du shit avec lui?

Jeudi 15 octobre

Demandé à papa si je pouvais dormir chez Hannah samedi soir. Sa réponse : « Bien sûr. » Je ne suis qu'une horrible menteuse !!!

Vendredi 16 octobre

Chatté avec maman. Je lui ai demandé : Comment je dois m'habiller pour aller à une fête ???

Elle m'a répondu : Avec ton plus beau sourire et un regard mystérieux.

Elle est toujours de bon conseil, même à des milliers des kilomètres.

Samedi 17 octobre

Oh, là là. C'est la panique totale. J'ai l'air de quoi avec ce jegging ? D'une gamine de CM2 ? Je crois que mon déo est efficace, mais comment en être certaine ? Si ça se trouve, j'ai tellement l'habitude de ma propre odeur que je ne réalise pas à quel point je sens mauvais. Pourquoi mon eye-liner me dégouline-t-il toujours sur la figure ? Je ressemble à un raton laveur malade, mais Hannah ne me dit jamais rien et je m'en rends compte seulement en tombant par hasard devant un miroir. Que faire si Mac me touche à nouveau les fesses ? Et que faire s'il ne me les touche *plus jamais* ?

Dimanche 18 octobre

C'est donc ça, une soirée de terminale.

Ça commence comme une teuf normale – les gens ne savent pas trop quoi se dire, se regardent bizarrement – sauf que vers 23 heures, tout le monde est bourré. Hannah et moi étions les deux seules personnes sobres et terrifiées. Personne ne nous a ouvert la bouche pour nous faire de boire de force, comme je le craignais. Au contraire, chacun veillait jalousement sur son alcool. Un type transportait son propre pack de bière dans son sac à dos pour s'assurer que personne ne lui en volerait.

Sienna (!!!!!!) nous a proposé de la vodka, mais je me suis empressée de lui répondre «heunonmerci». Elle m'a dévisagée et m'a demandé:

– T'es en première année, non?

J'ai fait oui de la tête.

– Tu sais que c'est mon devoir de te corrompre en tant que terminale, pas vrai?

J'ai dû avoir l'air horrifiée parce qu'elle a éclaté de rire et passé son bras autour de mes épaules pour me rassurer:

– T'es trop chou. T'inquiète. Je plaisante.

Je comprends pourquoi Mac est amoureux d'elle.

Luke Powers était là… et il était scotché à cette fille, Danielle de Vincenzo. À un moment donné, ils ont commencé à sortir ensemble, et ses potes se sont écriés:

– Hé, pas en public, c'est dégoûtant!

Il leur a fait un doigt d'honneur sans même rouvrir les yeux. Bon, j'imagine que Luke est désormais rayé de ma liste. À moins que je le fasse passer en première position, étant donné qu'il semble adorer faire ça et qu'il a l'air de bien se débrouiller en prime. (J'essayais de ne pas les dévorer du regard, mais c'était plus fort que moi.)

Avec Hannah, on a passé toute la soirée ou presque assises sur le canapé avec Josh, qui me fait un peu flipper avec sa façon de s'exprimer en paragraphes. Il disait par exemple :

– Les réseaux sociaux ont toutes les caractéristiques habituellement associées aux drogues. Est-ce que vous pensez aux réseaux sociaux quand vous n'êtes pas dessus ? Avez-vous déjà essayé de vous déconnecter avant de vous apercevoir que vous n'en aviez pas la force ? Pour ma part, je pense qu'ils ont un effet aussi puissant que l'alcool. Je suis *clean* depuis deux semaines, et les symptômes de manque commencent tout juste à s'atténuer.

Hannah était genre :

– Oh, comme c'est intéressant, ça me passionne.

Moi, je n'ai même pas fait semblant. Je l'ai juste regardé d'un air interloqué avant de rétorquer :

– T'es malade ? *Jamais* je me désinscrirai ! Comment je ferais pour espionner les autres ?

Le pire, c'est que j'ai l'impression qu'il n'essaye même pas de nous impressionner. C'est sa façon de s'exprimer, c'est tout.

Techniquement, on a dormi là-bas, parce que c'est la norme aux soirées de terminales, mais en réalité personne ne s'est endormi avant 6 heures du matin. Je suis restée couchée par terre au pied du canapé jusqu'à 8 heures. Deux heures de torture ! Hannah dormait près de moi comme un chaton, avec un petit sourire énervant aux lèvres, pendant que mes lentilles de contact se desséchaient comme des chips. Quand j'ai considéré qu'il était suffisamment tard pour rentrer chez moi sans éveiller les soupçons de mon père, je suis sortie sans bruit et j'ai fait tout le chemin à pied, ce qui m'a pris près d'une heure.

La vision de papa et Snickers en train de petit-déjeuner dans la cuisine, l'air tellement mignon et frais comme la rosée, m'a presque donné envie de pleurer.

Maintenant, il est 19 heures et je vais me coucher comme une gamine de CE1.

Lundi 19 octobre

J'ai une infection oculaire à cause de mes lentilles que j'ai gardées toute la nuit. Papa a dû venir me chercher à l'infirmerie.

– Pauvre puce, a-t-il commenté en découvrant l'état de mes yeux.

On aurait dit deux boules de feu. J'ai failli tout lui avouer, mais je me suis dégonflée. Le médecin m'a donné des gouttes et m'a prévenue que je m'exposais à des séquelles irréversibles si je n'avais pas une meilleure hygiène oculaire. Oh, la ferme !

Mardi 20 octobre

J'ai envoyé un long mail à maman pour pleurnicher à propos de mes yeux. Quand je suis malade (enfin, quand je suis malade et qu'elle ne vit pas au Mexique), elle flippe, me prend la température toutes les heures et vérifie sur Google si on ne devrait pas m'emmener aux urgences. Papa, lui, se contente de me dire des trucs genre « courage, ma puce » ou « plus tu te plains, plus tu te sentiras mal ». Je sais qu'il a raison, mais parfois j'ai juste envie de regarder *Phineas et Ferb*, de me nourrir de soupe à la tomate et de me complaire dans mon malheur comme un gros bébé.

Mercredi 21 octobre

Mlle Murphy était de mauvais poil à la répète, aujourd'hui. Elle nous a dit que nos consonnes étaient atroces et que si on comptait un peu mieux, on sonnerait peut-être moins comme une chorale de serpents. Elle a ajouté que les sopranos « braillent un peu trop ». J'aime bien quand elle nous malmène un peu, j'ai l'impression qu'on est des professionnels et qu'on prépare un spectacle à Broadway.

Jeudi 22 octobre

J'ai complètement craqué. Chialé dans le cou de Snickers. L'odeur de sa fourrure me rassure. Je ne comprends pas ce qui m'arrive. Ça doit être les hormones… Oh, devenir enfin adulte, ennuyeuse et banale, ne plus jamais ressentir la moindre émotion !

Vendredi 23 octobre

Mme Egan m'a ramenée du lycée en voiture (d'habitude, je rentre à pied – papa dit que même une gamine gâtée pourrie comme moi peut quand même marcher six cents mètres, mais c'est juste pour dissimuler le fait qu'il est trop cruel et feignant pour venir me chercher). Pendant le trajet, Hannah s'est plainte de ne plus avoir le temps de faire son jogging à cause des Bonnes Notes. Sa mère lui a répondu :

– Quand Dieu ferme une porte, il ouvre une fenêtre.

Allez savoir pourquoi, je me suis mise à pleurer. Mme Egan était tellement bouleversée qu'elle s'est arrêtée le long du trottoir pour se tourner vers moi et me serrer dans ses bras, ce qui était gentil de sa part mais un peu gênant quand même étant donné que je ne pleurais pas à cause de ce qu'elle avait dit. En réalité, je ne savais même pas pourquoi.

Samedi 24 octobre

Avec Hannah, on a regardé un tuto en ligne pour se faire un maquillage de chat et on s'est entraînées l'une sur l'autre. Je ne sais trop comment, on s'est retrouvées à chanter des comptines pour jeux de mains, comme pendant la récré à l'école primaire :

Dans ma maison sous terre
Omawe, omawe
Tao tao ouistiti
Tao tao ouistiti
One, two, three !

Jamais compris les paroles de ce truc. C'est moi ou ça ne veut strictement rien dire ?

Bref. Après son départ, j'ai avalé une boîte entière de crackers ultra-piquants au fromage. Et non, je ne regrette rien !

Dimanche 25 octobre

Hannah m'a envoyé au moins cinquante SMS pour me parler du nouveau prêtre dans son église :

Je parie que Jésus lui ressemblait.

Il a la peau dorée, et les yeux doux…

Son sermon était tellement intellectuel !

Elle est la seule personne de moins de soixante ans que je connaisse qui rédige ses SMS avec des majuscules en début de phrase et des points à la fin. J'ai fini par lui envoyer : tu peux pas te le faire je te signale qu'il a fait vœu de célibat et elle m'a aussitôt répondu : Voyons Chloe, je ne veux pas « me le faire », nom de nom ! (C'est l'expression qu'elle emploie toujours à la place de « nom de Dieu » histoire de ne pas jurer.)

Lundi 26 octobre

Maman m'a écrit ! Elle m'a expliqué qu'elle n'avait pas consulté ses mails de toute la semaine parce qu'elle avait fait un petit voyage pour les besoins de son livre. Elle m'envoie tous ses vœux de rétablissement pour mes yeux.

Mardi 27 octobre

Griffin Gonzales et moi avons rejoint nos casiers ensemble après le cours d'anglais. Il m'a demandé si j'avais aimé *Le Vieil Homme et la mer*. Je lui ai répondu que je ne comprenais pas pourquoi tout le monde faisait un plat à propos des romans d'Ernest Hemingway. Émotions refoulées, style plat… quel intérêt ? Griffin a rétorqué qu'on avait parfois du mal à apprécier son importance littéraire à sa juste valeur car tous les autres écrivains l'avaient copié par la suite et que, du coup, on ne se rendait pas compte qu'il avait tout inventé. Notre conversation m'a moitié intéressée, moitié terrifiée à l'idée de passer pour une idiote.

Mercredi 28 octobre

Je suis descendue tard hier soir sur la pointe des pieds pour aller me chercher un truc à grignoter dans la cuisine quand j'ai surpris papa en train de mater la page Facebook de maman. Il a refermé son ordi si fort que Snickers a sursauté. Je ne sais pas trop quoi en penser, mais au fond je n'ai même pas *envie* d'y penser. Pourquoi les parents sont-ils tellement bizarres parfois ?

Jeudi 29 octobre

Tristan m'a envoyé une rafale de SMS :

je viens de croiser Murphy dans les couloirs

elle a les cheveux lâchés, on dirait la femme du coach dans *Friday Night Lights* !

c'est dingue faut que tu voies ça !!

Je lui ai répondu :

la femme du coach dans *Friday Night Lights* c'est la mère dont j'ai toujours rêvé !!

J'ai culpabilisé après coup, bien sûr. Comment réagirait maman si elle savait que j'ai dit une chose pareille ?

Vendredi 30 octobre

Tous les élèves populaires de ma promo se rendent à la fête costumée chez Madison Ostler, ce soir. Moi, je vais chez Hannah jouer au Pictionnary avec elle et ses parents.

Samedi 31 octobre

Encore un Halloween de folie ! Avec Hannah, on s'est habillées en jean noir et tee-shirt noir avec nos masques de chat pour partir à la chasse aux bonbons. Au bout de la cinquième maison, quelqu'un nous a sorti :

– Vous êtes pas un peu vieilles pour jouer à ça ?

CERTAINEMENT PAS !

Dimanche 1er novembre

J'ai oublié de dire « Lapins, lapins » en me réveillant ce matin. C'est parti pour un mois entier de malheurs*.

Lundi 2 novembre

On a eu une répète exceptionnelle avec le club de chant, ce soir. Papa est venu me chercher parce qu'il faisait un temps de chien et que même lui n'avait pas le cœur de m'obliger à marcher au beau milieu d'une tempête de neige. Il est carrément entré dans la salle au lieu d'attendre dans sa voiture comme tout parent normal. Bon, ce n'était pas trop gênant non plus : la répète était déjà terminée et tout le monde rangeait ses affaires en papotant. Par contre, il s'est présenté à Mlle Murphy ! Pourquoi ? Pourquoi ???? pourquoi veut-il toujours faire copain-copain avec mes profs ?

– Chloe est bien sage ? lui a-t-il demandé.

– Non, c'est une vraie terreur ! a-t-elle répondu en riant. Ils m'ont regardée en souriant comme s'ils s'attendaient à ce que je leur fasse un tour de magie ou je ne sais quoi.

– Le club de chant lui plaît beaucoup, en tout cas, a repris mon père. Elle ne parle que de vous à la maison !

– PAPA…, j'ai protesté.

Non mais sérieux ! Il veut me faire passer pour une psychopathe ?

Mlle Murphy a passé son bras autour de mes épaules.

– Tant mieux.

---

* Vieille tradition encore présente dans certaines régions de l'est des États-Unis : il faut dire « Lapins, lapins » (« *Rabbits, rabbits* ») en se réveillant le premier jour du mois pour avoir de la chance pendant tout le reste du mois. (*N.d.T.*)

Mardi 3 novembre

Hannah a eu ses règles (sans doute parce que je viens moi aussi d'avoir les miennes, juste après qu'on a abordé le sujet pendant le cours sur la santé. C'est à la fois flippant et trop cool. Je me sens davantage dans la peau d'un singe que d'un être humain).

Mercredi 4 novembre

J'ai passé toute la durée de la répète ou presque à observer Tristan. Il est tellement mignon et BCBG, mais BCBG comme s'il portait un déguisement, ce qui lui évite d'être agaçant. Aujourd'hui, par exemple, il portait une ceinture bleu marine à motif baleines, un pull jaune, des mocassins et des lunettes à monture en écaille dont je suis certaine qu'elles sont fausses parce qu'il ne les porte que quelques jours par semaine. Si j'avais découvert sa photo sur Facebook, j'aurais été intimidée par son physique, mais le fait de le connaître dans la vraie vie me permet de me sentir super-détendue avec lui. Pendant la pause, alors qu'on est censés boire de l'eau, on a dessiné une spirale dans son cahier et essayé de se prédire l'avenir l'un l'autre (je vivrai dans une grande villa, j'aurai six enfants, je conduirai une voiture de karting et deviendrai gymnaste professionnelle ; il vivra dans un squat, sans enfants, conduira une Porsche et dirigera un fonds d'investissement).

Jeudi 5 novembre

Perdu cinq heures de ma vie après les cours à mater des vidéos de chats et à me faire les ongles. J'ai décidé d'aller faire un tour sur FB avant de me mettre à mes devoirs et j'ai vu que Danielle de Vincenzo était officiellement en couple avec Luke Powers. Forcément, j'étais obligée de regarder toutes les photos d'elle depuis l'époque du collège. J'ai honte de moi, plus jamais je n'irai sur Internet de toute ma vie, promis juré.

Vendredi 6 novembre

Papa nous a fait des tacos, ce soir. J'ai trouvé ça bizarre ; il sait pertinemment que les tacos avec extra-dose de fromage orange sont mes préférés au monde. J'en avais déjà englouti cinq et je me demandais si ce serait une bonne idée de craquer pour un sixième (pas sûr) lorsqu'il m'a sorti :

– Écoute, ma puce, j'ai quelque chose à te dire.

« Il est au courant pour la teuf des terminales », j'ai pensé. Mais il a continué :

– J'ai discuté avec maman hier soir. Je crains qu'elle ne soit pas de retour à la maison pour Thanksgiving.

– Je sais, j'ai répondu.

Il a eu l'air surpris.

– Elle t'en a parlé ?

– Non. Mais elle m'a dit qu'elle partait pour quatre mois, et on est seulement en novembre.

Il a ouvert la bouche comme s'il s'apprêtait à dire autre chose. Puis il s'est ravisé et s'est mis à gratter l'étiquette de sa bouteille de bière avec ses ongles.

Samedi 7 novembre

Voici ce que je lui ai écrit :

Chère maman,

Papa m'a dit pour Thanksgiving. Tu aurais pu me l'annoncer toi-même, mais bref. Je me doutais que tu ne serais pas de retour pour Thanksgiving, donc tout va bien. Amuse-toi bien en sirotant tes palominos.

Bisous,

Chloe.

Dimanche 8 novembre

Vous savez ce que ça fait quand on envoie un mail méchant et qu'on vérifie son téléphone toutes les deux secondes pour guetter la réponse ? Il n'y a pas pire sentiment au monde. C'est marrant de penser que les filles dans *Les Sorcières de Salem* n'ont jamais vécu ça. En même temps, j'imagine qu'elles attendaient de vraies lettres, ce qui devait être encore plus stressant.

Lundi 9 novembre

Écrire des mails vachards, ça craint. Mais à mon avis, pas plus que de faire poireauter quelqu'un deux jours avant de lui répondre.

Mardi 10 novembre

Je suis allée aux toilettes pendant le cours de sciences et vie de la terre. J'en avais pas vraiment besoin, mais j'en pouvais plus d'entendre parler de roche basaltique. En ressortant, je suis tombée sur Mac, en train de boire de l'eau à la fontaine comme un simple mortel. Il m'a dit :

– Quoi de neuf, fillette ?

J'ai paniqué et émis un vague « *hummprph* » au lieu de formuler une phrase normale avec des mots.

Oh, purée, qu'est-ce qu'il est beau ! Dès que je le vois, j'ai très chaud, je ne sais plus comment je m'appelle et je me sens à deux doigts de m'évanouir.

Mercredi 11 novembre

Maman m'a répondu ! Quand j'ai vu son nom apparaître dans ma boîte mail, j'ai eu la chair de poule.

Mon petit lapin d'amour,

D'abord, toutes mes excuses pour cette réponse tardive. Je n'ai pas eu accès à mes e-mails pendant plusieurs jours pour des raisons trop ennuyeuses à t'expliquer.

Je sens que tu es fâchée. Dis-moi si je me trompe – la technologie moderne est une chose extraordinaire et je me réjouis de vivre à notre époque, mais les ordinateurs ont un gros défaut : ils ne retranscrivent pas le ton de celui qui s'exprime. Il est donc tout à fait possible que j'aie mal interprété ton message. Mais trésor, si tu m'en veux, sache que je me sens très déprimée d'être coincée ici, sous ce soleil de plomb, pendant que ton père et toi célébrez Thanksgiving et l'oppression des Amérindiens… Mais non, c'est pour rire ! Je sais que tu adores les fêtes familiales, surtout celle-ci (n° 3 sur ta liste, n'est-ce pas ?), et je n'aimerais rien de plus que de partager le repas de Thanksgiving avec toi, voir tes yeux brillants et entendre ta douce voix. Mais quel modèle serais-je pour toi si j'abandonnais l'œuvre la plus importante de toute ma vie pour satisfaire mes petits caprices personnels ? Non, j'ai toujours tenu à ce que tu saches – pas seulement en te le disant, mais en te montrant l'exemple – que les femmes peuvent être aussi ambitieuses et impliquées dans leur carrière que les hommes. Alors pendant que tu t'empiffreras à table, pense à moi et dis-toi que je nous rends service à toutes les deux, même si ça ne te saute pas aux yeux pour l'instant. Tu me remercieras un jour, tu verras !

Je t'aime plus que tout

et je serai toujours
ta maman qui t'aime

P.-S. c'est « paloma », chérie, pas « palomino ». Tequila et jus de pamplemousse – c'est si rafraîchissant, et bien plus populaire ici que les margaritas, considérées comme la boisson typique (et tellement banale !) des touristes américains.

Jeudi 12 novembre

Elle me connaît par cœur, il faut bien le reconnaître.

Liste des fêtes préférées de Chloe Snow, dernière mise à jour : 1er août.

1/ Fête nationale du 4 juillet (plage, bronzette, feux d'artifice, drapeaux américains – même sur mon bikini – et grand barbecue annuel dans le jardin).

2/ Noël (la neige, le père Noël, papa me prépare encore une chaussette géante chaque année pour l'accrocher à la cheminée, gaufres au petit déj, steak au dîner).

3/ Thanksgiving (la dinde farcie, la sauce au cranberry, le début des chansons de Noël).

4/ Halloween (juste parce que j'adore me déguiser, en fait).

5/ Le jour de la Marmotte (avec papa, on regarde le film chaque année à la télé et je mange comme un ogre).

6/ Pâques (bof : il fait froid et gris, et puis Hannah me force toujours à l'accompagner à l'église. Mais bon, il y a aussi les œufs en chocolat…).

7/ La Saint-Valentin (ça deviendra enfin sympa le jour où j'aurai un mec – mais si ça se trouve, il m'expliquera que c'est une fête idiote inventée par les marchands de cartes de vœux et je devrai faire semblant d'être d'accord avec lui).

8/ Le jour de l'An (ça deviendra sympa le jour où je serai indépendante et où je vivrai à New York).

9/ Tous les trucs idiots genre journée de l'Arbre, journée des Présidents… aucun intérêt.

Vendredi 13 novembre

Pendant que je me séchais les cheveux, j'ai réalisé que Hannah ne m'avait pas beaucoup textoté cette semaine, alors j'ai tenu le séchoir de la main gauche pendant que la droite écrivait : T morte ou koi ?

J'ai vu apparaître une bulle avec des points de suspension dedans, donc j'ai compris qu'elle me répondait. Puis la bulle a disparu. Puis elle est revenue. Le temps qu'elle peaufine sa réponse, j'avais déjà les cheveux secs.

Salut ! Tu tombes bien, j'ai besoin de tes conseils. Tu peux venir dormir à la maison, ce soir ? Ma mère nous fera des lasagnes aux trois fromages !

Qu'est-ce qu'elle peut m'énerver avec ses virgules !! J'ai l'impression d'échanger des SMS avec la reine d'Angleterre. Sérieux, j'ai une bien meilleure syntaxe que Hannah vu que je passe mon temps à lire, à écrire mon journal dans cette appli et à cartonner en cours d'anglais. Mais écrire des SMS n'a rien à voir avec la grammaire. C'est de la communication ultrarapide pour créer l'illusion d'une vraie conversation.

Samedi 14 novembre

ATTENTION, SCOOP : Hannah kiffe Franck Sinatra, alias

Josh Menaker. Apparemment, ils se textotent comme des dingues, ce qui explique pourquoi elle m'avait un peu oubliée. Hannah n'a pas le droit de sortir avec des garçons avant d'entrer à la fac (je ne comprends toujours pas pourquoi Dieu interdit aux ados de tomber amoureux, mais bon) et on en a déjà parlé un million de fois, mais là c'est différent puisqu'il ne s'agit pas de savoir ce qu'elle ferait si Channing Tatum l'invitait au ciné (même si, OK, c'est une question vitale). Non, cette fois, il y a un vrai garçon, un peu trop maigre mais mignon, qui lui écrit des trucs genre : toi + moi + ciné vendredi = plan ? dis-moi oui STP sinon je vais me recroqueviller sous ma carapace et mourir comme une tortue

Franck Sinatra n'est pas mon genre, mais je dois reconnaître que c'est hyper-chou.

Hannah a paniqué trois heures en se demandant quoi lui répondre et si elle était prête à s'engager avec un garçon. Au bout d'un moment, j'en ai eu marre.

– Écoute. J'y comprends rien. Vous vous êtes fiancés en secret ou quoi ?

– Bien sûr que non.

– On dirait le contraire. Où est le problème ? Dis à tes parents qu'on fait un truc toutes les deux vendredi soir, et accepte son invitation. Vous allez juste voir un film, pas choisir vos alliances.

Voilà, c'était ça mon conseil. Vraiment pas compliqué. Mais Hannah est une telle boule de stress qu'il a fallu qu'on rediscute mille fois du plan, qu'on l'examine sous tous les angles et qu'on imagine la réaction de ses parents : A/s'ils lui volaient son téléphone pour lire ses messages, B/si elle craquait et qu'elle leur avouait tout après coup, C/si Josh et elle décidaient d'aller étudier dans la même fac parce que c'est trop dur de vivre une relation à distance, etc. Elle m'a aussi obligée à répéter ce que je dirais au téléphone à ses parents s'ils m'appelaient et demandaient à lui parler. Résultat, on a dormi deux heures et j'ai des cernes violets sous les yeux aujourd'hui. Sérieux, je suis l'amie la plus dévouée au MONDE.

Dimanche 15 novembre

Papa a retrouvé sa vieille console Nintendo au sous-sol et on a joué à Super Mario Bros. pendant genre huit heures. Papa déchire à ce jeu ! On a commandé une pizza pour le dîner. Maman aurait flippé en voyant le temps qu'on a passé à jouer *et* les ingrédients de la garniture, mais c'est sans doute l'une des meilleures journées de toute ma vie, alors je ne culpabilise pas trop non plus.

Lundi 16 novembre

Chaque fois que je vois Sienna et Mac dans les couloirs, elle est accrochée à son bras et le regarde avec de grands yeux comme une poupée manga. Il faut qu'elle penche la tête pour le regarder par en dessous, vu qu'ils mesurent un mètre quatre-vingts tous les deux.

Mardi 17 novembre

J'ai vu Tristan après les cours !!! J'étais en train de marcher tout en lisant *Ne tirez pas sur l'oiseau moqueur* sur mon téléphone quand j'ai entendu quelqu'un dire :

– On dirait un zombie scotché à son iPhone...

Quand j'ai levé les yeux, il se tenait devant moi,

un sourire jusqu'aux oreilles. Comme je n'avais rien à faire, et lui non plus, on a décidé d'aller voir l'entraînement de l'équipe de foot américain puisque c'est considéré comme une attraction de choix dans notre ville si passionnante. Les gradins étaient gelés, mais c'était chouette de prendre un bon bol d'air, de sentir l'odeur de la pelouse et des feuilles mortes, et de voir Mac courir sur le terrain.

J'étais intimidée. C'était la première fois qu'on se voyait en dehors des cours, Tristan et moi. Maman dit toujours que l'art de la conversation repose sur les questions, alors je lui ai demandé s'il pratiquait un sport.

– Je faisais du foot et de la course de fond là où j'habitais avant, dans le New Hampshire. J'ai été accepté dans l'équipe de foot ici, mais j'ai décidé de laisser tomber.

– Pourquoi ?

– Les entraînements tombaient en même temps que les répètes de la chorale.

– Quoi ? (J'ai pivoté sur les gradins pour le regarder.) Tu préfères la chorale au foot ?

C'est peut-être différent dans les villes non préhistoriques, mais ici, au Pays Que Le Temps A Oublié, renoncer à la possibilité de jouer dans l'équipe officielle du lycée équivaut à proclamer : « Je m'en fous d'être populaire ou admiré. Je préfère être un loser. Salut ! »

– J'ai cru que mon père allait faire une attaque, m'a-t-il répondu.

Je ne savais pas quoi lui demander d'autre, alors on s'est contentés de regarder les joueurs en silence pendant un moment.

– Tu connais Mac Brody? j'ai fini par lâcher.

– Je sais qui c'est, bien sûr.

– C'est drôle comme tout le monde connaît les stars de terminale alors qu'elles ignorent notre existence.

– J'ai horreur de tout ce cirque, a marmonné Tristan. J'ai hâte de déménager à New York, là où personne ne me connaît et où tout le monde se fout pas mal de savoir qui était populaire dans son lycée.

– Moi aussi, je rêve d'habiter à New York!

Là-dessus, on s'est mis à parler des blogs new-yorkais qu'on connaissait, de la possibilité d'aller voir une comédie musicale ensemble, et des mérites comparés du West Village ou du quartier de Williamsburg pour s'installer quand on sera adultes et riches. Une fois le sujet épuisé, on s'est tus quelques instants. Jusqu'au moment où il m'a sorti:

– Tu kiffes Mac, pas vrai?

Je lui ai dit:

– Oh non, merde, ça se voit tant que ça? Tout le monde est au courant?

Et il m'a répondu:

– Ça, j'en sais rien, mais tu mates ses fesses depuis tout à l'heure.

J'ai peut-être un faible pour Tristan, aussi. Je me sens si à l'aise avec lui. On pourrait s'installer à New York et vivre ensemble dans un grand loft ensoleillé.

Je l'ajouterais bien à mon plan d'action, mais il est trop réel. Griffin et Zach, je pourrais les embrasser fougueusement et ne plus jamais leur adresser la parole. Je n'ai pas envie d'utiliser Tristan pour ses lèvres, de toute manière.

Mercredi 18 novembre

Quand j'ai dit à Hannah: «Il faut reconnaître que Mac a d'adorables petites fesses rondes», elle m'a répondu: «Carrément!» Je lui ai rétorqué qu'elle était la pire menteuse de la terre. Je m'en fiche de ce qu'elle pense; son type de mecs, ce sont les éphèbes aux boucles brunes. Chacun ses goûts! Moi je préfère les hommes, les vrais, un peu comme Lennie dans le roman de John Steinbeck, *Des souris et des hommes* – en version moins maboule, bien sûr.

Jeudi 19 novembre

La fois où on s'est retrouvées invitées à une soirée de terminales me paraît déjà appartenir à un passé lointain. À présent, mon week-end s'annonce telle une vaste plaine désertique.

J'ai croisé Zach Chen dans le couloir. Il m'a demandé: «Hé, Chloe! Tu viens toujours au concert le mois prochain, hein?», et je lui ai répondu: «Je compte les jours!», ce qui constituait peut-être une réponse un peu trop excessive mais pas trop pathétique quand même. Bizarrement, ça accroît mon sentiment de solitude d'imaginer Zach en train de faire un truc intéressant quelque part en ayant oublié notre conversation deux secondes après qu'elle a eu lieu alors que moi, je suis seule à la maison en train de ressasser lamentablement cet épisode dans mon journal.

Vendredi 20 novembre

Hannah est à son rendez-vous ciné avec Josh, papa n'est pas encore rentré du travail, je ne peux pas écrire à Tristan pour qu'on fasse un truc parce qu'il saura que je glande chez moi un vendredi soir, et Snickers m'a fait une grimace incrédule quand je lui ai proposé d'aller faire une troisième promenade. Bon, eh bien je crois que je vais rester seule dans mon coin, à me rapprocher lentement de la mort à chaque seconde qui passe.

Samedi 21 novembre

Hannah est venue me raconter sa soirée. Voilà comment ça s'est passé :

1. Ils ont été voir ce film horrible où la fille se fait découper les yeux dans une cabane et Hannah a passé tout le temps (ou presque) à regarder fixement ses genoux.
2. Josh lui a tenu la main et aucun d'eux n'a eu la paume moite mais elle a commencé à stresser en se disant qu'elle avait les doigts trop gros.
3. Ils sont allés au resto de bagels après la séance parce qu'il n'y a nulle part ailleurs où manger dans ce bled pourri.
4. Bizarrement, Josh et elle se sont serré la main au lieu de se faire la bise comme des gens normaux.
5. Elle pense qu'elle est « probablement » en train de tomber amoureuse de lui.

Voilà. Fantastique. Hannah va bientôt se fiancer et moi, je suis la vieille fille la plus jeune de la planète.

Dimanche 22 novembre

C'est l'anniv de maman, aujourd'hui ! Je lui ai fabriqué une pancarte « Joyeux Anniversaire ! » avec des paillettes et des stickers, et je la lui ai montrée sur

Skype. Elle a adoré, j'en suis sûre. C'était difficile à dire, parce que l'image était très hachée. Je l'ai trouvée très belle. Elle était toute bronzée, avec un énorme chignon sur le sommet de la tête. À la maison, je ne supportais pas ses cheveux, mais en même temps, je m'en voulais car franchement, pourquoi s'énerver à cause de ça? Ce ne sont que des cheveux. Elle peut bien se coiffer comme elle veut!

Lundi 23 novembre

J'ai regardé toutes mes vieilles photos de cet été, histoire de bien me coller la déprime. Ô temps béni des vacances où j'étais bronzée et vaguement jolie! Aujourd'hui, je ne suis plus qu'un petit fantôme translucide.

Mardi 24 novembre

DEMAIN C'EST THANKSGIVING + PAS DE COURS CET APRÈM + MARATHON *PROJECT RUNWAY* AVEC HANNAH ET SNICKERS = YEAAAAH!!

Jeudi 26 novembre

Waouh, c'était le pire Thanksgiving de toute ma vie. J'aurais préféré rester à la maison avec papa, mais il a eu peur qu'on s'ennuie alors on est allés dîner chez les Egan. Premièrement, ils ne cuisinent rien eux-mêmes: la sauce aux canneberges était tout droit sortie d'une boîte de conserve, la pâte de la tourte au potiron était industrielle et c'est pas pour jouer les snobs mais JAMAIS mon père ne nous aurait servi un truc aussi dégueu pour Thanksgiving. Ensuite, M. Egan a récité le bénédicité avant le repas. Une simple prière rapide aurait suffi, mais non, ça a pris *cinq* bonnes minutes, ce qui n'a l'air de rien comme ça mais en réalité c'est un INTERMINABLE CAUCHEMAR lorsqu'il s'agit de la durée d'une prière. Il a beaucoup été question de Notre-Seigneur, de gratitude et d'humilité, etc., etc., et j'ai commencé à me demander ce qui se passerait si je pétais sans le faire exprès ou si je me mettais à crier « HERPÈS GÉNITAL ! », comme ça, très très fort. Et puis M. Egan a dit :

– Nous te demandons aussi, Seigneur, de veiller sur ceux qui n'ont pas pu se joindre à nous ce soir mais qui sont quand même dans nos prières, surtout ceux qui se sont égarés, ô Seigneur. Nous te demandons de les prendre par la main pour les ramener sur le bon chemin.

Et là, j'ai su qu'il voulait parler de maman. J'ai essayé de jeter un regard indigné à Hannah mais elle avait fermé les yeux, sans doute parce qu'elle avait deviné ma réaction à l'avance. Quand le bénédicité s'est enfin terminé, M. Egan m'a regardée avec un grand sourire dégoulinant de pitié et comme je ne suis qu'une lâche, j'ai baissé les yeux vers mon assiette au lieu de lui adresser un bon gros doigt d'honneur. C'est le genre de père de famille à s'habiller comme un entraîneur sportif le week-end et à porter une gourmette en or. Dire que j'aimais bien ce type, avant.

Papa s'est éclairci la gorge avant de prendre la parole :

– Quelqu'un s'est rendu à la dernière réunion du conseil municipal ? Je sais que Mme Singh exagère parfois, mais je pense qu'elle a raison à propos du salage des rues…

Là-dessus, les adultes se sont lancés dans une

discussion plus-barbante-tu-meurs à propos de trucs incompréhensibles et sans intérêt. Je croyais qu'on s'était éloignés du sujet de maman pour de bon mais, pendant qu'on mangeait l'immonde tourte à la citrouille, Mme Egan a reposé sa fourchette, croisé le regard de papa et lui a demandé :

– Alors, comment tenez-vous le choc ? d'une voix mielleuse et attentionnée, comme si elle voulait se faire passer pour la Vierge Marie.

Papa s'est contenté de lui répondre :

– Tout va très bien, Julie.

– Je trouve que tu es l'homme le plus stoïque et le plus patient au monde.

– Je t'assure, tout va bien.

– Et Chloe...

Elle s'est tournée vers moi – je vous le jure – AVEC LES YEUX BRILLANTS DE LARMES. J'avais envie de renverser la table.

– Je ne sais pas comment tu peux le supporter, ma puce.

Papa m'a jeté un regard, genre « ne t'énerve pas ».

– Comment je peux supporter quoi ? me suis-je contentée de répondre.

– Eh bien, de vivre sans ta maman, trésor.

J'ai eu peur de me mettre à pleurer (non pas de tristesse, mais de rage).

– C'est juste pour quelques mois, j'ai rétorqué.

Quelle IDIOTE. Ce n'était ni dans-ta-face, ni méchant, ni intelligent comme réponse. C'était juste inexistant. J'aurais dû répondre : « Elle me montre le bon exemple. Elle ne reste pas coincée chez elle à faire des brownies et à ne penser qu'à la messe sous prétexte qu'elle n'a pas de carrière, comme certaines mères de ma connaissance. Elle au moins, elle vit sa vie. »

J'ai fondu en larmes dans la voiture quand on a enfin pu repartir, et papa m'a parlé de ce truc qui s'appelle « l'esprit d'escalier » : en gros, c'est quand on trouve la réplique parfaite une fois dans l'escalier, après avoir quitté un endroit. Je lui ai dit que je détestais les Egan.

– Ils ont été maladroits, mais ça partait d'une bonne intention, m'a répondu papa.

– Pas du tout. Ils veulent jouer les âmes charitables tout en humiliant. Ce sont des trolls !

Papa m'a demandé ce que ça signifiait, alors je lui ai expliqué. On s'est tous les deux appris un truc, ce soir.

Vendredi 27 novembre

Extraits choisis des SMS de Hannah :

Je suis désolée si tu as trouvé la soirée pénible.

OK, j'avoue : elle était pénible.

Mes parents sont insupportables.

Je t'en prie, ne m'en veux pas.

J'ai fini par lui répondre pour apaiser ses souffrances. Non, je ne lui en veux pas. Ce n'est pas de sa faute si ses parents adorent les bondieuseries.

Samedi 28 novembre

Quand je me suis réveillée ce matin, mes draps préférés (les roses à rayures) étaient tachés de sang menstruel. VDM.

Dimanche 29 novembre

Il y a le « blues du dimanche », et puis il y a le « blues

du dimanche après un pont ou un jour férié». Autant appeler ça carrément les dimanches suicidaires.

Lundi 30 novembre

Je me suis endormie en cours de maths. Et réveillée quand M. Hicks a attrapé ma queue-de-cheval et m'a secoué la tête d'avant en arrière. Je suis sûre que c'est un acte illégal et puni par la loi.

Mardi 1er décembre

Décembre, déjà! Le temps passe tellement vite. Hier encore, je n'étais qu'une collégienne innocente, bien loin d'imaginer le calvaire des règles douloureuses et des boutons d'acné à *l'intérieur* des narines qui résumeraient bientôt ma triste existence.

Mercredi 2 décembre

Au club de chant aujourd'hui, au lieu de s'asseoir en rangées, on s'est répartis en cercles de quatre personnes (une soprano, un alto, un ténor, un baryton) et on a chanté comme ça. C'est bien plus difficile de se souvenir de sa partie quand on ne peut pas écouter les autres sopranos autour de soi. Tristan et moi avons réussi à nous retrouver dans le même groupe, et quand on est arrivés à la phrase qui dit: «... les amis fidèles qui nous sont chers se réunissent une fois encore auprès de nous», il m'a pris la main! C'était juste pour rigoler, j'imagine, mais n'empêche, techniquement, on s'est tenu la main!

Jeudi 3 décembre

Petite séance de Skype avec maman. C'est bizarre de la voir transpirer en débardeur alors que je me balade dans la maison avec mon cache-oreilles sous prétexte que papa refuse de régler le chauffage à un niveau décent dans cette maison. J'ai l'impression qu'elle voyage dans le temps.

Je me sentais bizarre après avoir raccroché avec maman, alors pour me changer les idées, j'ai appelé Hannah et je lui ai demandé si elle voulait m'accompagner au concert des Deposed Monarchs. Elle m'a répondu qu'elle comptait déjà y aller avec Josh, mais que je pouvais me joindre à eux, et non, bien sûr que non, ce n'est pas comme si je leur tenais la chandelle, au contraire, ce sera encore plus sympa avec moi ! Parfois, je l'adore vraiment.

Vendredi 4 décembre

Tristan et Hannah sont venus chez moi après les cours. Ça commençait à devenir un peu bizarre qu'on ne fasse jamais rien ensemble. On a regardé *Noël blanc* parce qu'on est des jeunes gens bien élevés. Je crois que ça s'est bien passé, dans l'ensemble. Tout le monde était un poil trop poli, mais il n'y a pas eu trop de silences gênés. On s'est demandé si l'un de nous avait déjà été défoncé (personne) ou bourré (moi et Hannah : non, Tristan : oui, une fois quand il avait onze ans et qu'il avait siroté en cachette un reste de verre de vin à une soirée organisée par ses parents). Après quoi, étrangement, la conversation a dévié vers Josh et la question de savoir s'il embrassait bien. Hannah est repartie la première quand sa mère est venue la chercher. Après son départ, Tristan m'a demandé :

– Alors, t'as rencontré Josh ? T'en penses quoi ?

On a un peu parlé du couple Hannah / Josh ; pas

du tout pour dire du mal, mais plutôt de façon analytique. J'apprécie le fait que Tristan ait des opinions sur les gens. C'est vraiment un truc qui m'agace chez Hannah ; chaque fois que j'ai envie de parler de quelqu'un qu'on connaît, elle prend un air peiné et me laisse monologuer pendant cinq minutes avant de prendre la parole pour lâcher : « Je trouve ______ très sympa et je préférerais qu'on ne parle pas de lui / d'elle dans son dos. »

Tristan m'a demandé :

– Ta mère travaille tard le soir ?

– Oh, non. Enfin, peut-être. Elle est partie travailler quelques mois au Mexique.

– Trop cool ! Elle fait quoi ?

– Elle est écrivain.

Il était très impressionné et m'a posé un milliard de questions sur ce qu'elle écrit. Bizarrement, j'ai eu du mal à lui répondre… je ne savais vraiment pas quoi lui dire.

Samedi 5 décembre

On est allés à la pépinière de Noël et on a choisi un sapin d'un mètre quatre-vingts. L'achat repose sur la confiance : on scie son arbre soi-même et on laisse un billet de cinquante dollars dans un seau rouge posé sur une souche à l'entrée. J'ai parfois l'impression qu'on vit dans un épisode de *La Petite Maison dans la prairie*.

Dimanche 6 décembre

Papa est monté au grenier pour en redescendre avec un tas de cartons que je n'avais jamais vus de ma vie… et qu'est-ce que je découvre dedans ? Des guirlandes clignotantes, des chaussettes géantes, des mini-père Noël scintillants, du houx en plastique, des boules à neige, des moules à cookies et j'en passe ! On a passé toute la journée à écouter *Casse-Noisette* en boucle et à décorer la maison. Maman ferait une crise cardiaque si elle nous voyait !

Lundi 7 décembre

En cours d'anglais, j'ai déclaré que *Ethan Frome** était un roman sur le féminisme. Ethan est un personnage tellement craintif et passif qu'il n'a aucune personnalité, mais Mattie et Zeena, malgré le fait qu'elles sont horribles et que je les déteste, se comportent de la seule manière possible au sein d'une société qui les cantonne dans le rôle de servante ou d'épouse. Mlle Murphy a qualifié mes commentaires de « très pertinents ». Je suis un génie.

Mardi 8 décembre

Ai-je déjà mentionné le fait que Tristan a des yeux d'un bleu de glace pareil au lac gelé dans une ville imaginaire de Nouvelle-Angleterre ? Et les cheveux blonds pareils à ceux d'un beau jeune pèlerin ?

Mercredi 9 décembre

Stop. On arrête tout une minute, là. Demain, ça fera exactement quatre mois pile que maman est partie. Ça veut dire qu'elle sera de retour d'ici vingt-quatre heures

---

* *Ethan Frome* est un roman d'Edith Wharton écrit en 1911 et considéré comme un classique des lettres américaines. L'action se déroule dans une petite ville de Nouvelle-Angleterre à la fin du XIXe siècle. (*N.d.T.*)

maximum. Pourquoi ne m'a-t-elle pas écrit pour m'en parler? Est-ce à moi de le faire? Elle croit peut-être que j'ai oublié et elle veut me faire une surprise, alors je risque de tout gâcher, non? Si ça se trouve, elle est déjà dans l'avion! C'est quoi, le décalage horaire avec le Mexique?

Je suis excitée comme une puce!!

Jeudi 10 décembre

Bientôt minuit et maman n'est toujours pas là. Quand j'ai demandé à papa si je pouvais aller chez Hannah ce soir, il m'a répondu:

– Bien sûr, tâche juste de ne pas rentrer trop tard, il y a école demain.

Il faisait comme si de rien n'était, mais il est peut-être au courant de la surprise!

Vendredi 11 décembre

La plupart des gens voyagent le week-end, non? Ça paraît logique, plutôt que d'arriver chez soi en plein milieu de semaine.

Samedi 12 décembre

Je sais, elle compte peut-être me surprendre au concert de Noël!

Dimanche 13 décembre

J'ai fini par craquer et demander à papa si maman rentrait à la maison ce week-end. Il était en train de vider le lave-vaisselle et il s'est figé net, une tasse de café à la main.

– Je n'en sais rien, ma puce, mais ça m'étonnerait.

– Elle avait dit quatre mois.

– Je lui ai envoyé un mail à propos de ton concert.

– C'est quand même pas normal qu'elle soit partie au Mexique en nous abandonnant ici. C'est même très... qu'est-ce qu'on a fait de si horrible, toi et moi ?

Il a posé la tasse sur le plan de travail. Il avait l'air furieux.

– Rien du tout.

On a tous les deux regardé la tasse sans rien dire. C'était l'une de celles de maman, avec des lapins bleus sur le pourtour.

Je sais que j'ai des défauts. Je suis nombriliste. Paresseuse. Je ne fais pas grand-chose à part lire, envoyer des SMS et mettre des photos de Snickers sur Instagram. Quant à papa, c'est *papa*. Il ne comprend pas maman, et il sifflote en permanence. Parfois, il arbore une expression comme s'il avait hâte de mettre fin à la conversation et d'aller faire ses trucs d'avocat dans son bureau. Mais tout cela est-il si horrible, franchement ?

Quand quelqu'un vous quitte, vous croyez automatiquement que c'est de votre faute. Vous vous regardez dans le miroir, et vous vous dites : « Quelle tronche débile. » C'est difficile de se convaincre soi-même qu'on n'est pas si mal, qu'on est même quelqu'un de bien, et qu'on n'est pas ennuyeux et repoussant au point que quelqu'un irait vivre dans un autre pays rien que pour vous fuir.

Pas quelqu'un. Votre mère. *Ma* mère.

Lundi 14 décembre

C'est bizarre de parler du club de chant avec Hannah. Elle a pitié de moi sous prétexte que je ne fais pas partie des Bonnes Notes. Franchement, moi, ça m'énerve, parce que je préfère mille fois passer du temps avec Tristan plutôt que d'obéir aux ordres de Bernadette. Mais Hannah ne me croirait pas si je lui disais ça. En plus, elle s'est mise à dire «*a ca*» au lieu de «*a cappella*», ce qui est le comble de... de... je ne sais même pas de quoi !

Mardi 15 décembre

IL A NEIGÉ ! OUAAAAIS ! C'EST ÇA, LA MAGIE DE NOËL !

Mercredi 16 décembre

Voilà ce qu'on doit porter pour le concert du club de chant : une chemine blanche, un pantalon noir, des chaussures noires et un veston brun. Avec ça, on va ressembler à la chorale des employés d'un casino.

Jeudi 17 décembre

Le concert s'est bien passé. Bla, bla, bla. Sauf que maman n'est pas venue. Je ne m'attendais pas vraiment à la voir débarquer, mais une petite partie de moi avait sans doute envie d'y croire quand même. Genre, un centimètre et demi de mon rein. Je n'étais pas assez concentrée parce que je passais mon temps à chercher son visage parmi la foule. Résultat, j'ai démarré un temps trop tôt à la fin du refrain de *Hallelujah*. J'aurais voulu disparaître dans un nuage de fumée et ne laisser rien d'autre qu'un veston froissé derrière moi. Les Bonnes Notes sont passés juste après nous. Ils ont fait quelques reprises de chansons pop, dont *All I Want for Christmas Is You*. Le public a adoré, bien sûr. Les filles étaient en robe rouge moulante, les garçons en bermuda et cravate rouge. Zach Chen a interprété la voix principale de *Last Christmas*. Bernadette s'était octroyé un bon million de solos. Mac, Sienna et un tas d'autres terminales célèbres étaient même présents dans le public pour l'applaudir (ce qui signifie qu'ils ont assisté à mon solo accidentel. Super).

Zach est venu me voir après pour me dire :

– Il y a toujours quelqu'un qui reprend trop tôt l'avant-dernier « hallelujah ». C'est même devenu une tradition. T'inquiète pas pour ça.

Il avait l'air tellement mignon avec son bermuda.

– Oh, je suis tellement morte de honte ! Merci pour ton soutien.

– On se voit samedi, pas vrai ?

– Compte sur moi.

On s'est dit au revoir, et j'ai essayé de transmettre un message silencieux avec mon corps : « J'aimerais beaucoup sortir avec toi à ton concert samedi prochain. Mes lèvres sont à toi. » Il m'a pressé le bras avant de partir, alors ça a peut-être marché.

Papa m'a apporté un bouquet de roses jaunes, ce qui était à la fois hyper-gênant et très gentil de sa part. Mlle Murphy lui a dit que j'avais beaucoup travaillé, et il lui a répondu qu'il était content de voir que je manifestais de l'intérêt pour autre chose que l'écran de mon téléphone, après quoi ils ont papoté une demi-heure à propos de trucs d'adultes hyper-barbants pendant que j'envoyais des SMS à Tristan, coincé à l'autre bout de la salle avec ses parents et d'autres gens.

ton père est trop mignon de t'avoir apporté des fleurs

hein tu rigoles je suis morte de honte !

Hannah et Bernadette sont BFF maintenant ???

J'ai regardé à l'autre bout de l'auditorium et là, j'ai vu ma meilleure amie en train de papoter et de rire avec Josh et cette chère Bernie. Elle est quand même venue me voir pour me féliciter de ma performance, et elle a même fait semblant de ne pas avoir remarqué mon solo accidentel.

Tristan et moi avons rencontré nos parents respectifs (enfin, parent au singulier, en ce qui me concerne). Sa mère est tellement belle que j'en étais presque mal à l'aise pour lui. Les gens doivent les regarder partout où ils vont. Elle a un sourire étincelant et un nez aussi parfait que sur une pub pour de la chirurgie esthétique. Quant à son père, on dirait un cow-boy sorti d'un vieux western et arborant une tenue de père moderne. Ils n'ont pas arrêté de me sourire en me disant qu'ils avaient beaucoup entendu parler de moi. Avec Tris, on est devenus rouge tomate.

Vendredi 18 décembre

Je crois bien que je suis amoureuse de Tristan. Il est tellement mignon, tellement gentil, et je me sens si à l'aise en sa compagnie ! Votre petit ami est censé être votre meilleur ami, or Tristan est mon meilleur pote masculin. En plus, si je l'épousais, ses parents m'apprendraient comment être naturellement sublime tout en m'empiffrant d'Oreo.

Je devrais peut-être sécher le concert de Zach demain et réserver mon premier baiser pour Tristan, mon véritable amour. Mais non, c'est dingue. Si ça se trouve, Tris n'est pas du tout attiré par moi. Ou alors, imaginons qu'il m'aime bien, qu'on s'embrasse, qu'il ait un mouvement de recul en disant : « Mais qu'est-ce que tu fabriques ? T'as jamais embrassé personne, ou quoi ? », que j'éclate en sanglots en avouant mon manque d'expérience et qu'il me dise : « Oh, je viens juste de me rappeler que j'ai encore une tonne de devoirs à faire » ?

Ma décision est prise : j'irai à ce concert.

Samedi 19 décembre

Voilà, mission accomplie. J'ai tenu parole. Je ne suis plus vierge de la langue. Youpi, quoi.

Hannah, Josh et moi sommes arrivés au concert à l'heure, ce qui est ringard, apparemment, puisqu'on était les premiers. Il était cinq heures de l'après-midi et on portait des bracelets orange pour que les barmans sachent bien qu'ils n'avaient pas le droit de nous servir de l'alcool, mais bon, c'était quand même super-excitant de se retrouver dans la pénombre d'un bar qui sentait la bière. Les gens ont fini par arriver et quand Zach et ses potes ont commencé leur troisième morceau, la salle était pleine. Et bruyante. Hannah a sorti une seconde paire de bouchons d'oreilles bleu turquoise de son sac (elle en portait déjà une paire) et a voulu me les tendre. J'ai secoué la tête en criant :

– NON MERCI !

En réalité, j'étais terrorisée à l'idée de causer des dégâts irréparables à mes oreilles, mais je ne voulais pas courir le risque de ressembler à une idiote – et si Zach me repérait au milieu de la foule ?

Il était habillé comme d'habitude, jean et tee-shirt, mais sur scène, sous la lumière des spots, avec sa guitare en bandoulière et sa bouche pressée contre le micro, il semblait métamorphosé en dieu du sexe. Ça m'a rendue tellement nerveuse que j'ai crié : « JE REVIENS

TOUT DE SUITE ! » à Hannah et Josh avant de filer vers les toilettes.

Quand j'en suis ressortie, la musique était tellement forte que ma peau tremblait et j'ai décidé de faire une pause. J'ai poussé la porte du club pour aller faire quelques pas dehors. Et là, adossé contre un mur, en train de regarder son téléphone, j'ai aperçu Griffin Gonzales.

– Hé, salut ! je lui ai dit. Désolée, je parle trop fort ? Je crois que je suis devenue sourde.

– C'est l'enfer, ici.

– Un peu.

– Je déteste les concerts presque autant que les voyages. Non pas que je l'avoue facilement. Il y a des choses qu'on n'a pas le droit de détester, à notre âge.

– Mais tu viens de me le dire, pourtant.

– Exact.

– Qu'est-ce que tu fais là si tu as horreur des concerts ?

– Bah, je suis pote avec le batteur. Et toi ?

– Je suis venue par curiosité.

– Hum.

Notre conversation n'avait pas l'air de le passionner et il a jeté un coup d'œil à son téléphone.

– En réalité, je suis venue pour embrasser quelqu'un.

À ces mots, il a rangé son portable.

– Quelqu'un en particulier ?

– Je pensais à Zach.

Il a pouffé.

– Je l'aurais parié.

– Comment ça ?

– Le cliché du chanteur guitariste à l'âme écorchée. Toutes les filles en sont folles.

Tout à coup, je me suis avancée vers lui et je l'ai embrassé. Très vite, sur la bouche. J'ai reculé pour voir sa réaction. Il avait l'air surpris, mais pas dégoûté, alors j'ai passé mes bras autour de son cou et je l'ai embrassé un peu plus, et il m'a rendu mon baiser, un peu sèchement au début, puis sa langue a forcé l'ouverture de ma bouche… et on s'est roulé une pelle ! Tous les articles que j'avais lus sur le Net disaient qu'il ne fallait pas avoir une langue trop agressive, mais Griffin n'avait pas dû les lire, je suppose. C'était comme si nos langues essayaient de se faire des nœuds l'une l'autre.

Je ne me suis pas sentie tout excitée. Je n'ai pas senti un élan passionné s'emparer de moi. Pendant tout le temps que ça a duré, j'étais consciente de la position de ses mains (sur mes hanches) et des éventuels sons dégoûtants que faisait ma bouche (non, ça allait).

Après, oh, moins de quatre-vingt-dix secondes, je me suis détachée de lui.

– Pour une surprise, c'était une surprise, a-t-il déclaré.

– Ouais. Je crois que je vais…

Je me suis contentée de désigner la porte du bar.

– OK. On se croisera sûrement.

Et voilà, fin de l'histoire !

Zach m'a paru beaucoup moins sexy quand je suis retournée à l'intérieur, mais j'avoue que je n'avais plus vraiment envie de l'embrasser non plus.

Quand j'y pense, je ne suis pas sûre que Griffin soit vraiment mon type, lui non plus. N'est-on pas censé ressentir quelque chose quand on embrasse quelqu'un ? Rouler des pelles avec lui m'avait paru aussi excitant que de me brosser les dents. Avec une brosse à dents électrique, certes, mais n'empêche.

Il est très mignon, mais je ne sais pas quoi lui dire. Il est tellement cynique, détaché et négatif. On sent bien qu'il plane au-dessus de nous, à nous observer avec calme et mépris.

J'ai obtenu ce que je voulais, mais maintenant, j'aspire à davantage.

Dimanche 20 décembre

Griffin n'est pas chez lui en train de penser à moi, j'espère ? Il n'est pas en train de consulter tous mes statuts et de tomber profondément, désespérément amoureux de moi, j'espère ?

Demain pourrait bien être la journée la plus embarrassante de toute ma vie.

Lundi 21 décembre

OH MERCI, SEIGNEUR, GRIFFIN N'EST PAS AMOUREUX DE MOI, C'EST LE MIRACLE DE NOËL !

Il m'a suivie en sortant du cours d'anglais. Je m'éloignais à toute vitesse, en faisant semblant de ne pas le voir, mais il a accéléré exprès pour me rattraper.

– Chloe ! T'as une minute ?

– Oh, tiens, salut, Griffin ! Je t'avais pas vu.

– Écoute, c'était sympa de... de te voir samedi. Je me demandais si on pourrait en discuter, parce que, heu... j'ignore ce que tu en penses, et je ne voudrais surtout pas présumer de tes intentions.

Il a respiré bien à fond et il a repris à zéro.

– Je t'apprécie vraiment, et je te respecte en tant

que lectrice, mais je ne me sens pas prêt à m'investir dans une relation pour le moment.

Ça ne m'a même pas vraiment vexée. J'étais surtout tellement soulagée que j'aurais pu l'embrasser une seconde fois, rien que pour exprimer ma joie.

– Bien sûr ! Enfin, oui, je pense la même chose que toi. Je préfère qu'on reste comme deux bons amis qui aiment parler littérature.

L'espace d'un instant, j'ai cru qu'il était vexé à son tour. Mais il a souri.

– Content qu'on se comprenne entre gens de lettres.

– Gens de lettres ?

Je lui ai donné un coup de coude.

– Comme dans les livres ? Ah ah !

– Heu… oui.

Oh, le soulagement de ne pas devoir rejeter un miniprof pathétique ! Je l'ai serré dans mes bras et je lui ai souhaité un joyeux Noël.

Mardi 22 décembre

Mlle Murphy nous a conseillé de lire des livres pendant les vacances au lieu de nous griller le cerveau à jouer à *Call of Duty*. Tout le monde a eu un petit rire sarcastique, et j'ai fait pareil, mais à la fin du cours je suis restée assise à mon bureau en faisant semblant d'envoyer un SMS important. Une fois tout le monde sorti de la classe, je lui ai demandé si elle avait des titres à me suggérer. Elle était toute contente et m'a conseillé *Le Château de Cassandra* et *Prep*.

Mercredi 23 décembre

EN VACANCES DEPUIS MIDI ! Avec Hannah, Josh et

Tristan, on est allés au McDo après les cours pour fêter ça. Josh conduisait, ce qui veut dire qu'on a dû aller sur le parking des terminales, ce qui veut dire que j'ai vu Mac. Il m'a pointée du doigt en s'écriant: «Joyeux Noël, Chloe Jo!» et tout le monde s'est retourné vers moi, genre «qui est cette fille mystérieuse?» ou plutôt «qui est cette naine mal dans sa peau?». J'ai rougi et je lui ai adressé un petit signe de la main.

– On dirait que tu lui as fait forte impression le jour où tu l'as croisé à la piscine, a commenté Hannah.

Je ne lui parle jamais de Mac. À quoi bon? Elle est incapable d'apprécier la perfection de ses fesses.

On est montés dans la voiture de Josh, une Volkswagen Jetta verte avec un petit sapin désodorisant suspendu au rétroviseur, et on a démarré, les vitres ouvertes, en faisant hurler Vampire Weekend sur les haut-parleurs (Josh adore ce groupe – comme c'est étonnant). On est passés devant Griffin, et je me suis penchée par la fenêtre pour lui hurler:

– SALUT, GRIFFIN!

Je l'aimerai pour toujours d'avoir accepté mon baiser sans tomber amoureux de moi en retour. Tout s'est goupillé à merveille.

Après le McDo, Mme Egan nous a emmenées au centre commercial avec Hannah pour qu'on fasse nos courses de Noël. J'ai pris un livre pour maman à la librairie, au cas où.

Jeudi 24 décembre

Réveillon de Noël. Avec papa, on a mangé des crevettes scampi et regardé *Le Chant du Missouri*. On a même chanté des airs traditionnels sur le canapé en admirant notre beau sapin. J'ai absolument tenu à ce qu'on chante *Les Douze Jours de Noël*, que papa déteste. Quand on a fini *Douce Nuit*, il m'a dit :

– Tu as une voix magnifique.

Il m'a autorisée à ouvrir un seul cadeau (c'est la tradition, dans notre famille, le 24 au soir) et j'en ai donc choisi un au hasard : une paire d'énormes chaussons en forme de terriers de Boston. Je n'avais pas du tout commandé ça, mais c'était tellement *moi* que j'ai failli pleurer. Je me sens triste, tellement triste.

Vendredi 25 décembre

C'est trop tard pour tout raconter en détail, mais en un mot (ou plutôt en trois, ha ha) : maman est revenue !!!!!

Samedi 26 décembre

Papa est allé courir et maman fait la sieste, alors j'ai enfin le temps d'écrire. J'ai fait la grasse mat jusqu'à 11 heures hier matin, ce qui m'a provoqué un petit pincement de nostalgie : l'époque où je bondissais de mon lit à 5 heures du matin pour vérifier si le père Noël était bien passé est révolue depuis si longtemps. En même temps, rien ne vaut le bonheur de dormir dix heures d'affilée. J'ai ouvert ma grande chaussette, qui contenait plein de petites surprises trop chouettes (vernis à ongles, barre Cadbury au chocolat et au muesli, brillant à lèvres dans une jolie petite boîte blanche brillante, jeu de Scrabble aimanté, coque à paillettes pour mon iPhone, et une superbe édition de *Raison et Sentiments* de Jane Austen), et tous mes autres cadeaux (le meilleur : un calendrier mural personnalisé avec des photos de Snickers). Papa a ouvert mon cadeau (une veste en polaire North Face qui a englouti tout mon argent de poche ou presque). Pendant qu'il faisait des gaufres, j'ai écrit à Tristan et Hannah et j'ai essayé de mettre une photo de Snickers avec un serre-tête de renne de Noël sur Instagram, mais ça n'a pas marché parce qu'il n'arrêtait pas de s'ébrouer chaque fois que je voulais remettre le machin en place. Après le petit déjeuner, je suis restée sur le canapé à suçoter des sucres d'orge en lisant *Raison et Sentiments* de Jane Austen – j'adore tellement que je fais exprès d'avancer lentement, histoire que ça dure plus longtemps. Quand la nuit est tombée, papa a mis un disque de jazz de Noël et a commencé à faire mariner les steaks.

J'étais plus ou moins en train de me demander si je ne devrais pas me doucher et enfiler de vrais vêtements, et plus ou moins en train de me dire que je n'étais pas si triste que ça, finalement, quand j'ai entendu la porte d'entrée s'ouvrir. Avec papa, on a échangé un regard intrigué. Avant même d'entendre le son de sa voix, j'ai su que c'était elle. Mon cœur s'est mis à battre très fort. Ses grosses bottes ont résonné dans le couloir et elle est apparue sur le seuil du salon, encore glacée par le froid qui régnait dehors, à la fois très différente de mes souvenirs et exactement comme je l'imaginais.

– Maman ! me suis-je exclamée comme une petite fille.

– Lapin ! m'a-t-elle répondu.

J'ai accouru vers elle en regrettant déjà de ne pas m'être débarbouillée et passé un coup de peigne dans les cheveux, et je me suis jetée à son cou. Elle sentait encore un peu comme dans l'avion mais elle avait surtout son odeur à elle, son odeur de maman.

Je l'ai entendue dire « bonsoir, Charlie » par-dessus ma tête. Elle s'est dégagée de mon étreinte et s'est dirigée vers papa. Ils se sont donné l'accolade, très vite, et embrassés encore plus vite sur la bouche. Même mon chien, je lui fais des câlins plus tendres que ça.

Une fois qu'elle s'est changée et douchée, on a dîné tous les trois ensemble. Je me sentais trop timide pour parler, et papa devait être dans le même état, si bien qu'on a surtout écouté maman nous parler du Mexique. J'avais beau essayer de me concentrer, je ne pouvais pas m'empêcher de la dévorer du regard. Elle avait revêtu un legging et une tunique bleue. Ses cheveux étaient rassemblés en chignon haut, et elle portait du rouge à lèvres mais pas la moindre trace de maquillage sur les yeux alors que j'étais habituée à la voir avec des tonnes d'eye-liner. Sans ça, elle paraissait plus fraîche et plus jeune.

– ... Mexico a mauvaise réputation, mais c'est une ville magnifique, disait-elle. Oui, bien sûr, il faut rester prudent dans le métro et la circulation est infernale, mais l'architecture... On se croirait en Europe !

J'avais oublié sa manie de faire tournoyer son verre de vin tout en parlant ou de tenir sa fourchette avec la main gauche. J'avais oublié les petites rides au coin de ses yeux et le son précis de son rire. Je culpabilisais d'avoir oublié tant de choses.

Après le repas, on a tous ouvert nos cadeaux. J'avais acheté à maman un beau livre sur la mode, et elle m'avait rapporté un collier d'argent du Mexique avec des rectangles de turquoise incrustés. C'est très beau, mais je me vois mal le porter avant d'avoir, genre, quarante ou cinquante ans. C'est plutôt un bijou pour une maman stylée. Comme la mienne.

Mes parents ne se sont rien offert entre eux.

Je suis allée me coucher tôt, histoire de les laisser un peu tous les deux. Mais au lieu de m'endormir, je suis restée étendue dans mon lit pendant une heure, les yeux rivés au plafond et le cœur battant. Maman ! De retour ! Pour de bon !

Dimanche 27 décembre

Ça m'a fait bizarre de descendre l'escalier et de la voir assise dans la cuisine avec sa robe de chambre rayée en train de boire une tasse de thé et de lire les pages mode du journal, comme avant.

On est allées promener Snickers ensemble. Il avait neigé pendant la nuit, les arbres étaient tout habillés de blanc.

– Alors, et ce fameux garçon que tu avais rencontré à la piscine ? m'a-t-elle demandé.

– Mac ? Bah, j'avais raison, il a une copine.

– Hum. Tu sais, comme disait la mère de l'écrivain Nora Ephron, tout est copie. Mon conseil ? Ne perds pas trop de temps à te complaire dans ton malheur. Note les détails sensoriels, les conversations. Tu pourras les réutiliser plus tard dans un roman.

Je ne veux pas être écrivain. Je veux être quelqu'un d'heureux. Mais je ne pouvais pas lui dire une chose pareille. Ça l'aurait blessée.

Elle m'a posé des questions sur le lycée, le club de chant et ce que je lisais en ce moment, mais je ne l'avais pas vue depuis si longtemps qu'après avoir répondu à ses questions, je ne savais plus trop quoi lui dire.

Je suis sûre que tout redeviendra normal d'ici quelques semaines.

Lundi 28 décembre

On a dîné ensemble pour la troisième fois d'affilée, un record pour la famille Snow. D'emblée, ça partait mal : quand papa a posé les assiettes de pâtes sur la table, maman a lâché :

– Oh, dommage j'ai mangé des penne à midi.

Papa lui a rétorqué :

– Tu aurais pu le dire, et maman a dit :

– Non, ça a l'air délicieux, Charlie.

Ils se sont montrés très polis l'un envers l'autre durant tout le repas, et même pendant la partie de Trivial Pursuit qu'on a faite après (maman a gagné – comme d'hab). Elle m'a lu une histoire sur le canapé et tripoté les cheveux. C'était tellement génial que j'ai failli pleurer.

Mardi 29 décembre

Je me comporte différemment avec papa depuis que maman est de retour. C'est un peu redevenu comme avant : on fait nos trucs de filles qui se vernissent les ongles et lisent des magazines, et papa va courir ou rentre tard du boulot. Tout seul.

Mercredi 30 décembre

Échange de SMS avec Hannah :

Ma mère est rentrée !

Waouh, trop contente pour toi !

Ça fait bizarre de la voir rouler des pelles à mon père…
Je trouve ça trop mignon.

J'ai menti.

Je pourrais avouer à Tristan ce qui se passe vraiment, sauf que je lui ai un peu menti, à lui aussi.

Jeudi 31 décembre

J'étais assise sur le rebord de la baignoire pendant que maman se maquillait, et je lui ai parlé de Tristan.

– Je me sens tellement normale avec lui, j'ai l'impression qu'on peut parler de tout. Je suis à l'aise.

– Et Mac ?

– C'est tout le contraire. Je suis hyper-nerveuse quand il est là, j'ai tellement le trac que je me sens à deux doigts de vomir.

Maman s'est arrêtée, son tube de rouge à lèvres en suspens.

– Laisse-moi partager avec toi le fruit de ma longue expérience en la matière, chérie. N'opte jamais pour la solution rassurante et ennuyeuse. Va toujours vers l'homme qui te chavire le cœur.

J'espérais qu'elle ne pensait pas à papa en parlant de la « solution rassurante et ennuyeuse ».

C'est le réveillon du jour de l'An. Papa prépare du jambalaya et, à minuit, on mangera douze grains de raisin, un pour chaque mois de la nouvelle année, en faisant un vœu pour chacun. C'est une tradition mexicaine. Mes vœux sont déjà prêts, mais je ne peux pas les écrire, sans quoi ils ne se réaliseront jamais.

Vendredi 1er janvier

Le point positif de la journée, c'est que je n'ai pas

oublié de dire «Lapins, lapins» en me réveillant ce matin.

Le point négatif: c'est l'horreur totale.

Pendant le dîner, maman nous a parlé d'un site ancien qu'elle a visité.

– Lapin, tu adorerais Teotihuacán. Il faut grimper au sommet de la pyramide, regarder tout en bas... et là, je te jure, tu sens les fantômes des jeunes vierges sacrifiées qui voltigent tout autour de toi.

Papa s'est éclairci la gorge. Maman a tendu la main vers moi et coincé une mèche derrière mon oreille.

– J'ai hâte de t'y emmener.

– Veronica!

Papa avait l'air furax.

– J'ai hâte d'y aller, maman, j'ai dit. Sauf que les jeunes vierges vont probablement me hanter à la puissance dix, puisque j'en suis une moi-même.

– Chloe, il est hors de question que tu ailles au Mexique, a décrété papa.

– Mais maman vient de dire que...

– Je sais, j'ai entendu.

Maman a levé les yeux au ciel, comme pour dire: «Ton père est d'un rabat-joie!»

Il s'est tourné vers moi.

– Tu veux bien aller faire un tour dans ta chambre pendant que je m'entretiens un instant avec ta mère, seul à seule?

Je me suis éloignée en tapant des pieds pour bien exprimer mon désaccord – c'est quoi, ce délire, j'ai quatorze ans et on me renvoie dans ma chambre comme un enfant? – et je n'ai même pas fait semblant de monter à l'étage. Je suis restée dans le couloir pour espionner leur conversation, ce qui n'était pas très compliqué puisqu'ils étaient tellement en colère qu'ils ne faisaient plus attention à moi.

– … lui donner de l'espoir comme ça. C'est dégueulasse de ta part !

– Ne sois pas ridicule, Charlie. Elle sait très bien que je ne l'emmènerai pas au Mexique demain matin.

– Faux. Quand tu débarques à l'improviste, que tu lui parles des petits oiseaux et des pyramides aztèques en lui disant « j'ai tellement hâte de t'y emmener », elle commence déjà à faire sa valise et à chercher son passeport.

– Tu la sous-estimes, Charlie.

– Et toi, tu ne l'estimes pas du tout, Veronica. Tu ne penses pas un instant à elle !

Pourquoi ne peut-il pas se montrer un minimum gentil avec elle ? Pourquoi veut-il empêcher maman de m'emmener au Mexique comme elle le souhaite ?

Samedi 2 janvier

Je me suis enfuie chez Hannah. Ses parents se disputaient à propos du moment où ils allaient défaire le sapin de Noël, et elle m'a regardée en faisant une tête genre « ils sont vraiment insupportables », et je lui ai répondu en faisant une tête qui disait « désolée pour toi », mais en réalité, j'étais verte de jalousie.

Dimanche 3 janvier

Réunion de famille cet après-midi. Quelle excellente idée ! Pourquoi ne pas organiser une réunion de famille le jour le plus triste de la semaine ?

– Chloe, a déclaré maman, il semblerait que tu aies

pu te méprendre sur mes intentions et je m'en veux terriblement...

– Va droit au but, Veronica, l'a interrompue papa.

Maman l'a foudroyé du regard, puis s'est tournée vers moi d'un air plein de pitié.

– Je sais que c'est dur pour toi, mon ange. Ne crois pas que je n'y suis pas sensible.

Mais quand je repense à ma mère, coincée à la maison comme une ménagère dépressive, je me demande: «En quoi cela a-t-il influencé ma personnalité? N'aurais-je pas été plus heureuse si elle avait poursuivi ses rêves?»

– Assez, Veronica, s'est agacé papa avant de se tourner vers moi. Chloe, maman ne reste pas avec nous. Elle repart au Mexique.

– C'est provisoire, a-t-elle aussitôt ajouté. Ce sera comme la dernière fois: je pars, je reviens...

– On pourrait y aller avec toi, j'ai suggéré.

– Oh, ma puce...

– Mais oui, c'est parfait: je pourrai suivre des cours par correspondance et papa n'aura qu'à enseigner l'anglais!

Maman a observé papa. Il a soutenu son regard avec insistance, comme s'il attendait qu'elle reprenne la parole, mais elle a gardé le silence, alors il s'est de nouveau tourné vers moi.

– Maman repart seule, a-t-il fini par déclarer.

– Papa, je t'en prie, dis oui. S'il te plaît. Je veux être avec maman!

Son visage s'est affaissé.

– Je comprends, ma chérie. Mais c'est impossible.

– Tu ne comprends vraiment rien!

Je me suis levée si vite que j'en ai renversé ma chaise par terre.

Lundi 4 janvier

Je ne pensais pas que je serais si heureuse de retourner au bahut. Quand je suis entrée dans le hall à 7 h 20 et que j'ai senti l'odeur de bâtonnets de poulet qui flottait dans l'air, j'ai eu envie de m'agenouiller et d'embrasser le sol en lino.

Mardi 5 janvier

Ça y est, maman est repartie. Quand j'essaie de me remémorer son parfum, je constate que je l'ai déjà oublié.

Mercredi 6 janvier

Ce soir, j'ai demandé à papa pourquoi on ne peut pas s'installer au Mexique.

– Mon boulot est ici. Ton lycée aussi.

– Mais les gens changent de boulot et de lycée sans arrêt.

Il a baissé les yeux vers son assiette.

– Ce n'est pas une bonne idée, pour un tas de raisons.

– Tu sous-entends que maman ne veut pas qu'on la rejoigne ?

Il n'a rien dit.

– C'est archifaux, ai-je insisté. Maman m'adore et elle veut que j'aille vivre avec elle. C'est toi qui nous a obligées à être séparées !

Ses joues se sont enflammées.

– Écoute, je sais que ta mère te manque…

– Ça n'a rien à voir.

– Je t'interdis de me parler sur ce ton, Chloe.

– Tu veux bien m'excuser ?

J'ai quitté la table sans même attendre sa réponse. J'avais à peine atteint la porte de ma chambre que j'ai éclaté en sanglots.

Jeudi 7 janvier

Le dîner a été très calme, ce soir. Papa et moi avons surtout parlé de Snickers.

Maman a choisi le mauvais mari. Enfin, je sais que si elle n'avait pas épousé papa, je ne serais jamais née. Mais son mari (et donc, mon père) devrait plutôt être un artiste sensible, brillant et fascinant. Éventuellement un peintre alcoolique ou un poète colérique. En tout cas, quelqu'un capable de comprendre qu'elle ne peut pas se contenter d'une petite existence paisible dans un pavillon de banlieue. Quelqu'un qui dirait : « S'installer au Mexique ? Mais oui, pourquoi pas ! » Quelqu'un qui aurait le goût de l'aventure.

Vendredi 8 janvier

J'ai traîné avec Tristan après les cours. Je me sentais presque intimidée en sa présence après l'interruption des vacances de Noël. Mais ça n'a pas duré longtemps. Assez vite, on s'est mis à débattre des mérites comparés de l'enterrement traditionnel et de l'incinération, et tout est redevenu comme avant.

Samedi 9 janvier

Grande nouvelle : Josh a peloté les seins de Hannah sous son pull pendant les vacances. Et moi, dans tout ça ? Bah, toujours vieille fille.

Dimanche 10 janvier

Échange de SMS avec Hannah :

Tu penses que Tristan est rassurant et ennuyeux ?

?? Non. Je le trouve mignon et intelligent.

J'adore ma copine, des fois.

Lundi 11 janvier

Si maman connaissait Tristan, je suis sûre qu'elle l'aimerait beaucoup. Ce n'est pas parce que je me sens à l'aise avec lui qu'il est ennuyeux.

Mardi 12 janvier

Tristan m'a raccompagnée jusqu'à la maison. À un moment donné, il a heurté mon bras. J'ai dit :

– Oups, désolée !

Et il m'a répondu :

– Non, c'est ma faute.

Il l'a fait exprès ou quoi ??????

Mercredi 13 janvier

Tristan m'a écrit :

T'as vu ? Les auditions pour la comédie musicale de fin d'année commencent le 25/01 et c'est Mlle Murphy qui met en scène !

Très peu pour moi. Les théâtreux sont les pires individus sur terre, toujours à pleurnicher, à hurler et à se taper dans les mains.

Bof, ça m'intéresse pas.

Mais c'est La Mélodie du bonheur !

La comédie musicale préférée de mon père. On l'a regardée des centaines de fois. On connaît les paroles par cœur. Maman dit que c'est un paquet de chips en forme de film, et je sais au fond de moi qu'elle a raison, mais papa a aussi raison d'affirmer que c'est drôle et merveilleux. En plus, ça lui rappelle sa mère décédée. Alors au final, c'est lui qui gagne.

OK, ça m'intéresse.

Là-dessus, il m'a demandé si je voulais revoir le film avec lui ce week-end.

On a officiellement rencard !!!!

Jeudi 14 janvier

Tristan et moi, on ne divorcera jamais parce qu'on veut la même vie. Bien sûr, c'est important de s'aimer et de se sentir attirés l'un par l'autre, mais c'est tout aussi important d'être d'accord sur le fait que la banlieue, c'est la mort, et que New York est le seul endroit possible où habiter.

Vendredi 15 janvier

Hannah est venue m'aider à choisir ma tenue pour mon grand rendez-vous de demain. J'ai essayé toute ma garde-robe et mon choix s'est finalement porté sur mon pull vert en V, pour deux raisons simples : 1/ il est joli et 2/ il crée l'illusion que j'ai de la poitrine.

Samedi 16 janvier

Je n'ai jamais été aussi humiliée de toute ma vie.

Je rentre à l'instant de chez Tristan – maman aurait détesté sa maison et qualifié la déco de « paradis du kitsch », mais ça m'est égal. J'aime assez les escaliers immenses et les lustres dans chaque pièce. Ses parents n'étaient pas là, et ça m'a rendue un peu nerveuse sur le moment : qu'est-ce qui nous empêcherait de nous soûler et de faire l'amour si on en avait envie ? (Ce qui était le cas, n'est-ce pas ?)

On s'est installés sur le canapé du salon. La télé était superbe et devait bien mesurer deux mètres de long, mais suspendue au-dessus de la cheminée, si bien qu'il fallait pencher la tête en arrière pour voir l'écran. J'avais hyper-mal au cou. Heureusement, j'étais tellement absorbée par l'histoire et par la voix de Julie Andrews que j'ai vite oublié ma douleur et le malaise que je ressentais d'être assise à côté de Tristan.

À la fin d'un film, souvent, quand le silence envahit la pièce, on se sent un peu triste et déphasé et on s'empresse de mater une vidéo sur YouTube ou de checker son téléphone. Eh bien, ce phénomène s'est produit avec Tristan, sauf qu'on n'a pas sorti nos téléphones ni rien. Il m'a regardée, nos visages étaient très près… alors j'ai lâché :

– Ça t'arrive jamais, hum, de te demander s'il pourrait se passer un truc entre nous ?

Je sais. Je m'exprime comme une héroïne shakespearienne de quatorze ans.

Tristan a fait une tête super-bizarre.

– Désolée, c'était pas très clair. Ce que j'essaye de te dire, c'est que… je te trouve génial (oh, là là, *Chloe*) et je pense qu'on ferait un super-couple, tous les deux.

Il m'a dévisagée. Les secondes se sont écoulées, les glaciers ont fondu et la terre a tourné sur son axe. Je me suis demandé ce qui se passerait si je me levais et que je sortais de la pièce en courant sans plus prononcer un seul mot.

– Moi aussi, je te trouve géniale, a-t-il fini par soupirer, mais je ne pense pas qu'on devrait sortir ensemble.

J'ai pris un coussin pour me l'écraser sur la figure.

– Arrête, Chloe...

– Je vais me suicider.

– Tu es l'une de mes meilleures amies.

Quand il a dit ça, j'ai écarté l'oreiller de ma figure et je l'ai supplié :

– Non, tais-toi, faisons comme si je n'avais rien dit, par pitié, et il a dit OK.

On a parlé de choses et d'autres pendant quelques minutes jusqu'au moment où j'ai dit qu'il fallait que j'y aille et où j'ai envoyé un SMS à mon père pour qu'il vienne me chercher. C'est affreux, mon Dieu, j'ai tout gâché, c'est la pire honte de ma vie.

Dimanche 17 janvier

SMS de Hannah :

Alors ??? Ça s'est passé comment ???

SMS de Tristan :

Hé, Chloe, salut ! J'espère que tout va bien, et que tu passes une bonne journée !

Depuis quand il met de la ponctuation et des majuscules dans ses SMS ?

Je vais prétendre que j'ai laissé tomber mon téléphone dans la poubelle sans le faire exprès.

Lundi 18 janvier

C'est le Martin Luther King Day, la journée en hommage à Martin Luther King. J'ai honte de me sentir aussi mal en un jour pareil. Ma vie n'est-elle pas parfaite, quand on y pense ? Je suis une jeune fille blanche avec un père avocat. J'irai certainement à l'université. Personne ne m'a jamais demandé de palper mes cheveux pour voir comment ça faisait, ou suivie dans un magasin pour voir si je volais quelque chose. Personne ne me tirera dessus sous prétexte que je porte un sweat à capuche et que je tiens un pistolet à eau. Je n'ai pas vraiment de problèmes dans l'existence.

Mardi 19 janvier

J'ai vu Tristan dans le couloir. On s'est juste fait signe sans s'arrêter pour papoter. Oh non, tout va bien, c'était pas étrange du tout.

J'ai fini par raconter à Hannah ce qui s'était passé entre nous. Elle avait l'air tellement désolée pour moi que j'ai eu envie de lui arracher les cheveux et de hurler des horreurs sur la maigreur squelettique de Josh.

Mercredi 20 janvier

Tant pis pour Tristan. Je dois me préparer pour les auditions. J'ai lu l'article Wikipédia consacré à *La Mélodie du bonheur.* J'ai téléchargé la BO du film pour l'écouter en boucle. J'ai imprimé les dialogues de l'audition sur le site du club de théâtre. Et avant de m'endormir, je m'imagine qu'on est en 1938, que je fais des études pour devenir bonne sœur en Autriche, que je suis couchée dans un petit lit aux draps rêches et que je m'efforce de purifier davantage mon âme. En gros, je m'imagine que je suis Hannah.

Jeudi 21 janvier

Tout le monde sait que Bernadette interprétera Maria, l'héroïne de la comédie musicale, et que toutes les filles de première année comme moi seront cantonnées à des rôles secondaires de bonnes sœurs, mais j'ai quand même l'intention de passer l'audition pour jouer Liesl. Qui sait, un miracle est toujours possible : je décrocherai le rôle, Rolf sera interprété par un mec super-mignon et Mlle Murphy nous obligera à nous embrasser sur scène.

Uggghh. Chaque fois que je pense au fait d'embrasser un garçon, ou bien aux garçons en général, à la comédie musicale ou à n'importe quoi d'autre, ça me replonge dans la Soirée de l'Humiliation et j'en ai des frissons de dégoût.

Vendredi 22 janvier

Ma chambre semblait anormalement éclairée à mon réveil. Quand j'ai relevé les stores, tout était enneigé dehors ! Partout ! Il devait déjà y avoir au moins cinq centimètres sur le sol, et ça continuait à tomber – de bons flocons, en plus. Tout petits, riquiqui, minuscules. J'ai regardé mon téléphone et, oui, il était bien là : un splendide SMS annonçant que le bahut était fermé pour raisons météorologiques. J'ai couru en bas prévenir papa. Il était encore si tôt que j'ai oublié que j'étais en colère contre lui. Je lui ai demandé s'il voulait que je déneige l'allée, et il a soupiré un « non » hésitant. Je n'ai pas attendu qu'il change d'avis et je suis remontée me coucher aussi sec. J'ai dormi jusqu'à 12 h 30, puis j'ai enfilé une paire de bottes et un manteau par-dessus mon pyjama pour aller promener Snickers. Aucune voiture ne circulait dans les rues. Je n'entendais que le bruit léger des flocons sur ma capuche et la neige qui crissait sous mes pas. À mon retour, j'ai chanté *Sixteen Going on Seventeen*, l'un des duos entre Maria et Rolf, en boucle dans la salle de bains jusqu'à ce que je sois satisfaite du résultat.

Je venais de finir ma boisson hivernale préférée (moitié chocolat chaud, moitié minimarshmallows) quand j'ai entendu sonner à la porte. Horreur ! Et si c'était un conducteur de chasse-neige psychopathe venu me kidnapper ? En même temps, ça pouvait tout aussi bien être un livreur de chez UPS avec un cadeau de la part de maman. J'ai couru pour aller ouvrir la porte et je suis tombée nez à nez avec Tristan, le nez et les joues rougis par le froid.

– T'es venu à pied ? je lui ai demandé.

Il habite à presque cinq kilomètres de chez moi, quand même.

– Il faut que je te parle.

Il m'a suivie dans la cuisine. J'essayais d'avoir l'air digne et sexy malgré le fait que j'étais encore en pyjama sans m'être passé un seul coup de peigne dans les cheveux.

– Tu veux un chocolat chaud ?

On se tenait debout près du plan du travail. Ses bottes dégoulinaient sur le carrelage.

Il m'a répondu par une autre question :

– Tu te souviens de l'autre jour, chez moi ? Quand on a fini de regarder *La Mélodie du…*

– Ouais.

Sérieusement, il avait fait tout ce chemin pour m'humilier une seconde fois ? N'avais-je déjà pas assez souffert comme ça ?

– Je suis désolé que ça se soit passé comme ça.

– T'inquiète.

C'était de la torture pure et simple.

Il a retiré son bonnet et l'a écrasé entre ses doigts.

– Je ne voulais pas te… Je croyais que tu savais.

– Que je savais quoi ?

Et là, avant même qu'il réponde, j'ai compris. Comme une sensation de déjà-vu, mais à l'envers.

– Je suis gay.

Il avait l'air nerveux et défiant.

– OK.

– OK quoi ?

– OK… tant mieux. Ça veut dire que tu m'aurais rejetée, même si j'étais un top model.

Oups, mauvaise réponse. Égoïste. À côté de la plaque. Je l'ai tout de suite regrettée. Mais je n'avais pas eu le temps de chercher sur Google « comment répondre à ton meilleur pote quand il t'annonce qu'il est gay et que tu veux lui faire comprendre que ça ne te pose aucun problème et que ça t'est égal ? ».

– Aucun problème. Ça m'est égal que tu sois gay, j'ai dit.

Il m'a fusillée du regard.

– Super, Chloe, merci beaucoup. Je suis vraiment soulagé d'apprendre que ça t'est égal. C'est vraiment tout ce qui m'importait.

– Excuse-moi, je dis toujours les choses de travers.

Il a regardé vers la porte, comme s'il envisageait de partir. Il avait les traits tirés.

– Laisse tomber. Personne n'a jamais la bonne réaction, de toute manière.

– C'est quoi, la bonne réaction ?

– Heu… rester normal ? J'en sais rien. J'aime les garçons. Pourquoi est-ce que je suis obligé de l'annoncer et de supporter la réaction des gens ?

– Je suis désolée.

– Désolée de quoi ?

– Juste… que le monde soit si stupide.

Il a regardé ses pieds, puis il a ôté ses grosses chaussures et s'est assis à la table de la cuisine. J'ai pris place à côté de lui.

– Tu l'as dit à combien de gens ?

– Ici, à personne. À quatre dans mon ancien bahut. Et ensuite, tout le monde l'a su.

Il a posé son bonnet sur la table. Il était rayé vert et bleu marine avec un pompon au sommet.

– L'une des filles à qui je me suis confié a réagi avec plein de compassion, comme si j'avais le cancer. Une autre m'a dit qu'elle l'avait déjà deviné. Lawrence m'a demandé pourquoi je lui en parlais. Et Rubby, la quatrième, a fait des bonds de joie comme si je venais d'être accepté à Harvard. Je crois que c'est elle qui a répandu la nouvelle. Les filles populaires m'ont tout de suite adopté. Au début, je trouvais ça génial, mais avec le recul j'ai honte de moi. Les garçons populaires, eux, se sont mis à me haïr et à m'insulter dans les couloirs.

On a regardé nos mains.

– Lawrence, c'était l'un d'eux ? j'ai demandé.

Ça l'a fait rire.

– Oh, non ! C'était le mec que j'aimais bien.

– Hétéro ?

– Super-gay.

– Mais il ne voulait pas de toi ?

– J'imagine que non. Enfin, pas tout à fait. Je crois qu'il m'aimait bien. Mais il refoulait son homosexualité, alors…

– Pourquoi ça ?

– Chloe, je viens de t'expliquer que les garçons populaires du bahut me traitaient de pédé dans les couloirs. Une fille qui faisait partie de l'équipe de lacrosse du lycée a fait son coming out, et sa coach l'a virée. Elle n'a même pas pris la peine d'inventer une excuse. Elle a dit que la situation semait la pagaille dans les vestiaires. C'est pas comme à la télé, tu sais.

J'ai essayé de comparer avec notre bahut. À mon avis, 50 % des élèves considèrent qu'on naît comme on naît, point à la ligne. 20 % sont comme les filles populaires de l'ancien lycée de Tristan et seraient *trop* contentes d'avoir un meilleur pote gay. (Fais-je partie de ces 20 % ? Hum, peut-être. Pour ma défense, j'étais déjà amoureuse de Tristan avant qu'il me fasse son coming out.) 15 % emploient couramment l'expression « truc de tapette » et traitent les autres de « sales pédés ». Et les 15 % restants se défoulent sur Internet en disant que l'homosexualité est un péché. L'an dernier, un type aux longs cheveux bouclés appelé Ian a twitté un long texte expliquant que le mariage homosexuel entravait sa liberté religieuse, alors que je ne vois pas le rapport entre deux personnes qui s'aiment et son espèce d'église qui ressemble à l'entrée d'un supermarché.

– Tes parents sont au courant ?

– Ma mère, j'en sais rien. J'ai parfois l'impression que mon père sait. L'autre jour, il m'a demandé si j'avais entendu parler de cette nouvelle loi dans le Midwest qui stipule qu'on a le droit de refuser de servir des homos dans les magasins, et il a jouté : « Quelle rude vie. Je me demande pourquoi certains font ce choix. »

– Et toi, t'as dit quoi ?

– Rien. On n'a jamais de vraies discussions, lui et moi. Quand il essaie de provoquer une dispute, j'invente une excuse pour me barrer dans ma chambre. Il est flippant quand il se met en colère.

– Genre quoi, il te frappe ?

– Non, mais il jette des trucs. Il hurle.

– Ma mère aussi.

Snickers s'était endormi sur la carpette à nos pieds. On a écouté ses ronflements.

– Tu ne te doutais vraiment de rien ? m'a demandé Tristan. Le club de chant, les comédies musicales, ça ne t'a pas mis la puce à l'oreille ?

– Mon père adore chanter. C'est un fan de comédies musicales. Pardon pour ce cliché, mais t'as pas vraiment l'air gay… Tu parles comme les sportifs du lycée. Et tu portes des polos…

– Tous les gays ne portent pas des foulards en soie et de l'autobronzant, Chloe.

– Je sais !

– Bon, tant mieux.

Je l'ai bien observé. Il n'avait pas l'air fâché.

Était-ce malvenu de boire mon chocolat ? Je me suis dit qu'au contraire, ça montrerait à quel point j'étais à l'aise, et j'ai siroté une gorgée

– Tu comptes faire ton coming out officiel ?

– T'es folle ? N'en parle à personne ou je te tue, Chloe. Sérieux.

– OK, je posais juste la question…

J'étais tout excitée et pas peu fière qu'il se soit confié à moi, rien qu'à moi. Puis je me suis dit que j'étais vraiment égoïste, décidément, et je nous ai préparé des sandwichs au fromage grillé et de la soupe à la tomate.

Quand on a fini de manger, je l'ai raccompagné chez lui sous la neige, et ça a pris des plombes, vu qu'il est impossible de marcher d'un pas vif avec des grosses bottes aux pieds. Une fois arrivés devant sa maison, on s'est dit au revoir et on s'est pressé les joues l'un l'autre entre nos mitaines.

Samedi 23 janvier

J'ai des tas de questions à poser à Tristan, par exemple :

– T'as déjà embrassé un garçon ?

– Si oui, c'était comment ?

– T'as déjà embrassé une fille ?

– Si oui, en quoi est-ce différent d'avec un garçon ?

– Jusqu'à quelle base t'es déjà allé ?

– Ça rime à quoi, cette histoire de bases, d'ailleurs ? Parce que la troisième base me laisse perplexe, mais je n'ai jamais trouvé de réponse claire sur Yahoo Questions/Réponses.

– Tu kiffes déjà quelqu'un au lycée ?

Mais je ne veux pas le harceler ou le blesser.

Suis-je stupide de n'avoir rien vu venir ? Je croyais que c'était un cliché de dire que les gays aiment les comédies musicales. Apparemment, je ne sais pas grand-chose de la vraie vie.

Dimanche 24 janvier

Tristan est passé à la maison pour une petite séance d'entraînement avant l'audition. C'est toujours bizarre de revoir quelqu'un après avoir vécu un gros choc émotionnel. Je crois qu'on était tous les deux un peu nerveux parce qu'on a passé la première demi-heure à se dire des trucs genre « j'hallucine qu'il neige encore », « moi aussi, j'en ai marre de l'hiver ». Mais il a fini par me demander avec un grand sourire :

– C'est bon, tu t'es remise de mon coming out avant-hier ?

Et on s'est mis à rigoler comme deux idiots. Après le déjeuner, on a dressé la liste des trucs les plus répugnants auxquels on pouvait penser. Parmi les meilleurs :

– des traces de rouge à lèvres et de miettes de thon sur une cuillère fourchette ;

– un chat sans poil mangeant son propre vomi ;

– une crotte de chien aspergée de l'eau de Cologne de M. Hicks.

On riait tellement que j'ai dû courir aux toilettes pour ne pas faire dans ma culotte.

Lundi 25 janvier

Premier jour des auditions ! La première phase de sélection durera trois jours. La seconde débutera le 1er février.

Il devait y avoir, hum, deux cents candidats. À côté, l'audition pour les Bonnes Notes, c'était du pipi de chat. (D'où vient cette expression, d'ailleurs ? Qu'y a-t-il de si méprisable à propos de l'urine des chats ? Le pipi de chien ou de poule ne vaut pas mieux, franchement.) On s'est assis tous les trois avec Hannah et Tristan. Bernadette trônait au premier rang. Je ne voulais pas la regarder, mais c'était plus fort que moi. Même l'arrière de son crâne a l'air prétentieux.

Mlle Murphy était assise au bord de la scène, les

mains coincées sous ses cuisses. Elle portait une chemise blanche, un pantalon kaki moulant et des boots marron. Prête pour un safari théâtral.

Elle nous a présenté le directeur musical, l'assistant à la mise en scène et le producteur, avant de déclarer :

– Mon nom est Mlle Murphy. C'est la première fois que je m'occupe du club théâtre. J'espère que vous apprendrez des choses grâce à moi, comme j'espère en apprendre de vous. Je compte sur les terminales et leur expérience du club pour me guider.

À ces mots, Bernadette s'est redressée bien droite sur son fauteuil.

– Comme vous le savez – enfin, je l'espère – la comédie musicale de cette année est *La Mélodie du bonheur*. Ce n'est pas un choix branché. Ni moderne. Mais c'est un classique, c'est une œuvre généreuse, et ces deux qualités sont importantes à mes yeux. C'est aussi très drôle. Qui peut résister à la vision du capitaine von Trapp avec une cravache ? Pas moi !

Il y a toutes sortes de profs horribles. Par exemple, le genre nerveux et faible. Les mauvais élèves profitent d'eux, et les bons élèves leur en veulent parce que c'est le bazar dans la classe et qu'on ne travaille pas. Il y a aussi le genre arrogant et injuste. Ils ne vous apprennent rien pendant leurs cours, vous interrogent au hasard sur des sujets qu'ils n'ont jamais abordés et se moquent de vous quand vous obtenez une sale note. Il y a le genre excellent prof mais teigne avec les élèves parce qu'ils ne veulent surtout pas se montrer faibles. Il y a aussi ceux qui chouchoutent les élèves populaires, ne disent rien s'ils sèchent les examens et acceptent qu'ils passent des tests de rattrapage trois semaines plus tard. La liste serait encore longue. Mais Mlle Murphy n'appartient à aucune de ces catégories. Elle a l'air sûre d'elle. Elle a de la prestance. Elle arbore toujours un petit sourire au coin des lèvres, comme si elle était sur le point de dire un truc drôle. Elle s'exprime simplement, avec naturel, comme pour dire: «Je suis une adulte et tu n'es qu'un ado pour le moment mais, un jour, ce sera ton tour et je suis sûre que tu seras une personne intéressante, douée et formidable.» Elle peut se permettre de faire une blague sur la cravache sexy du capitaine von Trapp et il n'y a pas de gros silence gêné juste après. Au contraire, on se dit qu'on lui piquerait bien sa blague pour la ressortir plus tard.

Elle nous a fait passer des formulaires, un peu comme ceux de Bernadette, mais avec un million de trucs à remplir. Pour «Tes centres d'intérêt», j'ai écrit: «M'amuser avec Snickers, mon terrier de Boston. Le bronzage. Les livres. Les doritos.» «Tes trois rôles préférés»: «Liesl, baronne Schraeder, Maria (on peut toujours rêver!).» Pour «Expérience», j'ai mis: «Club de chant!: D», et tant pis si ça passe pour de la lèche.

J'ai jeté un œil au questionnaire de Hannah. Ses centres d'intérêt étaient la danse classique, le français et le ski, et il lui a fallu une page entière pour rédiger son CV. Tristan a cité New York, les blogs de *street fashion* et la composition musicale.

Mlle Murphy nous a demandé de nous réunir en fonction du rôle qu'on souhaitait interpréter. J'ai été m'asseoir avec les Liesl, Tristan avec les Rolf et Hannah avec les Maria, qui constituaient le groupe le plus important, comme on pouvait s'y attendre. La prof a distribué des pages agrafées avec les dialogues et les chansons de chaque personnage, mais je n'en avais pas besoin puisque je connaissais déjà les chansons par cœur. Là-dessus, quelques groupes, dont le mien, sont partis avec la prof de danse, Mme Cordoza, pour apprendre une petite chorégraphie toute simple sur l'air de la chanson *Do-Ré-Mi*. Les Liesl sont passées les premières. Je me suis bien débrouillée, je crois. Je n'ai pas trébuché, je n'ai rien fait tomber, et j'ai reproduit environ 75 % des pas.

Mlle Murphy a ensuite réuni les Liesl et les Rolf pour chanter et lire des scènes à deux, et je me suis retrouvée en binôme avec Tristan ! On s'est souri pendant toute l'audition. Je ne sais pas du tout ce qu'en a pensé la prof, mais c'était un chouette moment.

Mardi 26 janvier

J'ai vu Zach, Luke, Griffin *et* Mac dans le couloir aujourd'hui. Zach m'a lancé :

– Salut, Chloe.

Luke n'a même pas remarqué mon existence. J'ai échangé un coucou de la main avec Griffin. Mac a fait semblant de me viser avec un pistolet imaginaire avant de souffler sur ses doigts.

Ça ne sert à rien que je me fasse des films avec Mac. Il faut que j'arrête de m'imaginer qu'il y a un incendie dans le lycée, qu'il traverse l'auditorium en flammes pour me sauver et qu'il me soulève dans ses bras en disant : « Tu sais que je suis dingue de toi, Chloe Jo ? »

Mercredi 27 janvier

Mme Egan nous a préparé des cookies au chocolat après les cours. C'est bon, on a compris, madame Egan : vous êtes la mère parfaite. Ça suffit.

Hannah était bizarrement silencieuse. Elle a dit qu'elle voulait qu'on fasse nos devoirs, alors on a emmené les cookies dans sa chambre. Au bout de quelques minutes à regarder fixement un paragraphe de mon bouquin d'histoire sur l'abolition de l'esclavage, j'ai fini par lui demander :

– Alors, ça fait quoi de se faire peloter ?

– C'est... bah, difficile à dire.

– Josh a plutôt les mains moites et froides, ou sèches et bien chaudes ?

– Sèches, j'imagine.

Elle avait le regard dans le vide et la tête de quelqu'un qui vient d'apprendre qu'il a un cancer.

– Qu'est-ce qui ne va pas ?

– Si je te confie un secret, tu me jures que tu ne le répéteras à personne ?

Encore une confession ! J'ai l'impression d'être une animatrice de talk-show.

– Bien sûr. Promis juré.

Elle a touché nerveusement la petite croix en or autour de son cou.

– J'ai... j'ai *masturbé* Josh.

Elle a prononcé le mot en chuchotant.

– Non ! Sérieusement ?

Elle a grimacé.

– Arrête, Chloe, c'est pas drôle.

– Je veux tout savoir ! Vous étiez où ? Ça t'a fait quoi de le toucher ? T'as eu le trac ? Est-ce qu'il t'a pris la main pour la poser dessus ? Comment tu savais quoi faire ?

– Je n'ai pas envie d'en parler.

– Hannah !

Ce qu'elle peut être énervante. J'ai enfin une source d'information fiable, mais elle refuse de m'apprendre ce qu'elle sait.

– Sérieux. Je me sens hyper-mal.

– Pourquoi ? Il ne t'a pas forcée, j'espère ?

– Non !

– Alors pourquoi ?

– Mes parents me tueraient s'ils savaient.

– N'importe quoi.

– Je suis censée attendre le jour de mon mariage.

Je n'en reviens pas que Hannah vive autant d'expériences sans les apprécier alors que moi, je *rêverais* de masturber un garçon mais que je ne trouve personne.

Jeudi 28 janvier

FaceTime avec maman.

– J'ai une surprise, m'a-t-elle annoncé avant de soulever devant l'écran un chien galeux aux poils blancs tirant vers le jaune. Apparemment, c'est un chien errant qui l'a suivie dans la rue et a pleuré devant sa porte jusqu'à ce qu'elle le laisse entrer. Résultat, elle a décidé de l'adopter. Le faire monter à bord d'un avion pour les États-Unis risque de ne pas être facile, mais je n'ai rien dit.

J'ai un peu pleuré quand on a raccroché. J'ai de la peine pour Snickers. Il est allongé sur mon lit, l'air tout mignon et innocent. Le pauvre, s'il savait qu'il n'est plus le chien préféré de maman.

Vendredi 29 janvier

JE SUIS SÉLECTIONNÉE POUR LA SECONDE AUDITION. TRISTAN AUSSI. HANNAH AUSSI. JOSH AUSSI. ON VA DEVENIR DES STARS À

BROADWAY, ET UN JOUR CE PARAGRAPHE DE MON JOURNAL SE VENDRA DES MILLIONS AUX ENCHÈRES.

Samedi 30 janvier

C'est fou de se dire qu'on est encore en janvier. Il y a des paquets de neige sale partout et j'ai le haut de la bouche tout rouge à force de me moucher. Je comprends pourquoi Ethan Frome a essayé de se suicider en traîneau.

Dimanche 31 janvier

On a regardé *La Mélodie du bonheur* chez moi avec Tristan. Après, on a répété nos scènes pendant des heures. Quand je suis allée chercher du Coca Light dans la cuisine, papa m'a fait un tas de clins d'œil en haussant les sourcils.

– Même pas en rêve, je lui ai dit, mais il a continué ses allusions lourdingues quand même.

Lundi 1er février

Je ne sais pas trop quoi penser de la deuxième phase des auditions.

On voyait bien que Mlle Murphy hésitait entre quatre personnes pour le rôle de Maria. Dont Bernadette. Elle chante merveilleusement bien, mais elle joue très mal. Elle bat des cils en minaudant avec une voix de petite fille et, pendant sa scène avec Roy dans le rôle du capitaine, elle n'arrêtait pas de lui donner des coups dans les pectoraux.

J'étais dans le groupe des Liesl (!!!) et j'ai récité ma scène avec un terminale prénommé Oscar, mais je me sentais très détendue quand même puisqu'il n'y a aucune chance qu'une première année décroche un rôle aussi important. Après notre scène, on a chanté *Sixteen Going on Seventeen*, qui est je crois une chanson où Liesl joue les ingénues. Elle ne le pense pas vraiment quand elle dit « j'ai besoin d'un homme plus âgé et mature pour me dire quoi faire » – c'est juste pour flirter avec Rolf. J'ai donc fait comme si Oscar était Mac, qu'on était à la piscine, qu'on s'amusait et que je le faisais rire.

Il y a eu la scène avec la baronne, puis ça a été le tour des mères supérieures.

– Nadine, a dit Mlle Murphy, tu auditionneras pour le rôle de la mère supérieure. Bernadette, tu veux bien faire Margaretta ? Pour Berthe, je...

– Excusez-moi, mademoiselle Murphy, l'a interrompue Bernadette, je ne crois pas que ce soit une bonne idée. Je ne voudrais pas vous faire perdre votre temps.

– Et pourquoi donc ?

– Avez-vous parlé à notre ancien metteur en scène, M. Campana, avant son départ ? Il vous a dit que j'étais Rizzo dans *Grease* l'année dernière ?

– Si tu ne souhaites pas faire cette scène, aucun problème, Bernadette.

La prof n'a pas eu l'air tellement agacée par son insolence et Bernadette est restée assise à jouer avec son collier d'un air supérieur, comme si elle avait gagné. J'ai peut-être exagéré l'intensité de leur échange.

Après la scène des religieuses, on a tous fait une pause et j'ai dû manger un demi-kilo de mini-KitKat pour me calmer les nerfs. Quand on y est retourné, Mlle Murphy a déclaré :

– J'aimerais essayer d'autres combinaisons pour la

scène 9 de l'acte I. Chloe, tu veux bien faire Maria, et Josh, le capitaine von Trapp ?

C'était comme si on venait de couper les connexions entre mes oreilles et mon cerveau.

– Hein, elle a dit quoi ? j'ai murmuré à Tristan.

Les autres s'étaient tous retournés sur leurs fauteuils pour me regarder.

– Lève-toi, m'a soufflé Hannah. La prof t'auditionne !

Josh était déjà en train de grimper les marches.

– Pour faire quoi ? je lui ai demandé, paniquée, mais Tristan a compris le sens de ma question et m'a répondu tout bas :

– C'est la scène où Maria s'engueule avec le capitaine et où il la vire.

Je n'avais que le temps du trajet de mon fauteuil jusqu'à l'estrade pour réfléchir à la scène, et je me suis vite ressaisie pour me concentrer. Je connaissais déjà ce passage par cœur à force de visionner le film et de relire le scénario. Maria est contrariée, mais pas en colère. Elle adore les enfants et voudrait que le capitaine les traite un peu mieux. Le temps d'arriver en haut des marches, j'ai décidé de jouer la scène comme moi dans la vraie vie (énergique, rentre-dedans) mais avec une petite pointe de Hannah (pieuse et bienveillante).

J'avais tellement le trac au début que ma voix tremblait un peu. Mais Josh m'a sauvé la vie. Il était si bon dans son rôle que j'en ai oublié que c'était lui. Il s'est planté devant moi, raide et autoritaire, et j'ai vraiment eu l'impression de me retrouver face à un patron détestable. Quand il a dit : « *Fraulein !* D'où sortez-vous ces abominations – d'un cauchemar ? », je suis réellement sortie de mes gonds et j'ai répondu d'une voix faussement naïve: «Non, de derrière les rideaux», comme si je faisais semblant de l'avoir mal compris.

Mlle Murphy m'a demandé de rester sur scène pour chanter *The Sound of Music* et je suis enfin retournée m'asseoir, essoufflée comme si je venais de courir un kilomètre. Bernadette m'a regardée avec sa fameuse mine dégoûtée, comme si elle venait de mordre dans un citron, jusqu'à ce que Mlle Murphy l'appelle pour auditionner le rôle de la baronne Schraeder.

– C'était génial, m'a murmuré Tristan.

Hannah m'a pressé la main à m'en faire mal.

– Bah, ce n'était pas une audition sérieuse, je leur ai répondu.

Mais si je me trompais?

Mardi 2 février

Joyeux jour de la Marmotte! Papa nous a fait sa recette de spaghettis à la vodka (c'est meilleur qu'avec les penne) et on a regardé Bill Murray essayer de s'échapper de la petite ville de Punxsutawney dans *Un jour sans fin*. Enfin, surtout papa. Moi, je regardais l'écran sans le voir. Dans ma tête, je me répétais en boucle: «*Mélodie du bonheur* Mlle Murphy Bernadette Maria bonnes sœurs Broadway Josh auditions casting oh mon Dieu.»

Mercredi 3 février

On ne connaîtra pas les résultats de l'audition avant vendredi. Mlle Murphy annoncera la liste officielle sur le site du club de théâtre à 9 heures du matin précises.

Jeudi 4 février

Je ne mange plus. Je ne dors plus. Je n'arrive plus à me concentrer.

Vendredi 5 février

Oh, la vache. Oh, mon Dieu. J'ai été prise. Dans le rôle de Maria !!!

Samedi 6 février

Voilà ce qui s'est passé.

On n'est pas autorisés à garder nos téléphones allumés en classe, bien sûr, mais c'était plus fort que moi. À 8 h 55, j'ai discrètement sorti le mien sous mon bureau et je suis allée sur le site. Actualiser la page… actualiser la page… Comme un bruit de fond, M. Hicks monologuait sur les droites asymptotes… Actualiser la page… et enfin, les résultats sont apparus : « Casting officiel pour *La Mélodie du bonheur* », avec la liste détaillée en dessous. Et là, en premier, j'ai lu :

Maria Rainer : Chloe Snow
Capitaine Georg von Trapp : Josh Menaker

Je n'en croyais pas mes yeux. J'ai réactualisé la page, histoire de m'assurer qu'il n'y avait pas d'erreur. Non. C'était toujours écrit noir sur blanc. « Maria Rainer : Chloe Snow » !!! Cette fois, j'ai eu le réflexe de faire défiler le reste de la liste. Bernadette avait décroché le rôle de sœur Berthe, mère des novices (DANS TA FACE BERNIE !), le nom de Hannah figurait parmi la liste des « bonnes sœurs » – Ambreen aussi – et Tristan joue Rolf !!!!!!! Une fille de première année que je ne connais pas, Annabelle Cara, interprétera Liesl. Olivia Choi est la baronne Schraeder, et Henry Ossler est Max.

J'ai regardé tout autour de moi, folle de joie, mais il n'y avait aucun théâtreux dans ma classe (sauf moi… c'est devenu moi, la théâtreuse !). Tous les autres avaient l'air endormis ou paumés, inconscients de l'incroyable nouvelle qui venait de tomber.

Enfin, la cloche a sonné et je me suis précipitée dans le couloir. J'ai traversé le bâtiment B et j'ai grimpé les marches quatre à quatre en ne trébuchant qu'un tout petit peu. J'ai aperçu Tristan de dos près de son casier, j'ai poussé un cri, il s'est retourné, il a crié « Ahhhhhh ! » et on s'est pris dans les bras et on a fait des bonds de joie en se hurlant à la figure, et c'était probablement le meilleur moment de mon année jusqu'à présent. On se comportait exactement comme les théâtreux hystériques que tout le monde déteste, mais je m'en fichais ! J'avais décroché le rôle principal de la comédie musicale, Tristan celui du patron beau gosse et autoritaire, tout ça à quatorze ans !

Hannah m'a retrouvée après le déjeuner et m'a prise dans ses bras pour me féliciter. « Je suis très heureuse pour toi, Chloe », et j'ai bien vu qu'elle le pensait vraiment. C'est pour ça qu'elle ira au paradis, et pas moi. Si j'avais obtenu un rôle secondaire de bonne sœur et elle celui de Maria, j'en aurais été tellement verte de jalousie que ça m'aurait fait la tête de Hulk.

– Josh est hyper-content, a-t-elle ajouté.

Et tout à coup j'ai réalisé : je vais devoir faire semblant de tomber amoureuse de Josh ! Son mec ! Est-ce que je devais crever l'abcès et lui en parler, ou faire comme si de rien n'était ? Devais-je rassurer Hannah en lui disant que je n'étais pas – mais alors pas du tout – attirée par Josh, ou risquais-je de la vexer ? Dans l'affolement, je me suis contentée de sourire en hochant la tête comme un chien en plastique à l'arrière d'une voiture.

À l'interclasse, en fin de matinée, Gloria Lingley est venue me voir :

– Eh, j'ai appris que t'avais décroché le premier rôle ?

J'ai acquiescé.

– C'est cool, a-t-elle commenté avant de me zieuter de bas en haut, de la pointe de mes baskets jusqu'à mon tee-shirt rayé rouge et noir.

Si j'avais su que le monde entier m'adresserait la parole aujourd'hui, je me serais débrouillée pour ne pas m'habiller comme le gamin de *Calvin et Hobbes*.

Cerise sur le gâteau : après les cours, pendant que je rangeais tous mes manuels scolaires dans mon sac à dos, Mac et Sienna sont venus me voir ! Mac a dit :

– Yo, quoi de neuf, madame *Mélodie du bonheur* ? et Sienna m'a félicitée, ce qui était vraiment très généreux de sa part étant donné qu'elle fait partie du clan rapproché de Bernadette.

Et là, bim, quand j'ai checké mon téléphone, j'ai vu qu'elle me suivait.

J'avais envie de conduire à fond la caisse sur l'autoroute ou le long d'un grand boulevard, sauf que je n'ai pas le permis et qu'il n'y a aucun grand boulevard dans notre ville. Tout ce qui me restait à faire, c'était de rentrer chez moi et d'obliger Snickers à danser dans la cuisine avec moi. Quand papa est enfin rentré du travail et que je lui ai annoncé la nouvelle, il s'est exclamé :

– Oh, ma puce, je suis si fier de toi ! avant de nous servir du cidre dans deux flûtes à champagne.

J'ai essayé de choper maman sur FaceTime, mais elle n'était pas dispo, alors je lui ai envoyé un mail.

Dimanche 7 février

E-mail de maman :

Lapin chéri,

J'ai décidé de baptiser mon nouveau petit compagnon à quatre pattes Hector. Je sais, c'est un nom assez sophistiqué pour un animal aussi joueur et malicieux, mais il grandira bien avec. Il n'y a rien de plus ridicule qu'un vieux chien digne affublé d'un petit nom mignon. J'ai hâte que tu le rencontres ; tu ne peux pas imaginer à quel point il est affectueux ! Il vient s'enrouler sur mes genoux quand j'écris et s'allonger sur mes pieds quand je vais me détendre dans le patio. Si j'ose oublier de le caresser pendant une minute, il pose sa patte sur mon genou d'un air sévère, comme pour me dire : « Heu, je t'ai donné la permission de t'interrompre ? »

Quelle fabuleuse nouvelle ton rôle dans la comédie musicale !

Ta maman.

Me voilà de super mauvais poil, tout à coup. Je me demande bien pourquoi. Tout va très bien pour moi, alors où est le problème ?

Lundi 8 février

Bernadette est venue me trouver devant mon casier après le déjeuner.

– Pour info, sache qu'on a tous signé une pétition et qu'on l'a transmise à Mlle Murphy.

Elle portait une veste grise, des bottes à talons hauts, un foulard bleu vaporeux et une grosse montre en or. On aurait dit une meuf de vingt ans.

– Une pétition à propos de quoi ?

– Je tenais à t'en informer avant. Mlle Murphy fera certainement une annonce pendant la répète, ce soir. À plus tard, ma belle.

Elle m'a adressé un sourire mielleux et désolé comme à une gamine de deux ans qui viendrait de laisser tomber sa sucette dans le bac à sable.

Paniquée, j'ai envoyé un SMS groupé à Tristan et Hannah.

Vous êtes au courant pour la pétition de Bernadette ? C'est quoi ce délire ?

Non, ça ne me dit rien. (Hannah)

Elle a voulu me la faire signer ! Mate un peu son Instagram ! (Tristan)

Il a mis un lien vers une photo. On y voyait une feuille A4 avec un texte imprimé dessus, un peu flou à cause du filtre, mais lisible quand même :

À : Mlle Murphy
De la part de : Toutes les premières et terminales

Nous soussignés souhaitons émettre une protestation officielle à propos du casting de *La Mélodie du bonheur*. Nous respectons totalement votre jugement artistique mais, comme vous êtes nouvelle, il se peut que vous ne soyez pas encore habituée aux règles d'ancienneté qui régentent le

club théâtre. La plupart d'entre nous tenaient des rôles principaux dans les productions des années précédentes. Nous avons donc prouvé que nous étions suffisamment responsables, matures et talentueux. Certains candidats de première année se sont révélés excellents pendant les auditions, mais ils n'ont pas encore l'expérience nécessaire – et, pourrions-nous ajouter, ils ont encore quatre années devant eux pour décrocher de meilleurs rôles. Alors que pour nous, les terminales, c'est notre dernière chance de briller sur scène. Nous vous demandons, avec la plus ferme insistance, de réfléchir à l'affect désastreux que vos choix de casting pourraient avoir sur les dossiers d'inscription universitaire des terminales, dont un certain nombre se destine à des études théâtrales de haut niveau Nous avons foi dans votre capacité à reconnaître vos erreurs, et attendons l'annonce du nouveau casting au moment que vous jugerez opportun.

Signé :

… et suivait toute une série de signatures illisibles. J'étais sous le choc.

SMS à Hannah :

Tu savais ?

Non ! Josh non plus. On hallucine.

Ça craint !!

Ne t'inquiète pas. Elle a du mal à digérer la nouvelle, c'est tout.

SMS à Tristan :

Oh non Bernadette me déteste

T'inquiète, je la déteste aussi. Je vais lui envoyer un petit mot pour lui dire : crève, avec toute mon amitié

Combien de gens ont signé ?

Chais pas. Sûrement pas Josh von Trapp, j'imagine.

J'ai peur…

De quoi, de son style ampoulé et de ses fautes ?

« les règles d'ancienneté qui régentent »

« affect désastreux »

« études théâtrales de haut niveau »

Quelle idiote !!

Notre échange m'a un peu remonté le moral, sur le moment. Mais à peine avais-je rangé mon téléphone dans mon sac que je me suis remise à flipper. Bernadette, star des planches, terminale populaire et reine absolue en matière capillaire, avait juré ma perte. Et elle n'avait pas tort sur tous les points. Certes, les terminales ont plus d'expérience et ont besoin de bons dossiers pour entrer à la fac. Les plus jeunes (moi !) ne savent pas ce qu'ils font.

Après les cours, je me suis rendue à l'auditorium pour la première répétition avec le reste du casting. J'étais nerveuse comme pas permis. Bernadette était déjà là, au premier rang, en train de rigoler avec ses copines et de consulter son téléphone. Hannah et Josh étaient assis vers le milieu, leurs têtes pressées l'une contre l'autre. Tristan et moi nous sommes glissés tout au fond.

À 15 heures précises, Mlle Murphy est entrée sur la scène. Elle nous a regardés en souriant et a déclaré :

– Bienvenue à la première répétition de *La Mélodie du bonheur* ! Nous allons préparer un spectacle fabuleux tous ensemble !

À ces mots, tout le monde a applaudi et lancé des hourras.

– Avant de poursuivre, a-t-elle ajouté, j'aimerais dire un mot à propos du casting.

Aussitôt, le silence est retombé et j'ai senti mon crâne me picoter de partout.

Mlle Murphy s'est mise à arpenter lentement l'estrade d'avant en arrière.

– Je vais vous parler un peu de moi, si ça ne vous ennuie pas. Il y a un siècle environ, dans une autre vie, j'ai obtenu mon bac dans *ce* lycée avant de poursuivre mes études à Julliard, section théâtre. Une fois mon diplôme en poche, j'ai décroché des rôles à Broadway par-ci, par-là avant de changer mon fusil d'épaule au bout de quelques années et de passer une maîtrise de mise en scène à Yale. Ce n'est pas facile de se faire une place à New York – je dirais même que c'est encore plus dur de percer en tant que metteur en scène que comédien. Mais je m'en sortais bien. Et même très bien.

J'ai jeté un coup d'œil autour de moi. Tout le monde l'écoutait, fasciné. Certains avaient même la bouche ouverte.

– Mais bref, je suis revenue habiter ici l'an dernier et me voici aujourd'hui devant vous, prof d'anglais et directrice de ce club théâtre. Je ne vois pas ça comme un échec : je suis très, très heureuse d'être ici.

Elle a jeté un coup d'œil en direction des coulisses, puis s'est à nouveau tournée vers nous.

– Si je vous parle de mon histoire, ce n'est pas pour me vanter, mais pour vous expliquer que je sais très bien à quel point les auditions sont des moments stressants et que la déception est cruelle quand on n'obtient pas le rôle qu'on espérait. Bon, j'avoue, c'était peut-être un peu pour me vanter aussi...

Bernadette se tenait parfaitement immobile, le visage levé en direction de la prof.

– Une partie de mon travail consiste à vous faire vivre des expériences théâtrales qui vous enrichiront toute votre vie. Ma production lycéenne de *Pacifique Sud* restera à jamais gravée dans mon cœur, bien plus que toutes les pièces de Broadway auxquelles j'ai participé. Il est également de mon devoir de réunir le meilleur casting possible, et ce pour un millier de raisons. Pour donner toutes ses chances au spectacle. Pour entretenir la réputation d'excellence de ce club, et vous ouvrir ainsi toutes les portes plus tard. Mais surtout, pour vous donner une idée de ce qui vous attend si vous décidez de faire carrière dans le théâtre. Oui, c'est important d'avoir un bon réseau, et le travail amène le travail. Mais croyez-moi, personne ne s'intéressait au fait que Nina Arianda n'avait aucune expérience professionnelle quand elle a auditionné pour *La Vénus à la fourrure*. Si vous scotchez tout le monde, vous aurez le rôle. C'est une leçon à retenir dès aujourd'hui.

« Mais voilà l'autre face de cette leçon. On a beau avoir des contacts et un CV long comme le bras, on a beau avoir fait une audition parfaite et correspondre exactement à ce que recherche le metteur en scène... neuf fois sur dix, quelqu'un d'autre décrochera le rôle à votre place. Et s'il y a bien une chose à ne pas faire, dans ce cas-là, c'est de rédiger une pétition.

Tout le monde s'est tourné vers Bernadette. Qui a continué à regarder droit devant elle.

Mlle Murphy a souri, sans malveillance aucune.

– J'admire les gens qui ont du cran, mais sachez qu'aucun metteur en scène ne cède à ce genre de pression. Si vous voulez devenir comédien, vous devez apprendre à accepter l'échec. Et quand ça vous arrivera, affichez un sourire poli et dites-vous dans votre for intérieur : « Tant pis pour eux, ils ne savent pas ce qu'ils perdent. Je sais que j'ai du talent et je ne baisserai pas les bras ! » Je respecte les prestations des terminales lors des auditions, et certains ont même décroché des rôles de premier plan – mais grâce à leur talent, et non à leur ancienneté.

Elle a tapé dans ses mains.

– Bien, j'ai assez parlé comme ça. Vous n'êtes nullement obligés d'accepter le rôle qui vous a été proposé. Si vous ne souhaitez plus participer au spectacle, envoyez-moi un petit mail d'ici la fin de la journée et je comprendrai tout à fait. Mais j'espère sincèrement que tout le monde restera à bord, car je crois qu'on va passer une année géniale tous ensemble. Madame Thibaut, si vous voulez bien distribuer le planning des répétitions, nous allons d'abord voir qui doit venir quand, et puis nous enchaînerons sur une première lecture à plat.

Mardi 1 février

Il faut absolument que je fasse un break de SMS et que j'arrête de tout analyser et reanalyser avec Tristan et Hannah. J'ai des crampes dans les pouces et la répète commence dans cinq minutes (dorénavant, j'aurai répète tous les jours jusqu'à la représentation en mai).

Bernadette a twitté : « Mes détracteurs ne pourront jamais me faire taire. »

Elle fait comme si je n'existais pas. Idem pour ses copines. J'essaie de faire pareil. À part ça, Mac m'a souri dans le couloir aujourd'hui, donc il y a au moins un élève de terminale qui ne me hait pas dans ce bahut !

Mercredi 10 février

J'en apprends tous les jours un peu plus sur le jargon du théâtre. Je me sens dans la peau d'Uta Hagen*.

Lecture à plat : assis dans l'auditorium avec le casting réuni au grand complet, on lit l'ensemble du script à voix haute tandis que Bernadette me fusille du regard et que tout le monde se demande pourquoi Mlle Murphy m'a confié le rôle principal.

Déplacement : quand Mlle Murphy nous dit où nous mettre pendant une scène.

Côté jardin : partie à gauche de la scène pour le spectateur (pourquoi « jardin » ?).

Côté cour : partie à droite de la scène pour le spectateur (voir question ci-dessus et remplacer le mot « jardin » par « cour »).

Arrière-scène : partie de la scène la plus proche du décor.

Avant-scène : partie de la scène la plus proche du public.

Coulisses : contrairement à ce qu'on pourrait croire, les coulisses ne sont pas nécessairement derrière le

* Comédienne et professeur de théâtre ayant formé des générations d'acteurs américains, décédée en 2004. (*N.d.T.*)

plateau. C'est aussi la partie de la scène cachée par les rideaux, de chaque côté. C'est là qu'on se tient juste avant d'entrer en scène.

Diaphragme : un truc situé juste en dessous de mes poumons que je suis censée utiliser pour chanter.

Sans texte : la phase que j'aurai atteinte quand je connaîtrai mes dialogues par cœur.

Semaine de l'enfer : les derniers jours juste avant la représentation, quand tout le monde campe dans l'auditorium et se nourrit exclusivement de chips, de barres chocolatées et de boissons énergisantes.

Le principe des répétitions, c'est qu'on analyse d'abord toutes les scènes avant de caler nos déplacements sur le plateau. Le premier mois, on aura des cours de danse avec Mme Cordoza et des cours de chant avec Mlle Kijek, qui a les cheveux rouges et un piercing dans le nez. Aujourd'hui, elle s'est essuyé les mains sur le piano et m'a dit :

– Chloe, tu réalises que tu respires entièrement avec la poitrine ? avant de se jeter sur moi et de me planter son index droit entre les côtes. Ton diaphragme est ici. C'est de là que tu dois puiser ton oxygène.

Ah ouais, première nouvelle.

Il faut qu'on connaisse nos textes par cœur d'ici le mois de mars. En mai, on fera une répétition en costume, une répétition technique et une générale en costume et maquillage. Ce sera la Semaine de l'enfer. Après ça, on jouera pendant deux week-ends d'affilée, et la dernière représentation tombera le soir de mon anniversaire !

Jeudi 11 février

Je suis au regret d'annoncer que Nadine Wallach a été prise dans le rôle de Gretl uniquement parce qu'elle est petite et adorable. Elle chante comme une casserole.

Vendredi 12 février

Aujourd'hui, c'est le jour des Œillets. Le rouge est la couleur de l'amour ; le rose, celle de l'amitié ; le blanc signifie qu'on a un admirateur secret (d'après la règle en vigueur dans notre lycée, mais comment croire un seul mot de ce qu'on raconte ici ?). Quelqu'un m'a dit que Mac avait envoyé une centaine d'œillets rouges à Sienna. J'en ai reçu six : trois de Hannah, et trois de Tristan. Hannah en a reçu une douzaine de rouges de la part de Josh et ils vont *secrètement* dîner ensemble dans un resto du centre-ville. Je dis « secrètement » parce que Hannah n'a toujours pas avoué à ses parents qu'elle s'est quasi mariée avec lui.

Samedi 13 février

J'aimerais avoir la certitude que j'aurai un copain, un jour. Si seulement je pouvais voir l'avenir, je pourrais me détendre et apprécier mon célibat.

Dimanche 14 février

En descendant prendre mon petit déj, j'ai trouvé une grosse boîte de chocolats en forme de cœur posée à ma place. Papa avait un sourire jusqu'aux oreilles.

– Tu veux bien être ma Valentine ? m'a-t-il demandé.

– Pouah, beurk ! j'ai répondu, mais pas de façon méchante.

Tristan m'a envoyé une ribambelle de cœurs et de fleurs par SMS. Hannah m'a écrit : Bonne Saint-Valentin ! Pour ta gouverne, sache que ce jour est nommé ainsi en l'honneur d'un saint chrétien, Valentinus. Snickers, mon seul vrai Valentin, m'aurait sûrement textoté un truc lui aussi s'il avait eu des pouces opposables, un Smartphone et un cerveau plus gros qu'une clémentine.

Lundi 15 février

Plus que cinq jours et ce sera enfin les vacances d'hiver. Les gosses de riches vont tous faire du ski ou prendre le soleil dans un endroit exotique. Par exemple, à en croire Twitter, Sienna est en route pour la Floride avec Bernadette et un groupe d'autres filles. Les pauvres, eux, restent à la maison. Ainsi que ceux qui ont des parents radins (n'est-ce pas, papa ?).

Mardi 16 février

On a refait *The Sound of Music* un millier de fois pendant la répétition de ce soir. Mlle Murphy m'a prise à part.

– Je vais être franche, Chloe : ton jeu manque de naturel.

Sa remarque m'a franchement énervée pour la bonne raison que je savais qu'elle avait raison.

– Je n'ai jamais vu un alpage ! lui ai-je rétorqué pour ma défense. Je déteste la nature !

– Par chance, tu joues Maria Reiner et non Chloe Snow. Or Maria adore la nature.

J'ai grogné.

– Ralentis et analyse chacune des paroles de la chanson, a-t-elle poursuivi. « Les montagnes résonnent au son de la musique et des chants qu'elles connaissent depuis un millénaire.» Ces montagnes existent depuis la nuit des temps. Comparée à elles, Maria n'est qu'un simple microbe. Mais ça ne l'effraie pas. «Elles remplissent mon cœur du son de la musique; mon cœur veut chanter chacun des airs qu'il entend.» Elle n'est qu'un grain de poussière, mais un grain de poussière heureux. Elle tient à profiter de son passage sur terre pour apprécier au maximum la vie et la beauté qui l'entourent. Ça te parle?

J'ai acquiescé. Oh oui, ça me parlait.

– Pendant la pause, je veux que tu relises le script et que tu identifies tous les passages parlés ou chantés que tu ne comprends pas bien. Je veux que tu les recopies à la main et que tu cherches à en comprendre le sens.

Génial! Ça semble aussi passionnant que de rester allongée sur une plage en Floride.

Je ne plaisante pas, je me réjouis d'avance de me plonger dans cet exercice

Mercredi 17 février

Parfois, je me réveille à 3 heures du matin et j'imagine maman ivre dans un bar, probablement avec son matador, en train de faire croire qu'elle parle couramment l'espagnol et de rire à des blagues qu'elle ne comprend même pas, et mon cœur s'emballe au point que je n'arrive même plus à me rendormir et que je suis crevée le lendemain.

Jeudi 18 février

Les répétitions de danse sont tellement intenses

que j'ai mal aux pieds rien qu'en me levant et en descendant l'escalier. Je boitille comme une vieille dame rachitique. Bon, le point positif, c'est que je maîtrise déjà toute la chorégraphie.

Vendredi 19 février

La répétition d'aujourd'hui a été catastrophique. La moitié du casting était absente et l'autre moitié avait un mal fou à se concentrer sous prétexte que c'était la veille des vacances. Mlle Murphy nous a juré que si on ne connaissait pas notre texte par cœur à notre retour, elle nous assassinerait l'un après l'autre.

– Sans doute avec un couteau. Et ce sera un délice, a-t-elle ajouté.

À la fin, on a été nombreux à faire amende honorable et à lui souhaiter de bonnes vacances. C'est un peu triste de se dire qu'on ne la verra pas pendant une semaine entière.

Samedi 20 février

Premier jour des vacances d'hiveeeeeeeer ! Je vais manger comme un goinfre, négliger mes devoirs, traîner avec mes potes, dormir douze heures par nuit et rester scotchée à mon téléphone ! *Yeah !*

Dimanche 21 février

Papa m'a obligée à nettoyer la salle de bains et à sortir les poubelles. Tris est avec ses parents et Hannah voit Josh en cachette. Sienna a posté une photo de Mac souriant depuis la vitre de sa camionnette. Hashtag #montaxipourlaéroport #tumemanquesdéjà. Il fait un froid à vous glacer les crottes de nez. J'ai essayé de danser avec Snickers, mais il est devenu mou comme une poupée de chiffon. La vie n'est que souffrances.

Lundi 22 février

Il faut que j'arrête d'espionner Sienna sur les réseaux sociaux. Pourquoi suis-je censée savoir qu'elle a bu des pina colada hier soir, mangé un burger au saumon pour le déjeuner et chopé un coup de soleil cet après-midi ? La technologie est un truc bizarre et terrifiant.

Mardi 23 février

J'ai passé l'intégralité du script en revue, ça m'a pris toute la journée. Verdict : je bousille les trois quarts de mes performances par manque de sincérité. Plus j'y pense, plus j'ai de peine pour Maria. Elle est seule au monde. Elle croyait avoir trouvé son refuge (l'abbaye) mais elle se fait renvoyer. Elle s'occupe de sept enfants et leur père (son patron) ne réalise même pas à quel point elle fait un travail formidable. Là-dessus, elle tombe amoureuse de lui, mais elle culpabilise de ne pas se comporter comme elle le devrait en tant que religieuse. En plus, Georg a déjà une fiancée. Malgré tout, elle s'efforce de rester souriante et positive. Je crois que c'est une excellente façon d'aborder la vie.

Mercredi 24 février

Josh et Hannah sont passés me voir. Il faisait un froid de canard dans la maison, comme d'hab, et j'ai ouvert la porte avec mon bonnet de père Noël en polaire et un vieux sweat de mon père. Je n'étais pas gênée, cela dit : Hannah m'a déjà vue dans des tenues bien pires, et Josh, que je considérais au début comme le-terminale-qui-sort-avec-Hannah, m'apparaît désormais comme mon-charmant-faux-mari-de-théâtre-que-j'adore-taquiner.

J'ai trouvé un paquet de chips avec de la sauce et on a grignoté dans le salon, emmitouflés dans des couvertures. Après avoir brièvement débattu de l'ennui mortel des vacances d'hiver, Josh a annoncé :

– Chloe, j'organise un petit truc chez moi vendredi soir, si ça te dit de venir.

– Genre, une fête ?

– Je suis contre, a marmonné Hannah.

– Elle a peur que les invités ne respectent pas la propriété de mes parents, a expliqué Josh. Je dois admettre que cette peur est tout à fait fondée. Mais je me suis déjà rendu à plusieurs fêtes chez mes amis, et je tenais à leur rendre la politesse avant la fin de l'année.

– Qui viendra ?

– Oh, ce sera très mélangé.

– Je peux venir avec Tristan ?

– Bien sûr.

– Tu crois que Mac sera là ? Avec Sienna, je veux dire ?

– C'est fort possible.

J'ai demandé à Hannah ce qu'elle comptait porter à la soirée, mais elle m'a répondu qu'elle n'y avait pas encore réfléchi. Génial ! Merci de ton aide.

Jeudi 25 février

Tris est venu à la maison. Je voulais qu'il m'aide à choisir ma tenue, mais il refusait de lâcher son téléphone et de se concentrer sur mes problèmes existentiels. J'ai fini par le supplier :

– Intéresse-toi à moiiiiii !

Il m'a répondu :

– Chloe, je ne suis pas ton petit caniche gay. Je n'y connais strictement rien aux filles.

Et je lui ai rétorqué :

– Tu devrais passer du temps avec Hannah, vous vous entendriez à merveille.

Vendredi 26 février

Le problème, c'est que je ne m'intéresse pas à la mode et aux fringues jusqu'au moment où je découvre que je suis invitée à une fête, et là, c'est trop tard.

J'ai dit à papa que j'allais dormir chez Hannah ce soir, et il m'a dit de bien m'amuser et de m'enfuir en courant si Mme Egan essayait de me prendre en otage avec ses questions larmoyantes. Je suis une horrible menteuse et une fille indigne.

Samedi 27 février

J'ai l'impression qu'on a remplacé mon cerveau pas un tas de boules de coton mouillées. J'ai la tête qui tourne, je me sens toute floue. J'ai dit à papa que Hannah m'avait refilé la grippe. Je suis une menteuse, une fille indigne *et* probablement une alcoolique.

Échange de SMS avec Hannah :

Désolée pour hier soir. Je ne sais pas ce qui s'est passé. Tu m'en veux ?

Non

Message sans ponctuation, envoyé après vingt minutes de silence. Elle est furax. Tant pis ! Elle finira bien par me pardonner, je ne lui dirai jamais ce qui s'est passé pendant la soirée, et tout ira très bien.

Trop heureuse et excitée pour écrire.

Dimanche 28 février

OK. La soirée. Josh et Hannah sont passés me prendre à 18 heures le vendredi, et on est allés directement chez lui. J'ai compris pourquoi Hannah était si nerveuse. Il y a des bibliothèques partout, un piano droit, une vraie cheminée, des tapis rouge foncé... Ce n'était pas un décor luxueux, mais ça ressemblait au genre de meubles anciens qu'on héritait de son arrière-arrière-arrière-grand-père. On a passé une heure à rassembler les vases, les bougies et les lampes fragiles pour les planquer à l'étage et éviter les accidents.

Ça fait toujours bizarre de voir la chambre d'autres parents que les siens. Si c'est chez votre meilleur(e) pote et que vous fouillez dans les tiroirs ensemble, vous trouvez parfois des trucs embarrassants – genre bouquins sexy, capotes, sous-vêtements coquins... Mais même si c'est juste pour y déposer des objets fragiles, c'est trop intime. Ça sent les grandes personnes, et c'est leur lit, là, sous vos yeux, celui dans lequel ils se couchent tous les soirs, peut-être nus, et vous ne pouvez pas vous empêcher de penser qu'ils ont eu des rapports sexuels pour concevoir votre pote qui est ensuite sorti par la foufoune de sa mère.

– Tu fais quoi ? m'a demandé Hannah.

J'ai fait un bond de trois mètres.

– Je cherche un endroit où entreposer ça, j'ai expliqué.

Je tenais à la main un lourd cadre argenté contenant

une photo noir et blanc des Menaker le jour de leur mariage. Mme Menaker riant aux éclats, la tête rejetée en arrière, pendant que M. Menaker la regardait d'un air amoureux. Waouh, ça m'a foutu le cafard.

– Viens m'aider à cacher les bouteilles de vin, a dit Hannah en sortant.

Les invités ont commencé à arriver vers 21 heures. Tristan était parmi les premiers, suivi d'un groupe de gens du club théâtre, puis de ce type qui s'appelle Roy et fait partie des Bonnes Notes. (Il joue aussi l'amiral von Schreiber dans la comédie musicale. Il pense être le premier adolescent métis au monde à jouer un quinquagénaire nazi.) Puis sont arrivés plusieurs joueurs de l'équipe de foot américain. L'atmosphère était bizarre, sans doute à cause de la réunion de sportifs et de geeks dans la même pièce, tous unis par leur amitié pour Josh. Autre problème : les Menaker n'ont pas de télé (!!!), donc il n'y avait rien à faire semblant de regarder. Pendant un moment, les sportifs sont restés dans le salon à boire de la bière pendant que les théâtreux buvaient de la bière dans la cuisine. Tout le monde chuchotait ou regardait son téléphone. Mais Mac et le reste de l'équipe sont arrivés avec de grosses bouteilles en plastique de vodka et de rhum, plus du Coca, du jus d'orange et de la limonade. Soudain, les lumières se sont éteintes et quelqu'un a balancé un vieux morceau de hip-hop. L'ambiance est devenue plus bruyante, les gens se sont mis à danser.

Hannah n'avait pas de temps à me consacrer – elle était trop occupée à glisser des sous-verres sous les gobelets en plastique des invités. Mais ça ne faisait rien, parce que Tristan et moi étions collés l'un à l'autre sous l'effet de la terreur. On essayait de parler, mais on était trop nerveux pour avoir une vraie conversation. Si je disais un truc du genre « Est-ce que ta sœur rentre bientôt à la maison ? », il me répondait « Je sais, t'as raison ». C'était comme si on se forçait à avoir une discussion au cas où quelqu'un nous écouterait (ce qui n'était pas le cas). De guerre lasse, on a fini par se rabattre sur nos téléphones. J'ai consulté tous les réseaux sociaux existants, liké, mis des cœurs et épinglé plein de trucs inutiles juste histoire d'avoir quelque chose à faire avec mon pouce.

Tout à coup, Tristan m'a attrapée par le coude.

– Ne regarde pas, mais je crois que Roy me mate. J'ai dit : ne regarde *pas*... Chloe !

Roy a détourné le regard, comme si je venais de le surprendre en flagrant délit.

– Tu as raison, j'ai dit.

– Je ne peux pas croire que tu aies tourné la tête comme ça !

– Tu devrais aller lui parler.

– C'est ça...

– Arrête de faire ton gros bébé.

– Merci de te montrer si compréhensive.

J'ai tiré sur un fil à son col.

– Va juste le voir et dis-lui : « Salut, ça va ? »

– Je peux pas. Si je... oh, mon Dieu. Bouge pas. Il arrive. Mon haleine, ça va ?

Je me suis penchée vers lui, et j'ai reniflé.

– Ça sent les fleurs.

Il m'a regardée, genre « te fous pas de ma gueule, je flippe à mort », et je lui ai rétorqué que je ne plaisantais pas. L'instant d'après, Roy était assis à côté de nous, tout sourire.

– Dis donc, vous deux, vous devriez pas être chez vous en train d'apprendre votre texte ?

– Ah, ah ! Si, carrément !

Sur ces mots, je me suis levée en faisant une petite révérence, puis j'ai pivoté sur mes talons et failli m'écrouler sur une table basse avant de fuir vers la cuisine pour laisser les garçons en tête à tête. Sauf que la cuisine était envahie de footeux avec, au milieu, Mac en train de distribuer des gobelets en plastique.

– CHLOE JOE ! s'est-il écrié en me pointant du doigt. Viens par ici. On boit des shots.

Comme une zombie, j'ai traversé la forêt d'armoires à glace et saisi le verre qu'on me tendait.

– À nous ! a déclaré quelqu'un.

– Aux mauvaises pipes ! a renchéri un autre.

– Bonnes vacances d'hiver, les filles, a conclu Mac, et tout le monde l'a acclamé avant de boire son verre cul sec.

Sauf moi. J'en avais pourtant l'intention, mais quand j'ai porté mon gobelet à mes lèvres, je n'ai pas pu avaler. J'ai laissé le liquide mouiller ma bouche close.

Je croyais que personne n'avait remarqué, mais Mac a regardé mon verre et demandé :

– Un problème ?

Les autres footeux repartaient déjà vers le salon. J'ai décidé de me montrer honnête.

– Je n'ai jamais bu d'alcool de ma vie. Enfin, si, une fois j'ai bu du champagne au mariage de mon cousin, et mon père me laisse siroter une gorgée de sa bière de temps en temps, mais ça se résume à ça.

Il a posé sa main sur mon épaule.

– T'es adorable, fillette. Tiens.

Il a pris mon gobelet et l'a vidé dans l'évier.

– C'est pas par là qu'il faut commencer. Je vais te faire un rhum-Coca.

Il m'a préparé la boisson d'un geste expert et en un temps record. Il a même ajouté un quart de citron vert pour la déco.

– Santé, a-t-il dit, et on a entrechoqué nos gobelets.

C'était bon. On aurait dit du Coca avec un goût nouveau – vanille ou cerise. Ou plutôt, rhum et citron vert, j'imagine.

– Ça me plaît ! j'ai dit.

Il a ri. Je le fais toujours rire, sans même le faire exprès.

– Ne bois pas trop vite, m'a-t-il conseillé.

J'ai acquiescé et avalé trois gorgées d'affilée. Mes doigts et mon front se sont enflammés. Je me sentais super-bien. Pourquoi m'étais-je cachée dans un coin avec Tristan ? C'était trop bien, les fêtes ! Une occasion pour que les gens se rencontrent et se mélangent ! Un rituel lycéen obligatoire ! Je devais en savourer chaque instant.

Mac a désigné la porte qui donnait sur le jardin.

– Tu veux me tenir compagnie pendant que je sors fumer une clope ?

Dehors, il faisait noir et glacial. Sans même me demander si j'avais froid, Mac a enlevé son sweat à capuche et m'a aidée à l'enfiler comme un gentleman avant de remonter lui-même la fermeture Éclair. J'aurais voulu chercher sur Google : « Est-ce qu'un mec vous drague s'il vous prête son sweat à capuche ? »

Il m'a proposé une cigarette de son paquet, mais j'ai fait non de la tête. Je me sentais déjà assez rebelle comme ça à boire mon rhum-Coca, qui était d'ailleurs presque vide. Il s'est penché vers la flamme de son briquet orange et a exhalé un nuage de fumée à l'écart de mon visage.

– Alors, m'a-t-il demandé, sur une échelle de un à dix, c'est flippant comment, le lycée ?

Il se souvenait de notre conversation à la piscine !

J'ai réfléchi. Entre Bernadette et sa pétition... les cours d'anglais... les auditions... Tristan... Hannah... la galère chaque jour pour ouvrir mon casier... et ne pas me perdre dans les couloirs...

– Je dirais cinq.

– Cinq ? Pas mal.

Il s'est assis sur les marches du perron et m'a fait signe de le rejoindre.

Il y a eu un long silence pendant que j'essayais désespérément de trouver un truc à dire. Et voilà tout ce que mon cerveau a trouvé :

– Tu sors avec Sienna, pas vrai ?

– Tu le sais très bien, Chloe Jo. Ne parle pas pour ne rien dire. C'est ce que j'apprécie chez toi : ton honnêteté. Pose-moi une vraie question.

– Tu l'aimes ?

– Waouh ! Ça c'est une question directe. Eh bien, oui, je l'aime. On s'est bien trouvés. Elle joue les dures, mais en réalité c'est une vraie petite femme d'intérieur. Elle me prépare des petits plats le week-end. Elle me respecte. Tu sais, elle me demande même la permission de partir en vacances avec ses copines. Elle me montre ses nouvelles fringues et si ça ne me plaît pas, elle les rapporte au magasin.

– Quel genre de petits plats ?

Ma question l'a fait rire.

– Des sandwichs à la dinde, le plus souvent. Je les adore avec de la mayo et du fromage à gratiner, si tu veux tout savoir. Tâche de t'en souvenir.

– Déjà que je déteste faire des sandwichs pour moi-même...

– Ah bon ?

– Et il est hors de question que je ramène mes fringues au magasin sous prétexte que tu ne les aimes pas.

– Hein ? Heureusement qu'on sort pas ensemble, alors.

On s'est regardés. Nos visages étaient très, très près. Il faisait nuit dans le jardin. Il a penché son front vers le mien jusqu'à ce qu'ils se touchent.

– Me cause pas d'embrouilles, Chloe Jo, il a murmuré.

Sur ces mots, il s'est levé et il est retourné à l'intérieur.

J'étais trop heureuse pour rester immobile, alors je suis allée courir sur la pelouse, dans le noir, les bras écartés, et j'ai fait ma chorégraphie pour *The Sound of Music* en chantant les paroles tout bas. C'est ça que les gens qui détestent les comédies musicales ne comprennent pas : les chansons et la danse prennent le relais quand les mots ne suffisent pas à décrire vos émotions.

J'ai fait le tour de la maison pour revenir par la porte d'entrée... et avec qui suis-je tombée nez à nez ? Bernadette, bien sûr, plantée dans le vestibule !

– Salut, Bernie ! me suis-je exclamée en la prenant dans mes bras.

Elle m'a mollement tapotée dans le dos.

– Hum, salut.

Ça m'était égal. Je me suis frayé un chemin à travers la foule des invités, qui avaient doublé en nombre depuis que Mac et moi nous étions éclipsés dehors. Je disais bonsoir à tout le monde, y compris à des gens que je connaissais à peine. Ils m'ont tous saluée. C'est vrai, après tout, pourquoi faire semblant de s'ignorer? On allait tous dans le même bahut, non? Pourquoi ne pouvait-on tout simplement pas être amis? Tristan était là, en pleine discussion avec Roy sur le canapé. Je leur ai fait signe, mais je crois qu'ils ne m'ont pas vue. Hannah, à quatre pattes, tentait frénétiquement d'essuyer une tache de terre à cause d'une plante en pot qui s'était renversée. Elle a levé les yeux vers moi et m'a crié:

– Chloe, tu veux bien me rendre un service et aller me chercher un balai ou quelque chose comme ça?

Je lui ai souri et répondu:

– Mais bien sûr, je reviens tout de suite!

Je suis allée dans la cuisine avec l'intention sincère de chercher un balai, mais mon regard est tombé sur le plan de travail recouvert de bouteilles et j'ai réalisé que ma priorité était d'abord de me servir un autre verre. Et c'est ce que j'ai fait! Moitié rhum, moitié Coca, et une moitié de rondelle de citron.

– Alors, on s'encanaille? m'a lancé un footeux affublé d'un collier de barbe.

– *Oh, yeah!* je me suis exclamée, alors que c'est un truc que je ne dis *jamais* dans la vraie vie…

Tout à coup, je me sentais libre de dire absolument tout ce que je voulais! Pourquoi avais-je peur de me montrer telle que j'étais au fond de moi ? Et *qui* étais-je au fond de moi, d'ailleurs ? Je n'en avais pas la moindre idée ! J'avais quatorze ans ! J'avais tout le temps de devenir qui je voulais !

J'ai fait une nuit blanche. Chaque fois que Mac m'apercevait à l'autre bout d'une pièce, il m'adressait un clin d'œil. Roy et Tris ont dansé sur *Teenage Dream* et *Party in the USA*. Quand je suis rentrée à la maison, papa était sorti faire son jogging et je me suis écroulée sur mon lit sans vérifier mon téléphone, si bien que je n'ai pas vu les SMS de Hannah (Où es-tu ? Tu m'as plantée là. Tu me déçois beaucoup. Appelle-moi dès que tu liras ce message, etc.) Elle devait être furieuse que je ne lui aie jamais rapporté son balai. Il est impossible qu'elle sache, pour Mac et moi, n'est-ce pas ? Personne ne nous a vus. Et puis, il n'y a pas de « Mac et moi » de toute manière.

Lundi 29 février

Aperçu Mac dans le couloir. Il a secoué la tête en me souriant et a dit :

– Pas d'embrouilles.

Mardi 1er mars

La répète était épuisante. Quand je n'étais pas sur scène, j'essayais de mettre la main sur Hannah, qui *techniquement* ne m'évite pas mais se contente de m'adresser des sourires polis et crispés avant de tourner les talons chaque fois que je suis en pause. Et quand je n'étais pas en train de courir après Hannah, je fonçais dans les coulisses pour parler à Tristan, qui – tadaaa ! – est sorti avec Roy pendant la soirée !!!! On chuchotait à toute vitesse pour échanger un maximum d'infos à la fois.

Chloe: Ça s'est passé où?

Tristan: Dans la salle de bains.

Chloe: Celle près de la cuisine?

Tristan: Non, à côté du bureau.

Chloe: Quelqu'un vous a vus entrer?

Tristan: Non, personne. J'ai bien vérifié.

Mlle Murphy: chloe! Nous ferais-tu l'honneur de ta présence sur le plateau?

(Quinze minutes plus tard.)

Tristan: Les lèvres de Mac ont touché une partie de ton visage?

Chloe: Non. On était juste front contre front. Roy embrasse bien?

Tristan: Il a la langue un peu dure et pointue.

(Ça nous a fait mourir de rire, allez savoir pourquoi, et on s'est écroulés l'un sur l'autre en essayant de ne pas faire trop de bruit.)

Mlle Murphy: J'ai besoin de Liesl et Rolf immédiatement!

(Vingt minutes plus tard.)

Tristan: Tu jures qu'il ne s'est rien passé avec Mac?

Chloe: Je le jure sur la tombe de ma mère.

On a même continué à se *parler au téléphone* après la répète, comme si on vivait dans les années 1980.

Tristan: Tu t'en veux?

Chloe: Non. Il ne s'est rien passé. On a juste discuté.

Tristan: Ils ont peut-être une relation libre…

Chloe: Ça m'étonnerait. Mais Sienna l'a sûrement trompé en Floride, tu crois pas?

Tristan : Tu m'étonnes qu'elle s'est bien éclatée sur la plage ! Elle a dû choper au moins six MST.

Chloe : Si t'étais elle et que t'apprenais qu'on s'était touché le front, tu t'en ficherais, pas vrai ?

Tristan : Je t'arracherais les yeux dans les couloirs du bahut.

(Silence pensif.)

Chloe : Des nouvelles de Roy ?

Tristan : Il m'a envoyé un GIF de panda qui fait un clin d'œil.

Chloe : Génial !

Tristan : Et toi, un SMS de Mac ?

Chloe : Il n'a pas mon numéro.

Tristan : Ah. Bah, ça veut rien dire.

Chloe : Je parie qu'il n'envoie pas de SMS, de toute manière. Il est trop viril pour perdre son temps avec des émoticones.

Tristan : Personne n'est viril à ce point.

Chloe : Ouais, t'as raison.

Mercredi 2 mars

J'ai enfin réussi à coincer Hannah dans les loges, et je lui ai dit :

– Je sais que tu m'en veux. Je m'excuse de ne pas t'avoir aidée à nettoyer.

– Là n'est pas le problème. Enfin, si, je t'en veux un peu, mais…

Elle n'a pas terminé sa phrase. Mon cœur s'est mis à cogner dans ma poitrine. Avait-elle appris la vérité à propos de notre séance de toucher de fronts érotique dans le jardin ?

– Étais-tu ivre, Chloe ?

Ouf!

– Pas totalement. Juste pompette.

Elle jouait nerveusement avec la fermeture Éclair de son sac à dos.

– On s'était promis qu'on ne boirait pas une goutte d'alcool avant nos vingt et un ans.

– Mais c'était en CM1, Hannah.

– Nous n'avons que quatorze ans…

– Presque quinze!

Elle semblait à deux doigts de pleurer.

– Je ne veux pas que tu changes.

Je me suis assise sur la chaise pliante à côté d'elle.

– Je ne change pas! Simplement, je ne crois pas que boire de l'alcool soit aussi terrible qu'on nous l'a expliqué dans les cours sur la santé.

Elle a secoué la tête.

– Tu vois? Tu n'es plus la même.

Peut-être. Mais elle non plus. Elle a un petit ami officiel, il l'emmène partout avec elle en voiture et elle règle la température sur le tableau de bord en tripotant les boutons comme une maman assise à côté d'un papa.

Jeudi 3 mars

J'ai croisé Sienna dans le couloir aujourd'hui… et *elle m'a dit «salut»*! Elle portait un tee-shirt rayé et une montre de sport. Elle était bronzée. Son sourire était éclatant.

Je la déteste.

Vendredi 4 mars

Grâce à mon nouveau statut de fille hyper-cool et populaire, j'ai passé ma soirée… à lire *Roméo et Juliette*.

Shakespeare me fait toujours mal au cerveau la première demi-heure, mais après, ça va. C'est un peu comme quand on essaie de démêler un collier et qu'on finit par trouver la solution.

Samedi 5 mars

MAC M'A ENVOYÉ UN SMS.

Hé bella ça va

Son numéro n'est pas enregistré dans mon téléphone, donc j'ai aussitôt répondu :

C'est qui ?

Big Mac bébé

Oh ! Salut. Qui t'a filé mon numéro ?

Devine

Au bout de quinze minutes à me triturer le cerveau, j'ai répondu : Ah ah !

Puis j'ai passé plusieurs heures à attendre qu'il me réponde. Pourquoi, ô pourquoi ai-je écrit « ah ah » ? Comment ai-je pu répondre un truc aussi nul ?

J'ai fini par couper le son et poser mon téléphone face contre la table, mais ça ne m'a pas été d'une grande aide puisque je n'arrêtais pas de le retourner pour vérifier l'écran. Je l'ai ensuite enfoncé dans l'une de mes bottes que j'ai jetée au fond de mon placard avant de descendre passer l'aspirateur au rez-de-chaussée, ce qui a poussé mon père à me demander si je ne souffrais pas de troubles neurologiques. Pour finir, j'ai réveillé Snickers en pleine sieste et je l'ai obligé à faire une promenade dans les bois alors que la nuit tombait déjà et qu'il y avait du vent. Il était tellement furieux contre moi qu'il n'a même pas aboyé sur les écureuils.

Dimanche 6 mars

Mac m'a appelée. Il a pris son téléphone portable et il s'est servi de ses doigts non pas pour m'envoyer un SMS, mais pour *appeler* mon numéro ! Quand j'ai vu son nom s'afficher sur l'écran, le choc m'a quasiment paralysée.

Il faisait comme si téléphoner aux gens pour leur parler était une chose tout à fait normale, bien qu'on soit au XXIe siècle. Il m'a demandé comment s'était passée ma journée, et j'ai répondu « pas trop mal » alors qu'on avait étudié le massacre de Mai Lei* et que j'en étais encore toute retournée. Je lui ai demandé comment s'était passée la sienne, et il m'a répondu qu'il était hyper-content parce qu'il avait réussi à soulever cent trente kilos de fonte pour la première fois. Là-dessus, on a longuement parlé de son entraînement sportif. Je lui ai raconté que l'an dernier, en course d'endurance, j'avais vomi après avoir couru un kilomètre et demi, et il m'a taquinée en disant que je devrais avoir honte d'être aussi peu sportive, mais dans sa bouche, ça n'avait rien de méchant.

Comment dire ? C'était une conversation normale. Pas vraiment un plan drague. Ni le truc gênant où on n'a rien à se dire. Je ne sais pas du tout comment l'interpréter.

Bah, ça ne veut rien dire. Il s'ennuyait, alors il a appelé une fille de première année au hasard dans ses contacts. Arrête de te faire des films, Chloe.

---

* En mars 1968, pendant la guerre du Viêtnam, des soldats américains ont assassiné des centaines de civils vietnamiens, dont beaucoup de femmes et d'enfants, dans le village de Mai Lei. Ce massacre a soulevé l'indignation du monde entier. (*N.d.T.*)

Lundi 7 mars

C'est curieux que Hannah ne soit pas au courant de ce qui s'est passé entre Mac et moi à la soirée. J'aimerais bien lui en parler, mais je sais que ça la mettrait hors d'elle et qu'elle m'expliquerait que je joue avec le feu, que je fonce droit dans le mur ou autre expression de grand-mère. En plus, il n'y a rien à dire. Justement! Elle s'imagine que sous prétexte que j'ai rencontré Mac à la piscine cet été et qu'il me dit « salut » dans les couloirs, je rêve de l'épouser et d'avoir six petits joueurs de foot américain avec lui... OK, j'avoue: elle me connaît comme si elle m'avait tricotée. Mais qu'est-ce que je pourrais bien lui raconter? « Je lui ai emprunté son sweat à capuche »? « Il m'a appelée parce qu'il s'ennuyait un dimanche après-midi »? Monter cette histoire en épingle serait totalement ridicule et mélodramatique.

Mardi 8 mars

Papa est venu me chercher à la répète. J'étais la dernière à ranger mes affaires, comme d'habitude. Ça m'a fait bizarre de le voir entrer dans l'auditorium: c'était bien lui, mais il ne semblait pas à sa place, un peu comme si Snickers s'incrustait dans un resto chic.

J'ai fait semblant d'être très très absorbée par le rangement de mon sac pour espionner sa conversation avec Mlle Murphy et entendre tous les compliments qu'elle avait à dire sur moi.

– Chloe s'investit énormément, a-t-elle déclaré.

– J'en suis ravi. Au fait, elle a mentionné le fait que vous aviez grandi dans cette ville? (Oh, non. Il est vraiment obligé de se ridiculiser comme ça – et moi avec?)

– Eh oui.

– Et que vous aviez quitté New York exprès pour vous y réinstaller ?

– En effet. Ma mère est tombée malade et je voulais être auprès d'elle. Enfin… j'aurais souhaité faire autrement, mais je n'avais pas trop le choix.

– Ça n'a pas l'air facile pour vous.

Elle a haussé les épaules.

– Je la harcèle pour qu'elle arrête de boire et de fumer. Ça ne sert à rien, mais au moins, ça m'occupe.

– Vous devez trouver la vie très ennuyeuse ici, comparée à l'effervescence de New York.

– Mes amis new-yorkais me plaignent mais, en réalité, ça me plaît de vivre au calme maintenant que je suis vieille et fatiguée.

– Ah ! Vieillir, ne m'en parlez pas. Je me suis fait un tour de rein en me brossant les dents ce matin.

Ils ont éclaté de rire tous les deux. *Pff.* Les adultes.

Mercredi 9 mars

Nouveau coup de fil de Mac ! Et on a parlé pendant deux heures !! Il m'a raconté qu'en première année de lycée, il sortait avec une fille en classe de terminale. Ça ne m'a pas du tout étonnée. Normalement, les terminales ne s'abaissent pas à croiser le regard des mecs plus jeunes, et encore moins à sortir avec eux, mais Mac est un cas à part.

Elle s'appelle Bailey. Elle est partie faire ses études à Skidmore, mais il la revoit parfois lorsqu'elle rentre chez ses parents pour les vacances.

– Sienna est très jalouse d'elle. Elle fait genre qu'elle s'en fout, mais elle me bombarde de questions du style :

« Et vous avez fait quoi, exactement ? Est-ce que vous avez parlé de moi ? T'aimerais pas que je sois moins grande ? »

– Pourquoi voudrais-tu qu'elle soit moins grande ? Elle a une taille mannequin.

– Parce que Bailey est toute petite. Elle te ressemble un peu, en fait.

Est-ce qu'il m'a dit ça pour me draguer ? Tris pense que oui, mais il n'était pas là pour entendre la voix de Mac ; il me parlerait hyper normalement, comme si on discutait de ce qu'on mangerait au déjeuner. Cela dit, on est bien d'accord que ça n'a rien de normal de se parler au téléphone pendant deux heures. Plus personne ne fait ça, OK ? Alors ça veut forcément dire quelque chose, non ? J'ai beau taper ces questions sur Internet, je n'obtiens aucune réponse.

Jeudi 10 mars

On répète la chanson *Ordinary Couples* en ce moment et waouh, ça me fait vraiment tout drôle de tenir Josh par la taille en chantant « tout ce que je veux, c'est te garder près de moi, rire et pleurer avec toi à mesure que le temps passe, t'embrasser tous les matins et tous les soirs ». Sans y penser, j'ai mangé des Doritos juste avant la répète, et quand je lui ai dit « Désolée pour mon haleine de chacal ! » pendant la pause, il m'a répondu très dignement : « Ne t'en fais pas pour ça. » Ça veut dire qu'il avait remarqué.

Vendredi 11 mars

On aurait pu penser que Mlle Murphy serait plus cool avec moi en cours d'anglais à cause de tout le boulot que me demandent les répétitions, entre mes six chansons et mes chorégraphies à mémoriser, sans compter les cinq reprises et les tonnes de dialogues. Mais non, pas du tout. Aujourd'hui, en classe, j'ai été incapable de répondre à une question basique concernant l'intrigue de *Ragged Dick*, le livre de Horatio Alger qu'on est en train d'étudier, parce que, heu… je n'ai pas encore lu la fin, et elle m'a jeté un regard glacial en déclarant que je la décevais beaucoup. Pour ma défense, je dirai simplement que c'est le bouquin le plus ennuyeux de la terre. Point à la ligne.

Samedi 12 mars

Mac m'a encore appelée. J'ai envisagé de ne pas décrocher, pour ne pas qu'il sache que je traînais seule chez moi un samedi soir, mais ça n'a finalement posé aucun problème : il ne m'a même pas demandé ce que je faisais. Il s'est surtout plaint de sa mère. Apparemment, elle l'a enfermé dans sa chambre comme un prisonnier politique parce qu'elle a découvert une bouteille de whisky dans son tiroir à chaussettes. J'en ai profité pour me vernir les ongles pendant qu'il me racontait tout ça. Juste avant qu'on raccroche, il m'a dit :

– C'est facile de parler avec toi.

Je crois qu'il me voit comme une sorte de psy mineur et asexué.

Dimanche 13 mars

On a joué à un jeu de société inspiré des héroïnes Disney avec Hannah. Elle choisit toujours d'être Ariel, et moi la fée Clochette. Je ne comprends pas pourquoi elle préfère être une sirène muette et pleurnicharde plutôt qu'un électron libre rapide comme l'éclair, mais bon, c'est comme ça : du Hannah tout craché !

Lundi 14 mars

Mars est le mois le plus cruel de l'année : on guette désespérément le retour du soleil, mais il ne vient jamais. À la place, on se traîne avec la crève, les mains gercées, on se retrouve avec des vieux tas de neige toute sale couverts de pipi de chien et une bonne dépression hivernale (grâce à mon cher papa qui refuse de m'acheter une lampe de luminothérapie).

Mardi 15 mars

On a surtout bossé sur *Climb Ev'ry Mountain* en répète, aujourd'hui. Hannah et les bonnes sœurs ont répété l'hymne matrimonial. Pendant la pause, Josh et elle se sont assis dos à dos pour faire leurs devoirs. En se partageant chacun une moitié d'écouteurs. J'en serais tout attendrie si je n'étais pas malade de jalousie.

Mercredi 16 mars

Mac m'a appelée après la répète. Je lui ai dit que j'étais fatiguée, et il m'a répondu :

– Moi aussi. On n'a qu'à se mater un film.

– Comment ?

– Allume ton ordi et on regardera le même truc en streaming.

Il voulait voir le dernier *Fast and Furious*, et moi *Mean Girls*. On a coupé la poire en deux et opté pour un *X-Men*. Il s'est endormi à la moitié, et je l'ai écouté respirer jusqu'à la fin du film. Puis je lui ai murmuré :

– Bonne nuit.

Je l'adore… Comme ami, bien sûr !

Jeudi 17 mars

Je me suis mise à emporter un Thermos de café au lycée. J'ai besoin d'un petit boost énergétique durant la journée. Réaction de mon père : « d'accord pour le café », mais « pas touche aux cigarettes ».

Vendredi 18 mars

Mac est venu me retrouver devant mon casier. Il a farfouillé dans mes affaires et s'est penché pour examiner son reflet dans mon miroir.

– Comment tu trouves mon maquillage ? m'a-t-il demandé avec une voix de fausset.

Bernadette était en train de sortir ses cahiers de TP juste à côté. Elle ne nous a pas adressé un seul regard. Elle a juste refermé sa porte avec un claquement sec, comme si elle voulait fracasser le crâne de quelqu'un.

Samedi 19 mars

Quand j'étais en cinquième, j'étais folle amoureuse de Shawn Hall. Je passais les longs trajets en voiture pour aller chez ma grand-mère à faire comme s'il était assis à côté de moi, le bras autour de mes épaules. Quand une chanson cool passait à la radio, je nous imaginais dans la vidéo en train de danser sur un yacht. Quand j'ai confié à maman qu'il me plaisait, elle m'a répondu : « C'est super ! » et m'a posé un milliard de questions : il mesurait combien ? Quel était son style vestimentaire ? Était-il brillant, drôle, créatif ? Avions-nous des conversations profondes ? Quand je lui ai répondu, elle ne m'a pas interrompue pour m'expliquer que je ne pouvais pas être amoureuse de lui puisqu'on ne s'était jamais parlé en vrai. Ça me fait bizarre de penser qu'elle ne sait rien à propos de Mac.

Dimanche 20 mars

Papa a coupé l'autoradio dans la voiture en rentrant des courses, choses qu'il ne fait jamais d'habitude. J'en ai donc déduit qu'il s'apprêtait à m'annoncer qu'il avait un cancer. À la place, il s'est éclairci la gorge et m'a sorti avec un faux accent britannique :

– Alors, mon cher Watson, quelque chose me dit que tu ne sors pas avec Tristan.

J'ai grommelé :

– C'est ce que je me tue à t'expliquer depuis des siècles !

– Et sais-tu comment je suis parvenu à cette brillante conclusion ?

– Oui, je t'écoute.

Il se prend *vraiment* pour Sherlock Holmes.

– Eh bien voilà : il y a deux semaines, tu as pété devant lui et ça t'a fait rire.

– J'essayais de péter *sur* lui à cause du truc particulièrement ignoble qu'il venait de dire à propos de mon bas de jogging, mais il s'est échappé juste à temps.

– Watson, une jeune fille amoureuse s'autorise rarement à lâcher une caisse devant l'élu de son cœur.

– Tu l'as dit, Sherlock.

Il s'est arrêté à un feu rouge et s'est tourné vers moi.

– Mais alors, qui est ce mystérieux gentleman qui t'appelle presque chaque soir ?

Et merde.

Il m'avait amadouée avec ses blagues et je me retrouvais prise de court, incapable de penser à une forme de diversion quelconque.

– Il s'appelle Mac.

– Étant donné que tes discussions avec lui durent entre deux et quatre heures, j'en déduis qu'il ne s'agit pas d'un télé-enquêteur mais d'un humain de ton âge. Vois-tu, Watson, il suffit d'examiner les hypothèses qui s'offrent à nous et de déterminer laquelle est la plus probable.

– Papa…

Je l'ai dit sur un ton signifiant clairement que je n'avais plus envie de jouer au détective anglais.

– Parle-moi un peu de ce Mac, a-t-il déclaré en reprenant enfin sa voix normale.

On passait devant le petit centre commercial. Des jeunes de mon lycée traînaient sur le parking du 7-Eleven. C'est ce qu'on appelle « se distraire », dans ce bled pourri.

– Il est en terminale. Il est très gentil. Il est dans l'équipe de foot américain.

– C'est ton petit copain ?

– Non ! Non non non !

– L'expression « petit copain » serait-elle devenue ringarde ? Que faut-il dire, de nos jours ?

– Non, non, non ! C'est juste que… on ne sort pas ensemble.

– En tout cas, j'aimerais le rencontrer un jour.

Rencontrer Mac ? En quel honneur ?

« Heu, Mac, je sais que tu as déjà une copine et que je ne représente strictement rien pour toi, mais ça te dirait de passer à la maison pour rencontrer mon père, comme si on était dans un roman à l'eau de rose où les gens se font la cour avant de se fiancer ? »

Lundi 21 mars

Répétition horrible. Pendant « Do-mi-mi, mi-sol-sol, ré-fa-fa, la-ti-ti », on oubliait sans arrêt qui chantait quelles syllabes. Au bout du dixième silence accidentel, Mlle Murphy nous a jeté son gobelet de café vide dessus en criant :

– Houhou ! Remboursez !

Louisa a éclaté en sanglots avant de s'enfuir vers les coulisses, et on a perdu un quart d'heure le temps que Marta et Kurt réussissent à la calmer. Après ça, on a réellement touché le fond quand Frau Schmidt a décrété que ses déplacements sur scène étaient absurdes et qu'elle a demandé à Mlle Murphy de lui expliquer les motivations psychologiques de son personnage.

Mardi 22 mars

Maman a appelé après le dîner. J'avais du mal à l'entendre à cause des klaxons qui retentissaient derrière elle. Je lui ai demandé où elle était.

– Je suis à DF ! Je viens de manger les meilleurs tacos de ma vie, achetés à un vendeur ambulant, et je me suis dit : « Il faut absolument que j'appelle Chloe pour lui en parler. » Un délice de porc grillé et d'ananas emmaillotés dans des tortillas qui tiennent au creux de la main !

Je l'imaginais vêtue d'un tee-shirt blanc, les lèvres maquillées d'un rouge éclatant, à un coin de rue éclairé par les lampadaires et les phares de voitures. J'ai promené mon regard autour de la cuisine. Snickers dormait sur sa couverture. Des bananes brunissaient sur le plan de travail. Les assiettes que j'avais lavées la veille étaient encore sur l'égouttoir. Tout paraissait faux, comme un décor de théâtre.

– Ça veut dire quoi, DF ?

– Oups, désolée… j'avais oublié ! Les habitants de Mexico appellent leur ville DF, pour Distrito Federal. C'est là que je suis en ce moment pour le besoin de mes recherches.

– Les tacos ont l'air délicieux.

– Ils sont exquis ! J'ai tellement hâte que tu viennes les goûter.

– Et si je venais à Pâques ? Il y aura sûrement des promos de dernière minute. Je pourrais te parler de Mac !

– Oh, lapin, j'adorerais ! C'est un peu compliqué ce mois-ci, mais on va sortir nos agendas et trouver une date, OK ? Il faut que je file… Je t'aime, ma chérie… *hasta pronto !*

Mercredi 23 mars

On a terminé la répétition d'aujourd'hui par la scène où je reviens de l'abbaye et où tous les enfants accourent pour me serrer dans leurs bras en pleurant.

– C'était fantastique, m'a murmuré Annabelle à la fin.

– Merci, lui ai-je chuchoté en retour.

Qu'aurais-je pu lui répondre d'autre ? « Je ne faisais même pas semblant » ?

– Beau travail, tout le monde, a déclaré Mlle Murphy. Chloe, je peux te voir une seconde pour une question de costume ?

On s'est assises au premier rang et elle a commencé à me parler d'un petit changement à l'acte II, ce que j'ai trouvé bizarre vu qu'on en avait déjà discuté. Mais une fois que tout le monde a été parti et qu'on s'est retrouvées seules dans l'auditorium, elle a changé de discours :

– OK, tu peux tout me dire.

Je l'ai regardée, genre « qu'est-ce que vous racontez ? », et elle m'a dévisagée genre « on ne me la fait pas ».

– Il n'y a rien à dire. Je vais très bien, ai-je déclaré.

Elle regardait fixement mon profil. C'était à la fois étrange et agréable de me retrouver seule avec elle dans l'auditorium. Je sentais les rangées de fauteuils derrière nous et j'entendais le moindre bruit qu'on faisait.

– Ma mère est partie.

Mlle Murphy n'a pas prononcé un mot. Elle s'est contentée d'acquiescer sans me quitter des yeux. J'avais envie de lui raconter aussi le reste, mais je n'ai pas pu. Au bout d'un moment, elle m'a dit :

– Tu étais très bien, aujourd'hui.

– C'est parce que je ressentais mon rôle de *l'intérieur,* lui ai-je répondu d'un air profond et inspiré.

Elle m'a tapoté le genou en riant.

– Bien joué, Marlon Brando.

Jeudi 24 mars

Aucun contact avec Mac aujourd'hui. Ça fait pourtant des semaines qu'il m'appelle ou qu'il passe me voir à mon casier. Que se passe-t-il ? M'en voudrait-il ? Aurait-il enfin découvert que je ne suis qu'une petite théâtreuse de première année sans importance ? Oh, là là... Comment ai-je pu me fourrer dans une histoire pareille ?

Vendredi 25 mars

Pas de panique, tout va bien ! Il ne m'a pas appelée parce qu'il était sorti avec ses potes de l'équipe de foot américain pour picoler et s'amuser à tirer avec des répliques d'armes à feu dans les bois. Ouf !

Samedi 26 mars

Je n'ai même pas envie de sortir avec lui. Juré ! Les petites amies, ça change toutes les deux secondes. Sienna ? *Pfff*. Elle ne sera plus qu'un lointain souvenir pour lui quand il entrera à la fac. Non, je veux être sa *meilleure* amie. Je veux être celle qu'il appelle quand il a besoin de parler. Je veux être plus qu'une simple bonniche qui lui prépare des sandwichs.

Dimanche 27 mars

Le jour de Pâques serait quand même plus sympa si on le déplaçait en mai ou en juin. Hannah m'a traînée à l'église avec sa famille à neuf heures du matin, ce qui signifie que j'ai dû me lever quatre heures trente plus tôt que d'habitude le dimanche matin. Tout le monde portait des robes à fleurs et des sandales, sauf moi : j'avais opté pour une robe à manches longues et des collants épais vu que ça caillait grave dehors. J'avais beau être de loin la personne arborant la tenue la plus adaptée à la météo alors que tous les autres avaient clairement perdu la tête, je me sentais quand même comme le vilain petit canard. Le prêtre a parlé du printemps, du renouveau de la nature et de la chance de pouvoir repartir à zéro même quand on a foiré dans les grandes largeurs (je résume en langage grossier).

– Jésus est mort pour *vos* péchés, a-t-il déclaré. Et si vous vous repentez sincèrement, Dieu vous pardonnera tous vos péchés, même les plus impardonnables.

Je me demande si parler au téléphone avec le mec d'une autre est considéré comme un péché impardonnable.

Après la messe, on a dû poireauter sur le parking sous une petite pluie glacée pendant que Mme Egan discutait avec ses copines. Dans la voiture, pendant le trajet de retour, elle s'est retournée vers la banquette arrière pour me regarder avec un air de chien battu.

– Comment vas-tu, ma puce ? As-tu des nouvelles de ta mère ?

– Ouais. Un éditeur vient de lui acheter son roman. Il y a eu des enchères et elle a signé un contrat faramineux.

Mme Egan a reculé la tête d'un air pincé, comme si elle venait de renifler une odeur de pet.

– C'est formidable, a-t-elle commenté.

Le prêtre n'approuverait certainement pas mes mensonges, mais je parie qu'il n'approuverait pas non plus les insidieuses méthodes de torture de Mme Egan sur des mineures sans défense.

De retour à la maison, papa m'a annoncé :

– Un gros lapin de Pâques est passé te voir en ton absence.

Sourire aux lèvres, il a désigné un énorme panier rose et jaune posé sur le plan de travail de la cuisine, tapissé de fausse herbe en plastique et rempli de poussins en chamallows, de mini-KitKat et de petits œufs en chocolat (mes préférés: croquants à l'extérieur et fondants à l'intérieur). Il avait même ajouté un petit lapin en peluche.

J'ai serré mon papa dans mes bras et je lui ai dit que je l'aimais très fort, parce que je peux être hyper-nunuche parfois.

Lundi 28 mars

On travaille l'expression personnelle en cours de santé, en ce moment. Aujourd'hui, on s'est entraînés à dire des phrases du type: « Quand tu dis/fais…, je me sens… parce que… » par petits groupes. Olivia Choi et moi avons dû faire semblant d'être sœurs. Elle est tellement méchante avec moi dans le rôle de la baronne Schraeder que j'ai dû me répéter qu'elle ne me haïssait pas dans la vraie vie. Elle m'a dit:

– Quand tu cherches à t'incruster dans mon groupe de copines, ça m'énerve parce que je préférerais passer du temps seule avec elles.

J'ai répondu:

– Quand tu me hurles dessus devant tes copines, je me sens humiliée parce que j'ai l'impression que tu me traites comme un bébé.

On a tellement pris l'exercice à cœur qu'à la fin, on s'est serrées dans les bras l'une de l'autre.

J'aimerais bien avoir une sœur, j'imagine, mais je n'y pense pas trop. C'est difficile de regretter la présence de quelqu'un qu'on n'a jamais connu.

Mardi 29 mars

Je suis jalouse de toutes ces petites choses que Maria aime: les gouttes de pluie sur les roses, les moustaches des chatons… la neige argentée qui fond au printemps… tout ça, quoi. Ce ne sont que des détails adorables qui datent d'avant l'arrivée d'Internet. Mes trucs préférés, moi, c'est plutôt :

1. La neige argentée qui fond au printemps
2. Mon téléphone
3. Snickers
4. Candy Crush
5. Les chips au fromage
6. Bouquiner en jogging
7. Tristan et Hannah
8. Penser à Mac

Voyez ? Il y a quelques bonnes choses dans ma liste, mais le reste est répugnant.

Tristan et moi sommes allés nous acheter un truc au distributeur pendant la pause à la répète, et je lui ai chanté ma version modifiée de *Edelweiss* : « Tristan Flynn, Tristan Flynn, partenaire de théâtre ; sur la scène comme dans la vie, tu es libre et sauvage. Ô mon pote, tu es un amour, et je t'adore pour toujours ; Tristan, New York nous attend, partons sans perdre de temps ! » Ça lui a tellement plu qu'il m'a offert un paquet de Skittles.

Mercredi 30 mars

Mac était planté devant mon casier, en train de fouiller dans mon sac à dos à la recherche de mon baume à lèvres à la cerise, quand Bernadette a claqué sa porte et nous a regardés fixement. Mac s'est tourné vers elle.

– Eh, quoi de neuf, Bernie ?

Il a levé la main pour lui claquer un *high-five*, mais elle n'a pas réagi.

– Je te signale que tu as une copine, a-t-elle déclaré sèchement.

– Nan, sans blague ? a-t-il répondu d'un ton faussement étonné.

– Sienna est ma meilleure amie. Je ne peux plus faire semblant d'ignorer cette situation.

– Il n'y a aucune situation, suis-je intervenue. Mais elle a tourné les talons sans m'adresser un coup d'œil.

– Bonne journée, Bernie ! lui a lancé Mac tandis qu'elle s'éloignait.

Je lui ai jeté un regard de biais, comme pour dire « c'est malin », mais il a agité la main en l'air en disant :

– Bah, elle ne peut pas m'encadrer, de toute manière.

J'ai quand même remarqué qu'il avait l'air un peu nerveux.

Pourquoi Bernadette ne comprend-elle pas que Mac et moi sommes de simples amis ? Deux êtres qui s'aiment de façon platonique et innocente ? Si un couple est fragile au point qu'aucun des deux n'a le droit d'avoir des ami(e)s du sexe opposé, alors peut-être ce couple n'est-il pas fait pour durer.

Jeudi 31 mars

Il est bientôt minuit et je suis toujours en vie. Personne ne m'a craché dessus dans les couloirs ni n'a bombardé ma maison d'œufs. C'était peut-être un simple avertissement de la part de Bernadette à l'intention de Mac.

Vendredi 1er avril

Hannah m'a entraînée à l'écart dans le couloir et m'a chuchoté :

– Chloe, il faut que je te parle.

– Qu'est-ce qui se passe ? Tu fais une de ces têtes !

– Je crois que je suis… tu sais.

Elle a mimé un geste comme si elle versait du sirop d'érable sur des pancakes avant de tirer une flèche.

– Je ne vois pas du tout de quoi tu parles.

Elle a regardé autour d'elle, de peur sans doute que des agents secrets l'espionnent derrière la fontaine à eau, et ses lèvres ont formé le mot « enceinte ».

– QUOI ? j'ai lâché.

J'avoue que ma première pensée a été : « Je n'arrive pas à croire qu'elle a eu des rapports sexuels avant moi. » Et ma seconde pensée, juste après : « Pauvre Hannah, ses parents vont la décapiter. »

Je l'ai prise par les bras pour lui demander :

– Tu le sais depuis quand ? Est-ce que tu vas…

Soudain, son visage s'est illuminé et elle s'est mise à rire si fort qu'elle a eu du mal à s'écrier :

– Poisson d'avril !

Quelle bonne blague, en effet.

Non seulement elle m'a bien eue, mais l'après-midi, Josh l'a officiellement invitée à être sa cavalière au bal de promo des terminales. Il s'est recroquevillé dans un énorme carton et ses copains l'ont emballé comme un cadeau avant de le transporter jusque dans la salle de maths de Hannah. Quand elle l'a ouvert, il a surgi avec un bouquet de roses rouges à la main.

Le bal de promo a lieu dans un mois et une semaine. Tout peut encore arriver d'ici là !

Samedi 2 avril

Sienna m'a appelée. J'en suis malade. Pourquoi ai-je décroché ? En réalité, je sais très bien pourquoi : parce que je nourrissais l'infime espoir que c'était Mac qui m'appelait depuis une ligne fixe et que je ne voulais pas courir le risque de le louper.

– Chloe ? C'est Sienna.

Sa voix semblait éteinte, comme si elle m'appelait du fond d'un puits.

– Salut.

– Salut.

Il y a eu un silence. J'entendais l'air flotter autour d'elle. Puis elle a repris la parole :

– Tu pourrais me rendre un service ?

– Ouais ?

– Tu veux bien nous laisser tranquilles ?

Elle ne l'a pas dit méchamment. Elle parlait d'un ton poli, mesuré.

– Écoute, tu ne vas pas me croire, mais je n'essaie pas du tout de te piquer Mac.

– Tu n'aurais aucune chance, de toute manière.

Toujours aussi mesurée. Mais ferme. Elle a raccroché sans me dire au revoir.

Il est 3 heures du matin. J'ai emmené mon téléphone dans la cuisine et je l'ai enfoui tout au fond d'un tiroir. Je vais peut-être enfin trouver le sommeil, à présent.

Dimanche 3 avril

Mac m'a appelée avant même que je finisse mon café :

– J'en reviens pas qu'elle ait osé faire ça.

J'ai bondi de ma chaise et adressé à papa un signe signifiant: «Désolée, c'est un appel important de la part d'un camarade de classe à propos d'un devoir en sciences et vie de la terre.» Ça n'a pas eu l'air de l'intéresser plus que ça.

– C'est bon, ai-je repris en montant vers ma chambre.

– Alors, elle t'a dit quoi?

Je lui ai raconté.

– T'es sérieuse? Elle abuse de s'en prendre à toi. Tu n'es qu'une gamine innocente de première année. Elle est parano!

– Bah, t'inquiète.

– C'est super-tendu entre nous deux, en ce moment. Justement à cause de ça.

– Oh. J'en suis désolée, ai-je répondu, encore plus excitée qu'une enfant de six ans à qui on proposerait une balade à poney.

– Elle a oublié le concept d'amitié ou quoi? On est *amis*. On a des relations *amicales*. Pourquoi est-ce que tout le monde s'imagine que je sors secrètement avec toi?

– Les gens croient ça?

Trop génial!

– Et Bernadette qui monte dans la voiture de Sienna pour lui raconter n'importe quoi, créer un psychodrame sans raison!

– On est amis, c'est tout! me suis-je exclamée.

– Exactement. Tu vois, même toi t'as pigé. C'est pas si compliqué.

On a continué comme ça pendant soixante-trois minutes, d'après mon journal d'appels. S'il existe un truc plus cool au monde que de dire du mal des autres avec son pote chéri de terminale, j'ignore ce que c'est.

Lundi 4 avril

Tristan avait des tonnes de trucs à raconter sur Roy pendant la répète. Ils ont échangé des messages pendant toute la journée de samedi. Le dimanche, les parents de Roy sont allés à un salon d'antiquaires, alors Tristan est allé chez lui et ils ont « regardé » un film... en réalité, ils se sont embrassés tout le temps (!!!!!). Maintenant, il adore la façon d'embrasser de Roy et il prétend ne jamais avoir affirmé que sa langue était dure et pointue.

Pour gagner du temps, je lui ai posé toutes les questions qui me passaient par la tête (Est-ce que t'as eu un torticolis ? T'as fait comment quand t'avais envie de boire un verre d'eau ? De quoi parlait le film ? Tu crois que t'es en train de tomber amoureux ? À quoi ressemble sa maison ?...) mais il a fini par prendre un air grave et il m'a demandé :

– Il se passe quoi, avec Mac ?

– Je t'ai déjà tout raconté par SMS, et je sais déjà que tu désapprouves notre amitié. Quand tu me réponds avec des émoticones zarbis, je sais que tu ne dis pas ce que tu penses.

– Redis-moi tout depuis le début. Ça ne compte pas, au téléphone.

Sa mine s'est assombrie à mesure que je parlais. À la fin, je lui ai demandé :

– Heu, tu peux défroncer les sourcils, s'teu plaît ?

– Excuse-moi. C'est juste que... ça va où, cette histoire ?

– Quelle histoire ?
– Ton truc avec Mac, là.
– Nulle part. C'est juste mon meilleur ami.

J'ai regretté ces mots à peine prononcés car 1/ sur le papier, Hannah est censée être ma meilleure amie, et 2/ en réalité, c'est Tristan mon meilleur ami. On ne se l'est jamais avoué à voix haute, mais je sais que c'est la vérité.

– Enfin, je veux dire… après toi, bien sûr.
– Tu ne crois pas que Sienna a un peu raison, cela dit ? Si Roy passait des heures au téléphone tous les jours avec un autre mec et passait sans arrêt le voir devant son casier, je serais super-énervé.
– Ça n'a rien à voir, voyons ! On est juste super-potes ! Pourquoi est-ce si difficile à comprendre ?
– OK, OK… vous êtes super-potes.

On s'est trituré les cuticules sans rien dire pendant un moment.

– Tiens, et Chris Fortier ? a-t-il déclaré tout à coup. Il te dévore des yeux dans les couloirs.
– Chris Fortier ? Tu sais que l'immonde casquette grise qu'il porte vissée sur le crâne en permanence était blanche, autrefois ?
– Tout ce que je dis, c'est que je ne veux pas te voir souffrir.
– Je préfère bouffer un Tampax usagé plutôt que de sortir avec Chris Fortier.
– C'est bon, oublie ! On n'en parle plus, OK ?

Heureusement, on s'était réconciliés le temps que sa mère vienne le chercher. Je crois que je me tuerais si on s'engueulait sérieusement.

Mardi 5 avril

J'adore les répétitions, même quand Bernie me jette des regards assassins depuis le premier rang. Certains décors sont déjà terminés et je m'efforce de me convaincre qu'ils sont bien réels, que je suis une jeune nounou en train de tomber amoureuse de mon patron et que mes poumons sont remplis du bon air pur de la montagne.

Papa passe me chercher presque tous les soirs, désormais. Je crois que ça lui plaît de me voir m'investir autant dans une activité : d'habitude, il me laisse rentrer à pied toute seule dans le noir en m'expliquant que ça forge le caractère. Ou bien c'est parce qu'il adore *La Mélodie du bonheur*. Quelle que soit l'explication, il arrive systématiquement avant la fin de la répète, s'assoit au fond de l'auditorium et se dirige vers la scène quand c'est fini. Au début, Mlle Murphy et lui s'embarquaient dans de grandes discussions qui me faisaient mourir de honte sur place, mais je crois heureusement qu'ils n'ont plus rien à se dire. Maintenant, ils se contentent d'échanger un sourire et un petit signe de la main.

Mercredi 6 avril

Parfois, il m'arrive d'oublier maman pendant plusieurs jours d'affilée. Je ne me souviens presque plus de son existence. Puis j'aperçois un détail qui me fait penser à elle, comme une boîte de quinoa par exemple, et je sens la culpabilité me ronger de l'intérieur. Je devrais peut-être me faire tatouer son prénom au creux du poignet. Papa me tuerait, et elle m'applaudirait pour avoir agi en esprit libre et indépendant.

Vendredi 8 avril

J'ai rêvé que papa, Snickers et moi étions sur un bateau au beau milieu d'un océan déchaîné. On portait tous les trois des gilets de sauvetage jaunes, et papa semblait à la fois triste et terrifié. Ce rêve a continué de me hanter toute la journée. Je revois encore l'expression de mon père, les grosses vagues autour de nous.

Samedi 9 avril

Il a fait soleil aujourd'hui, vingt-trois degrés au thermomètre. Tris et moi nous prélassions dans des chaises longues en bois dans son jardin.

– Pourquoi ces seize émoticones ? lui ai-je demandé.

Il m'avait envoyé un SMS pour m'expliquer qu'il avait un truc super-important à me dire et refusé de répondre à mes demandes d'éclaircissement.

– Roy est furieux contre moi. Il veut que je lui présente mes parents, qu'on aille ensemble au bal de promo et qu'on soit, genre, un vrai couple.

– Il t'a invité au bal de promo ?

– Ouais.

– Et ça ne te fait même pas plaisir ?

– Ça me ferait plaisir si j'allais dans un autre bahut et que j'avais d'autres parents.

– Ou si on vivait dans une ville plus riche. Tout le monde serait hyper-ouvert et tolérant et aurait des idées progressistes sur la société.

– Je sais. Je suis allé voir ma cousine à Berkeley l'an dernier, et la moitié de sa classe est bi. Il y a six élèves transgenres. Tout le monde se tient par la main dans les couloirs.

– Ta cousine est lesbienne ? Elle pourrait peut-être en toucher un mot à tes parents…

– Elle sort en secret avec un type qui bosse dans une pizzéria et qui a déjà un gamin. De toute manière, il est hors de question que qui que ce soit en touche un mot à mes parents.

– Ils réagiraient comment, tu crois ?

Il a soupiré.

– J'en sais rien. Ils péteraient sûrement un câble. Peut-être même qu'ils me vireraient de la maison. Tous les trucs que j'ai lus en ligne sur la question expliquent que, si on est mineur et qu'on n'est pas sûr de la réaction de ses parents, mieux vaut ne rien leur dire.

À mon arrivée chez Tris, M. Flynn était en train de sortir sa voiture pour emmener les ordures recyclables à la déchetterie. Mme Flynn nous avait préparé des crackers, du fromage et du flan gélifié avec une petite cuillère chacun.

– J'ai du mal à les imaginer en train de péter un câble.

– T'aurais dû voir mon père quand je lui ai annoncé que je voulais arrêter le foot pour chanter dans la chorale. Il a carrément prononcé le mot « hum hum ».

– Il t'a traité de « hum hum » ?

– Non, mais presque. Il m'a demandé pourquoi je préférais traîner avec une bande de « hum hum » plutôt que de pratiquer un sport pour lequel j'étais vraiment doué.

On a regardé les arbres.

– Les parents de Roy sont au courant ? ai-je demandé.

– Ouais, mais ce sont des hippies. Ils ont déjà été mariés à d'autres gens avant de se mettre ensemble, et je peux t'assurer que Mme Baker est sortie avec des filles quand elle était à la fac. Ils auraient sûrement été déçus d'avoir un fils hétéro.

– En tout cas, j'espère que tu t'engueuleras à mort avec lui et que vous n'irez pas au bal ensemble parce que je serais dégoûtée que vous y alliez, toi et Hannah, pendant que je resterai seule chez moi à parler à mon chien et à mater Instagram.

– Tu es l'être le plus égoïste que la terre ait jamais porté, a-t-il rétorqué, mais en riant.

Je ne souhaite pas leur rupture, bien sûr. Ce serait terrible. Mais je me sentirai bien seule, le soir du bal. Bah, j'en profiterai peut-être pour bosser sur mes devoirs, commencer à me renseigner sur les universités ou juste taper « célibataire et heureuse quand même » sur Google pendant des heures.

Dimanche 10 avril

Mme Egan nous a emmenées, Hannah et moi, faire du lèche-vitrines au centre commercial.

– À ton avis, c'est le style de Sienna Ross ? j'ai demandé en brandissant un tee-shirt gris avec des épaulettes en cuir.

– Certainement pas. Pourquoi cette question ?

– Oh, rien, juste comme ça.

Je me sentais étourdie, écrasée, déshydratée, comme chaque fois que je me retrouve au centre commercial. On s'est acheté des smoothies et on s'est assises sur un banc pour regarder la fontaine au rez-de-chaussée derrière une baie vitrée. « Est-ce que je mourrais si je sautais dans cette fontaine ? » me suis-je demandé, mais ce n'était pas une question triste. Je pense que tout le monde s'imagine ce qui se passerait s'il sautait dans le vide. (Pas vrai ?)

– Je me sens coupable, a soudain déclaré Hannah.

– De quoi ?

– Tu crois que c'est mal de n'avoir rien dit à mes parents à propos de Josh ?

– Ils te trucideraient sur place, Hannah. Tu n'as pas le droit d'avoir un petit ami avant d'avoir atteint trente-cinq ans.

– Dix-huit. Mais oui, tu as raison.

J'ai aspiré les dernières gouttes de smoothie au fond de mon gobelet.

– Ne t'inquiète pas pour ça.

Elle a baissé les yeux vers la fontaine, mais je voyais bien qu'elle pensait à autre chose.

– C'est dur de garder un secret. Enfin, je veux dire, ce n'est pas compliqué en soi, mais c'est dur de se dire que les gens qui nous aiment ne savent pas toute la vérité sur nous.

Parlait-elle de moi ? J'ai examiné son profil, en quête d'indices. Sa petite oreille rose parfaitement dessinée, ses cheveux roux qui s'effilent au niveau de ses épaules, ses cils blonds… C'était bizarre de l'observer si attentivement. Elle m'est si familière que je ne la vois presque plus. On se connaît depuis qu'on a cinq ans.

J'ai failli le dire. Je sentais les mots se former dans ma bouche. « Je crois qu'il se passe un truc entre Mac et moi. On se téléphone presque chaque jour, pendant des heures. Il se confie à moi, il se plaint de Sienna. Je l'aime. Comme un ami. Je crois… »

Mais je n'ai pas pu. Elle ne me comprendrait pas.

Lundi 11 avril

Hannah, Tristan et moi vivons chacun une histoire d'amour secrète. Enfin, surtout Hannah et Tris. Mon histoire d'amour à moi est tellement secrète qu'elle n'existe même pas.

Tout le monde dit toujours qu'il ne faut pas dramatiser alors qu'en réalité, les gens raffolent des drames, non ? Moi oui, en tout cas ! Bien sûr, je n'aime pas que les gens parlent de moi dans mon dos et je ne voudrais pas que Hannah et Tristan se fassent assassiner par leurs parents, mais au moins, il se passe *quelque chose* ! Au moins, on ne reste pas enfermés dans nos chambres à surfer bêtement sur Internet !

Mardi 12 avril

Il faut que j'arrête de regarder les photos de Sienna. Elle en poste partout, tout le temps. Les arbres qu'elle voit le matin quand elle fait son jogging. Bernadette et elle se faisant des moustaches avec les cheveux de l'autre. Son petit déjeuner (généralement, un yaourt à la grecque avec du miel, parfois des flacons d'avoine avec des framboises). Son bouledogue (qui a une vraie tête d'idiot). Sa cuisse parfaite, ecchymosée et sanglante des suites d'une blessure au foot. Elle n'essaie même pas d'avoir l'air belle : elle *l'est*, tout simplement.

Je m'impose des règles, par exemple de ne pas regarder de photos d'elle quand je suis dans mon lit, ou tant que mes devoirs ne seront pas terminés, ou après vingt et une heures, ou à moins d'avoir été gentille avec papa pendant la journée. Chaque nouvelle règle ainsi établie me procure un sentiment de satisfaction personnelle à l'idée de me montrer si stricte avec moi-même, puis je me dis : « Voilà. Problème réglé. Ma force de caractère est olympique. Maintenant, je peux checker son profil. » Mon cerveau élabore toutes sortes de stratégies pour me piéger. « Qu'est-ce que ça peut faire si tu jettes un petit coup d'œil de rien du tout ? C'est comme ça que les gens de ta génération communiquent. Tu ne voudrais quand même pas te transformer en marginale ignorante ! Vas-y maintenant, tu n'y penseras plus, et tu pourras te concentrer sur autre chose. Tu te sens encore plus mal quand tu t'empêches de regarder. N'est-ce pas mieux de connaître les faits ? »

Après chacune de mes séances d'espionnage en ligne, je mets deux heures à me calmer.

Je viens juste de consulter sa page. Il y a une nouvelle photo d'elle, les yeux plissés face au soleil, les cheveux dans la figure à cause du vent.

Ce n'est pas que je me trouve moche. J'aime bien mon visage. Et j'assume parfaitement mon corps, aussi ! Je me sens bien dans ma peau, comme je me sens bien avec Snickers. Mon corps m'emmène partout où j'ai envie d'aller, il me permet de chanter et de danser sur scène. Mais il y a moi… et il y a Sienna.

Mercredi 13 avril

PLUS QU'UN MOIS JOUR POUR JOUR AVANT LA PREMIÈRE REPRÉSENTATION. OH, PURÉE.

Jeudi 14 avril

On a parlé garçons avec Tris pendant une heure dans les coulisses pendant que Mlle Murphy hurlait sur les bonnes sœurs. Au bout d'un moment, il m'a sorti :

– Tu te rends compte qu'on ne parle plus que de Roy et Mac ?

– Je sais. Ça craint.

– Demain, on parlera de l'actualité.

– Et d'art et de musique.

Je sais d'avance que ce sera mission impossible.

Vendredi 15 avril

Tris s'est acheté un smoking ! *Acheté*, comme un vrai aristocrate. Il était vendu à prix cassé sur le Net, sans doute parce qu'il y a peu de demande pour des smokings bleu foncé taille ado. Il a payé avec la carte de crédit de sa mère sans lui demander la permission.

– Je culpabilise un peu, mais elle m'a dit que je pouvais l'utiliser pour m'acheter des fringues quand je voulais.

Pourquoi papa ne me dit jamais ça ?

Samedi 16 avril

Une heure du mat. Impossible de fermer l'œil. Je viens sans doute de passer le jour le plus étrange de toute ma vie.

Papa a dû se rendre à son boulot. Hannah devait venir dormir à la maison, et elle est venue tôt pour qu'on puisse faire un gâteau dont elle avait lu la recette sur son blog préféré (un truc qui s'adresse plutôt aux mères de famille de quarante-cinq ans, bien sûr). Maman et moi, on ne fait jamais la cuisine ensemble. Elle dit toujours qu'elle n'a pas fait une maîtrise à la fac pour perdre son temps à émincer de l'ail. Je le regrette un peu, parce que c'est facile de parler à quelqu'un quand on fait à manger. Si on a envie de garder le silence, on peut, et ça n'est pas mal vu, parce qu'on peut se concentrer sur ce qu'on est en train de faire, comme casser des œufs. Et si on a envie de parler de choses sérieuses, c'est possible aussi, parce qu'on n'est pas obligés de se regarder dans les yeux.

– Tu crois que Sienna se teint les cheveux ? j'ai demandé.

Hannah était en train de lire la recette.

– Hannah ?

– Hum ? Heu...

Je voyais bien qu'elle faisait un effort pour se souvenir de ce que je venais de dire.

– Peut-être.

– C'est un peu hypocrite, je trouve. Elle cultive un look soi-disant sain et naturel, mais personne n'a les cheveux aussi blonds sans tricher. Ça doit lui coûter des fortunes. Tu ne crois pas ? Hannah ?

Elle regardait fixement l'intérieur du saladier.

– Je crois que mes parents soupçonnent quelque chose.

– Soupçonnent quelque chose ?

– À propos de Josh et moi. Enfin, pas de Josh en particulier. Je crois qu'ils me soupçonnent juste d'avoir un petit ami. Hier soir, ma mère m'a dit qu'elle se félicitait de ne pas avoir gaspillé ses années lycée à courir après les garçons, et mon père a le don de surgir dans mon dos chaque fois que je suis sur mon ordi. Je crois qu'il essaie de lire mes mails.

– Tu crois qu'ils ont vérifié sur ton téléphone ?

– Peut-être. Mais on ne se dit rien de compromettant par SMS. Et il est enregistré dans mes contacts sous le nom de Jen.

– Alors comment seraient-ils au courant?

Elle a enfoui son visage dans ses mains.

– Bah, je me trompe peut-être…

– Tu te fais des frayeurs pour rien.

– Il y a un autre problème.

Elle a ôté ses mains. Ses yeux étaient rouges et gonflés.

– J'ai demandé à Josh quand il me présenterait à ses parents, et il a eu une réaction vraiment bizarre. Il m'a dit, genre: «Heu, bientôt, ils sont trop occupés pour le moment.»

– Non! Il t'a dit ça?

– Pas vraiment. Plutôt en ces termes: «Ils ont beaucoup de pression sur les épaules à cause du travail.» Enfin bref, je l'ai obligé à me dire la vérité. Apparemment, ses parents seraient consternés s'ils savaient que j'étais hyper-croyante et tout.

– Tu plaisantes. Au contraire, ils devraient être ravis que tu…

La sonnette de la porte d'entrée nous a fait sursauter.

– C'est qui? m'a demandé Hannah.

– J'en sais rien, lui ai-je répondu, alors qu'en réalité, j'avais déjà ma petite idée et que mon cœur battait à cent à l'heure. Quand je suis allée ouvrir, Mac se tenait sur le seuil en short gris, baskets blanches et sweat à capuche violet – *violet*! C'est dire à quel point il est populaire: il pourrait porter une barboteuse Hello Kitty, tout le monde s'exclamerait: «Waouh, trop cool, une barboteuse Hello Kitty!»

– Chloe Jo, a-t-il déclaré en souriant.

On s'est serrés dans les bras l'un de l'autre.

– Hannah est là, j'ai murmuré.

– Qui ça ? m'a-t-il répondu.

Au même moment, j'ai entendu mon père rentrer par la porte de derrière.

– Youhou, il y a quelqu'un ?

D'un seul coup, tout ce petit monde s'est retrouvé dans la cuisine : Hannah, Mac, papa et moi. J'ai fait les présentations (« Papa-je-te-présente-Mac et Mac-je-te-présente-mon-père et moi-c'est-Hannah-enchantée »), puis il y a eu un silence. Hannah regardait fixement Mac, l'air hébété.

– C'est donc toi le célèbre Mac ? a déclaré mon père.

– Papa !

– Ma fille a honte de moi. Je crois que je suis censé faire semblant de ne jamais avoir entendu parler de toi.

J'ai grogné.

– Puis-je te servir quelque chose à boire, Mac ?

– Ça ira, merci.

Il semblait hyper à l'aise. Il s'est appuyé d'une hanche contre l'îlot central, jambes croisées, la pointe de sa basket contre le sol.

Papa est allé chercher une bière dans le frigo, l'a décapsulée et l'a brandie comme s'il portait un toast.

– Alors, Mac, tu habites le quartier ?

– Nan. On est à Gates Hill.

– Et tu t'y plais ?

Mac a haussé les épaules.

– Bof, je fais avec. Il y a beaucoup de gens divorcés qui vivent là-bas, comme ma mère. Peu de maisons, surtout des immeubles.

Il a promené son regard sur la cuisine.

Ça doit être sympa d'être riche.

Je n'en croyais pas mes oreilles. J'ai entendu Hannah

lâcher un petit hoquet de surprise. Papa a émis un bruit à mi-chemin entre un rire et un grondement. Puis il s'est tourné vers moi.

– Je monte, a-t-il déclaré.

Sur ces mots, il est sorti de la cuisine avec sa bouteille de bière.

Hannah et moi tremblions comme deux petits lapins effrayés, mais Mac semblait toujours aussi serein et content de lui, tel un lion se prélassant au soleil.

– C'était très grossier de ta part, a commenté Hannah.

Je dois lui reconnaître au moins une chose : elle n'a pas sa langue dans sa poche.

– Non, juste franc, a rétorqué Mac en haussant les épaules.

Elle nous a regardés l'un après l'autre.

– Vous êtes… amis, c'est ça ?

– Amis ? a répété Mac.

Il s'est avancé vers moi et m'a prise par les épaules pour me serrer contre lui.

– Je dirais même que Chloe est ma potesse. Vous vous appelez comme ça entre filles, pas vrai ?

Hannah a froncé les sourcils.

– Non, sérieusement, on s'est rencontrés à la piscine cet été. J'ai eu une crampe dans l'eau et j'ai commencé à boire la tasse. Le maître-nageur avait disparu. Sans doute parti aux chiottes. C'est Chloe qui m'a sauvé. Elle a plongé et m'a tiré du côté où j'avais pied. Quelle nage tu as faite, déjà ?

Il avait toujours son bras autour de mes épaules. Hannah ne rigolait pas du tout. Elle sentait bien à la voix de Mac que c'était une blague, une façon de se moquer d'elle. Rentrer dans son jeu, c'était me moquer d'elle, moi aussi.

– La nage indienne.

Hannah a eu l'air abasourdie. J'aurais dû faire preuve de prudence (elle découvrait que je lui avais caché la vérité à propos de Mac, je la traitais comme une vieille chaussette et Mac s'était montré insultant envers mon père), mais j'étais obnubilée par la sensation du bras musclé de Mac enroulé autour de moi et sa main pressée sur mon épaule.

– Hazel, ça t'ennuie si je parle à Chloe seul à seule juste une seconde ?

– C'est Hannah, a-t-elle rectifié.

– Ouais, a dit Mac.

Elle m'a dévisagée. J'ai baissé les yeux.

– C'est bon, j'ai compris, a-t-elle lâché d'une voix glaciale.

Elle a tourné les talons et elle est sortie. Je n'ai rien fait pour la retenir. Je ne l'ai même pas regardée partir.

– Tu es odieux ! me suis-je exclamée.

Je l'ai repoussé légèrement, juste pour la forme, parce qu'en réalité je n'étais pas vraiment fâchée contre lui. Non, je flirtais avec lui. Au fond de moi, une petite voix me disait : « Tu ne devrais pas te laisser faire par ce mec. Tu devrais aller retrouver ton amie. » Mais c'était une toute petite voix inaudible, comme celle d'un bébé souris, facile à ignorer.

– Ne dis pas ça. J'ai l'impression d'entendre Sienna. Elle m'en veut tellement, en ce moment.

Il a passé une bonne demi-heure à m'expliquer tout ce qui n'allait pas entre eux. (Elle lui reproche de ne pas lui consacrer assez de temps alors qu'il la trouve trop exigeante. Tout est de sa faute à *elle*, bien sûr. Elle ne le comprend pas.) Après son départ, je suis partie à la recherche de Hannah mais elle était déjà partie en oubliant ses tongs dans la cuisine. Elle avait dû appeler sa mère pour qu'elle vienne la chercher. À présent, elle ne répond ni à mes SMS ni à mes messages. Papa reste silencieux et pensif. J'ai écouté un podcast en me faisant les ongles, mais toute seule, c'était vraiment pas drôle.

Dimanche 17 avril

Tu m'en veux toujours ?

Hannah, pitiéééééé !

Tu veux même pas me dire ce que j'ai fait de mal ?

T'as peut-être juste pété ton téléphone

Au fait, t'as laiffé tes tongs ici

* oups, laiSSé

Eh et puis on s'en fout des fautes

Désolée de pas t'avoir dit qu'on était amis avec Mac

Il y a rien à en dire, en fait

Je sais que tu penses que je devrais pas traîner avec lui parce qu'il a une copine mais il a vraiment besoin de qqn à qui parler. Et puis il me comprend mieux que n'importe quel autre mec passé, présent ou (sans doute) futur

J'imagine que tu veux plus jamais m'adresser la parole

OK, bonne nuit

Lundi 18 avril

Le silence était insupportable pendant le petit déj. À la moitié de mes céréales à la cannelle, j'ai laissé retomber ma cuillère dans mon bol et je me suis lâchée :

– Je sais que tu le détestes, papa.

Il a levé les yeux de son ordi.

– Vas-y, fais-moi la morale, qu'on en finisse.

Il a haussé les épaules.

– Ce garçon n'est qu'un sale petit con.

– Papa !

– C'est toi qui me l'as demandé.

– Il est différent quand on est juste tous les deux. La présence des autres le rend odieux.

C'était la vérité ; je m'en suis rendu compte en le disant.

J'ai baissé les yeux vers mon bol de céréales.

– On est des gens riches ?

– Aux dernières nouvelles, non.

Je me suis sentie soulagée, mais il a poursuivi :

– Laisse-moi répondre sérieusement à ta question. Comparés à la très large majorité des habitants de cette planète, nous sommes riches, en effet. Comparés aux gens qui vivent à Gates Hill, comparés à mes parents quand ils avaient mon âge, nous sommes riches. Il existe des villes plus belles que la nôtre dans ce pays, et je n'ai pas assez d'argent pour faire réparer cette satanée fosse septique, mais on s'en sort bien.

– Tu étais pauvre dans ton enfance ?

– Disons qu'on devait porter nos bonnets *à l'intérieur* de la maison l'hiver.

– Oh, je ne savais pas…

– Je ne veux pas t'enquiquiner avec mes histoires. Il n'y a pas de quoi en faire un plat. Je vais très bien.

– C'est un peu triste, quand même.

Il a regardé ses mains.

– Ce n'est pas une excuse.

– Quoi donc ?

– L'argent. Ou plutôt, le fait d'en manquer. Ce n'est pas une excuse pour oublier la politesse et le respect.

– Il n'était pas dans son assiette hier. Je crois qu'il était nerveux.

– Je ne vais pas t'interdire de le fréquenter, mais je tiens quand même à te dire qu'à mon humble avis, ce n'est pas un garçon pour toi.

Il a serré ma main au creux de la sienne et il est sorti de la pièce. Je suis restée assise en silence, à le détester et à le plaindre en même temps.

Mardi 19 avril

Tout s'explique, à présent. La manie paternelle de conserver et de réutiliser le papier alu et les cuillères en plastique, de laver les sachets alimentaires, de ne jamais vouloir jeter les bouts de fromage moisis ou mettre le chauffage même quand il fait deux degrés dehors, ses crises de colère quand maman s'achète sept paires de chaussures en ligne d'un coup, même lorsqu'elle lui répond qu'elle va en renvoyer six, ce qu'elle oublie généralement de faire. Pauvre papa.

Mercredi 20 avril

Hannah m'a évitée toute la semaine et a fui mon regard durant les répétitions. Aujourd'hui, j'en étais malade au point que je n'ai même pas pu manger les chocolats fourrés à la menthe que Tris m'avait offerts. Mais pendant qu'on répétait la scène de demande en mariage, Josh est arrivé à la réplique où il me dit : « C'est quelque chose que je ressens tout au fond de moi, si profondément, depuis de nombreuses semaines » et sa façon de prononcer ces mots m'a fait penser à des trucs obscènes. Je me suis retenue d'éclater de rire, mais en voyant son air innocent, j'ai craqué. On a repris la scène du début, et sa voix a tremblé quand il a dit « si profondément » et cette fois, on était hilares tous les deux. La troisième fois, on n'a même pas réussi à tenir une phrase entière et j'étais pliée de rire – littéralement, la tête entre les genoux. J'ai entendu Mlle Murphy grommeler depuis le premier rang. Et puis j'ai senti deux rayons laser me transpercer le crâne depuis les rangées de fauteuils et, en tournant la tête, j'ai vu Hannah qui nous foudroyait du regard, Josh et moi. Je suis sûre qu'elle devait se dire que je n'étais qu'une garce sans cœur pour me marrer autant alors que j'aurais dû être anéantie par notre dispute. Et elle devait en vouloir à Josh de rigoler avec moi.

Rire sur scène ne procure pas les mêmes sensations que rire dans la vraie vie. Ça fait plutôt l'effet d'une envie d'éternuer. Ça vous prend et ça ne vous lâche plus, même si on a conscience qu'on est en train de se donner en spectacle et qu'on voudrait bien que ça s'arrête.

J'ai vu Josh masser les épaules de Hannah après la répète, donc j'imagine qu'elle lui a pardonné. Elle semble toujours m'en vouloir, par contre.

Jeudi 21 avril

J'étais devant mon casier, en train d'échanger mon insipide bouquin d'algèbre contre mon insipide bouquin d'histoire, quand j'ai entendu la voix de Hannah.

– Tu n'as même pas eu la curiosité de te demander comment j'étais rentrée chez moi ?

J'ai saisi mon exemplaire de *L'Attrape-cœur* de Salinger, histoire d'avoir un allié avec moi.

– Ta mère est venue te chercher, non ?

Elle a secoué la tête.

– J'ai marché. Pieds nus ! Je me suis même blessée sur un caillou.

« À qui la faute ? » ai-je pensé très fort sans le dire à voix haute.

– Je suis désolée si tu étais en colère à cause de moi.

– Ce n'est pas une vraie excuse.

Fondamentalement, elle n'avait pas tort. Mais je ne supporte pas qu'elle me fasse la morale, avec ses petits airs de mère supérieure. Depuis quand se prend-elle pour *ma* mère ?

– Qu'ai-je donc fait de si épouvantable ? lui ai-je demandé en haussant le ton, au point qu'un groupe d'élèves qui passait par là s'est tourné vers nous.

– Tu m'as *ignorée* et tu m'as plantée *toute seule* pour avoir une discussion avec ton *imbécile* de petit ami *imaginaire* !

Cette fois, tout le couloir nous regardait. Les joues de Hannah s'empourpraient, des larmes brillaient au coin de ses yeux.

– Alors que moi, j'avais un truc vraiment important à te dire à propos de Josh. J'essayais de te dire quelque chose.

– C'est vrai, tu as raison, ai-je concédé.

– Bien sûr que j'ai raison. Et tu sais quoi d'autre ? Ce type… c'est un *connard*.

J'ai apprécié le fait qu'elle évite de prononcer le prénom de Mac à voix haute, malgré la colère qu'elle ressentait. Par contre, je n'ai pas supporté de l'entendre l'insulter. Je ne supportais pas l'idée qu'elle ne l'aime pas.

J'ai pressé *L'Attrape-cœur* contre ma poitrine.

– Je suis vraiment désolée, Hannah.

Tous mes sentiments s'exprimaient à travers ma voix : agacement, offense, regrets sincères.

– OK, a-t-elle fini par déclarer. Excuses acceptées.

Aucune de nous n'était d'humeur à faire des papouilles à l'autre mais, pour la forme, on s'est quand même serrées dans les bras l'une de l'autre pendant un quart de seconde en signe de réconciliation.

Vendredi 22 avril

Voilà seize jours d'affilée que Mac m'appelle. Je n'ai jamais autant parlé au téléphone de ma vie. On discute de tout : nos profs, quelle est la plus belle langue entre le français et l'espagnol, ce qu'on veut faire après le lycée. Ce soir, je lui ai parlé de ma mère.

– Elle est partie quelques mois au Mexique pour écrire un roman.

– C'est cool.

– Elle me manque beaucoup, mais c'est une grande artiste.

– Elle pouvait pas écrire ici ?

– Non. L'ambiance est trop conventionnelle et matérialiste, aux États-Unis.

– T'es tellement mature. Moi, je hais mon père depuis qu'il a quitté la maison. Mais bon, c'est pas un artiste, juste un alcoolique.

– Ma mère n'a *pas* quitté la maison !

Je devais avoir l'air choquée, parce qu'il m'a aussitôt répondu :

– Non, bien sûr. C'est pas ce que je voulais dire, ma belle.

Ma belle ! Il m'a appelée « ma belle ». Je l'aime tant. Mais comme un ami ! Mon meilleur, *meilleur* ami, la personne que j'adore le plus et en qui j'ai le plus confiance de tout l'univers entier.

Samedi 23 avril

Oh, purée, c'est l'anniversaire de mon père demain. Qu'est-ce que vais lui trouver comme cadeau ??? OK, il est onze heures du matin et je suis toujours en pyjama. Réfléchis. *Réfléchis !* Cravate : non. Mug : non. Pull : non, non, non. Comment irais-je au centre commercial, de toute manière ? Les deux seuls endroits où je peux me rendre à pied sont 1/la pépinière et 2/la pizzéria. C'est possible de voler des fleurs à la pépinière ? JE SAIS PAS QUOI FAIRE.

Dimanche 24 avril

Tout a marché comme sur des roulettes ! Josh et Hannah ont accepté de m'emmener en voiture au centre commercial. Je me sentais à 83 % normale avec Hannah. Je lui avais demandé de me rendre un service, car rendre service aux autres l'aide à se sentir gentille et charitable, ses deux sentiments préférés. Je ne savais pas du tout quoi acheter mais, alors que j'errais dans la galerie, avec un bretzel, en proie à la panique la plus totale, en regardant Josh et Hannah se tenir par la main, j'ai eu une idée de cadeau géniale : des chaussures de course neuves pour remplacer les siennes, moches et vieilles. Au magasin de sport, j'ai trouvé la paire idéale, noire avec du vert dessus. J'ai passé en revue les cartes d'anniversaire à la papeterie, mais toutes arboraient des clubs de golf à paillettes ou des chemises hawaïennes – bref, tout ce que déteste mon père. Heureusement, j'ai fini par en trouver une très mignonne représentant un joli phare peint en bord de mer décoré avec des banderoles et des ballons. Ça me rappelait Cape Cod, là où on part en vacances chaque année, le seul truc qui fait piaffer d'impatience mon père. À l'intérieur, un message disait : « Fais le vœu de tout ce qui te rend heureux… aujourd'hui, et pour toujours ! Je te souhaite un merveilleux Anniversaire. » OK, c'était un peu niais, et pas terrible sur le plan grammatical, mais l'image était vraiment très belle. De retour à la maison, j'ai barré le A majuscule d'« anniversaire » pour le réécrire en minuscule à côté.

Pendant le trajet en voiture, on s'est arrêtés au resto de bagels où Josh et Hannah avaient dîné après leur premier ciné, et j'ai pris le menu préféré de papa à emporter : bagel au pain noir (beurk) avec fromage à la crème et saumon fumé (double beurk). J'ai réglé mon réveil pour 6 heures du matin, histoire de me réveiller en même temps que lui. Quand la sonnerie a retenti, je me suis redressée d'un coup dans mon lit et, pour une fois, je n'ai pas oublié de dire « Lapins, lapins » – la journée démarrait bien. J'ai préparé des œufs brouillés avec une demi-plaquette de beurre, j'ai disposé la crème au fromage sur une assiette avec le répugnant bagel et le répugnant saumon fumé. J'étais encore en train d'accrocher des guirlandes en papier crépon quand papa est descendu en tee-shirt et pantalon de pyjama, et son visage s'est illuminé !

Mais le mieux, c'était le cadeau. Pendant qu'il le

déballait, j'ai vu son expression passer de: «Je vais prendre l'air ravi quoi qu'il arrive» à «Waouh, génial, j'adore!!».

Le soir, je l'ai laissé choisir le film en jurant de ne pas râler. Il a opté pour *Sueurs froides*, que j'ai trouvé intéressant à 10 % et ennuyeux à 90 % (au point que j'aurais volontiers sauté du haut d'un clocher d'église, comme l'héroïne). Mais surtout, ça m'a fait penser à maman. J'ignore pourquoi. Ce n'est pas comme si papa concoctait un plan machiavélique pour se débarrasser d'elle.

Lundi 25 avril

J'aimerais bien emménager à l'intérieur de l'auditorium. J'adore les fauteuils en velours rouge et les rideaux dorés. J'adore le silence qui règne en coulisses. J'adore m'acharner à répéter les chorégraphies sur scène pendant que les autres papotent et grignotent dans les loges. J'adore le fait qu'on ne soit pas autorisés à consulter nos téléphones et que tout le monde respecte cette règle. J'adore le fait que je ne pense ni à maman ni à Mac quand je suis sur scène.

Mardi 26 avril

Mac m'a confié une chose étonnante: il n'a jamais fait l'amour avec Sienna.

– Elle est catholique, m'a-t-il expliqué. Je comprends. Je suis catho, moi aussi. Bien sûr, techniquement, on n'est pas censés coucher avant le mariage... mais bon, ça fait quand même dix mois qu'on sort ensemble. J'ai surtout l'impression qu'elle ne me fait pas confiance.

– T'as raison.

– Jamais je ne la tromperais. Je l'aime. On est tellement bien ensemble. Tu savais qu'on avait été élus plus beau couple de terminale ? Je te jure, c'est la vérité. Mais le plus beau couple de terminale qui baise pas, ça sert à rien, non ?

– Carrément.

– Le bal de promo a lieu dans deux semaines. On est censés se bourrer la gueule et s'envoyer en l'air toute la nuit, non ? Tu parles. À la place, j'aurai juste le droit de me faire tripoter la quéquette, comme d'hab. Wouhouhou. Elle me prive d'un rituel incontournable de la vie lycéenne.

– Pourquoi c'est un problème de se faire, heu... tripoter la... la... ?

J'ai eu du mal à prononcer le mot. Je n'avais jamais parlé de sexe avec un garçon. Ni même parlé *d'embrasser* avec un garçon.

– Ça va quand t'es au collège. J'ai dix-huit ans, quand même !

– Ouais.

Par le ton de ma voix, j'essayais de donner l'impression que j'avais une science infinie rapport à tout ce qui touche au sexe, aux tripotages et j'en passe.

– Je préférerais aller au bal avec toi, a-t-il déclaré.

Tout mon sang a afflué vers mes oreilles. J'ai entendu l'océan.

– Moi aussi.

– Ta robe serait de quelle couleur ?

– Heu, sans doute verte. C'est ma préférée.

– Tu serais hyper-sexy dans une robe verte. Je pourrais te glisser dans ma poche arrière tellement tu es menue... Tu danses bien ?

– Je me débrouille.

– On danserait tous les slows ensemble. Tu boirais quoi ?

– Un rhum-Coca.

– Je t'apporterais du rhum dans ma flasque. Et après, on irait dans la maison de Walsh au bord de la mer, on dormirait sur le sable et on partagerait le même sac de couchage.

– OK. Enfin, je veux dire… oui, j'adorerais.

– Moi aussi. Dans un autre monde, ce serait possible.

Je voulais lui demander ce qui nous empêchait de le faire dans ce monde-ci, mais je n'ai pas eu le courage.

Est-ce qu'on venait de faire l'amour au téléphone ?

Mercredi 27 avril

Je suis tombée nez à nez avec Hannah dans les coulisses, près de la table des accessoires.

– Oh, salut ! Ça va ? je lui ai demandé.

– Oui, et toi ?

– Super !

Il y a eu un silence. De quoi on se parlait, autrefois ?

Leo, le régisseur, a fait irruption avec un long rouleau de papier et un feutre. Il a déroulé la feuille sur la table, posé mon petit miroir de poche dessus, tracé le contour avec son feutre et écrit « miroir » à l'intérieur.

– Je fais pareil avec tous les accessoires, a-t-il expliqué comme si quelqu'un venait de lui poser la question. Comme ça, je vois tout de suite s'il manque quelque chose.

Il m'a jeté un regard noir.

– Leo, ce n'est pas comme si j'avais perdu le miroir, ai-je protesté. Je viens de manger un bagel aux graines de pavot et je voulais vérifier que je n'avais rien de coincé entre les dents. C'est *mon* accessoire !

– Non, a-t-il répliqué, c'est l'accessoire du club théâtre.

J'ai fait semblant d'être vexée, alors qu'en vérité je lui aurais volontiers sauté au cou pour le remercier de m'avoir sauvée de mon horrible conversation avec Hannah.

Jeudi 28 avril

E-mail de maman.

Mon lapinou chéri ! Pardonne-moi ce long silence. J'ai pas mal voyagé ces derniers temps pour les besoins de mes recherches. Quand tu viendras me voir, nous devrons absolument visiter les cenotes Dos Ojos : ce sont des grottes souterraines remplies d'une eau turquoise magnifique. J'envisage sérieusement de passer mon diplôme de plongée. Parfois, le masque et le tuba ne suffisent plus (pensais-tu que j'écrirais ce genre de phrase, un jour ?). Une jeune mariée qui faisait partie de mon groupe a perdu sa bague de fiançailles au fond de l'eau. Ses sanglots ont résonné à l'intérieur de la grotte.

Voilà, ma belle. Je pense à toi tous les jours et je me demande où tu en es de tes études, de tes admirateurs et de ta comédie musicale.

Écris-moi.

Ta maman.

Vendredi 29 avril

Chère maman,

Tu me manques !! Il s'est passé tant de choses depuis

notre dernier échange. Mac est devenu mon meilleur ami ! Enfin, disons ex aequo avec Tristan. On se parle au téléphone pendant des heuuuuures et on se comprend vraiment. C'est une belle âme.

Notre première représentation a lieu vendredi prochain (le 13 !!), et devine quoi ? La dernière tombera pile le jour de mon anniversaire ! (C'est le 22 mai, au cas où tu l'aurais oublié, hi hi.) Ne me souhaite SURTOUT PAS *bonne chance, ça porte malheur au théâtre. Dis-moi plutôt : « Merde ! » Je sais, c'est grossier, mais c'est la tradition... Mlle Murphy, notre metteuse en scène, est très superstitieuse.*

Hasta Pronto,
Chloe.

Pff. Je l'ai relu après l'avoir envoyé et j'ai remarqué tous les points d'exclamation.

Samedi 30 avril

Ce matin, en me réveillant, j'ai vu Tris assis sur mon lit en train de me regarder fixement.

– Es-tu réel ?

J'avais la voix encore encrassée par le sommeil.

– Pourquoi ne le serais-je pas ?

– C'est un truc typique des fantômes, de regarder les gens en train de dormir.

– J'ai expliqué à ton père que c'était une urgence et il m'a donné l'autorisation de monter.

Il a pris sa tête entre ses mains.

– Ma mère a découvert que j'avais utilisé sa carte de crédit.

– Hein ? Pour le smoking ?

– Elle m'a demandé ce que j'avais acheté – sans m'accuser, juste pour savoir – et j'ai paniqué, alors je lui ai avoué que je m'étais acheté un smoking pour aller au bal du lycée, elle m'a sorti : « Ah bon, tu vas au bal de promo, mais avec qui, qui est cette fille ? » d'un air soupçonneux comme si j'étais victime de détournement de mineur. Alors je lui ai répondu : « J'y vais avec mon ami Roy, parce que... heu... il avait très envie d'y aller, et heu... aucune fille ne voulait l'accompagner. » Là, elle a marqué un long silence avant de juste dire : « Ah. » Je crois qu'elle sait.

Snickers s'est réveillé en sursaut. Il a eu l'air surpris de voir Tristan. Ce serait le pire chien de garde au monde.

– Je ne sais pas quoi faire, a conclu Tris. Tu crois que je devrais lui dire ?

– Pourquoi pas. Mais que se passera-t-il si elle en parle à ton père ? Tu imagines s'ils pètent un câble et qu'ils décident de ne plus payer tes études ou je ne sais quoi sous prétexte que tu es gay ? Tu crois qu'ils pourraient mal réagir comme ça ?

– Je ne pense pas. Mais comment le savoir ? Si ça se trouve... Bon, tu as raison. Ma décision est prise : mieux vaut ne pas lui en parler.

Il s'est laissé tomber en arrière sur mon lit.

– J'y pensais uniquement à cause des parents de Roy.

– Comment ça ?

– Ils me tannent pour que je fasse mon coming out. Ils sont fous de joie chaque fois que je viens à la maison. Ils préparent des plats thaï pour le dîner en s'exclamant: « Oh, on vivait à Brooklyn quand on avait vingt ans, on avait des milliards d'amis gays à l'époque, et tu sais quoi, le grand-père de Roy l'était sûrement lui aussi, alors il doit y avoir un truc génétique dans l'air ! » Là-dessus, ils ouvrent une bouteille de vin et prennent une petite voix toute douce pour me demander si tout va bien avec mes parents et si la situation a « progressé ».

– Et Roy, dans tout ça ?

– Il lève les yeux au ciel et leur demande de se taire, mais ils l'ignorent.

– Tu leur réponds quoi, à propos de tes parents ?

– Je leur dis « pas encore », et ils ont l'air déçus. Ils adoreraient que je leur raconte que j'ai dit la vérité à mes parents et qu'ils m'ont battu avant de m'enfermer à la cave. C'est ce qu'ils attendent. Ils rêvent de m'inviter à venir habiter chez eux.

Il a soupiré.

– Je ne devrais pas me plaindre. Ils ont très envie de soutenir les droits des gays. Mais quand ils commencent à me plaindre à cause de mes parents, ça me donne envie de prendre la fuite en hurlant. Alors que je les déteste ! Ils sont débiles et intolérants !

– Ouais.

– J'aimerais ne pas avoir à me demander qui trouve ça maléfique d'être gay, qui trouve ça merveilleux et voudrait que le monde entier le soit et qui me traite de pédé dans les couloirs du lycée parce qu'il est secrètement gay et que ça lui fait peur.

Et moi qui me plains de ma mère et de mon stupide mec imaginaire.

Dimanche 1er mai

Maria a la belle vie. Elle n'a même pas besoin de lever le petit doigt pour briser le couple de la baronne et du capitaine. La baronne fait tout le boulot elle-même en effrayant le capitaine avec ses discours pro-nazis. Au moins, Maria peut l'épouser la conscience tranquille.

Lundi 2 mai

Mlle Murphy nous a tous fait asseoir et a déclaré :

– À partir de dimanche prochain, ce sera la Semaine de l'enfer. Préparez-vous à un tunnel de répétitions intenses.

Grommellements dans l'assistance.

– Silence, vermisseaux ! a-t-elle ordonné avec un faux accent britannique.

Avant de reprendre de sa voix normale :

– C'est la dernière ligne droite pendant laquelle on vérifie que tout fonctionne bien – les costumes, l'éclairage, le son, les accessoires, les décors, les coiffures et le maquillage. Nous commencerons dimanche prochain à 11 heures par une double lecture. Lundi, filage sur scène. Mardi, répétition technique. Mercredi, générale en costume. Jeudi, vous aurez droit à un jour de repos avant la première représentation, qui aura lieu vendredi soir. Si vous avez des questions sur l'un ou l'autre de ces termes, demandez à un terminale ou twittez-le sur Google. (C'est la blague préférée de Mlle Murphy pour se moquer des adultes qui ne pigent rien à Internet, comme elle. Ça lui vaut toujours de bons éclats de rire. J'ai découvert qu'elle l'avait chipée dans une émission comique à la radio, mais je ne lui en ferai jamais le reproche ; après tout, qui invente ses propres blagues ?)

Là-dessus, on a répété l'acte I en entier, du début à la fin, ce qui a duré environ sept heures puisque la moitié du casting ne connaît pas encore son texte par cœur. Je sens qu'on ne va pas trop rigoler pendant la Semaine de l'enfer.

Mardi 3 mai

Il s'est passé quelque chose aujourd'hui. Un truc hyper-sérieux. Je n'arrive toujours pas à y croire.

Tout a commencé quand j'ai séché les cours pour la première fois de ma vie. Mac est venu me retrouver devant mon casier après ma troisième heure de cours de la matinée et m'a chuchoté :

– Rendez-vous sur le parking dans dix minutes.

J'y suis donc allée. J'étais persuadée qu'une alarme allait sonner quand je franchirais les portes et que des agents de sécurité allaient jaillir des buissons pour me tomber dessus avec un filet, mais il ne s'est rien passé.

On est allés jusqu'à sa voiture. Une poignée de gens nous ont vus, mais personne d'important.

On n'a rien fait de spécial, on est juste allés à la pizzéria. J'ai pris une petite Hawaï pour une personne, choix que Mac a jugé « répugnant », et je lui ai répondu : « Ça te dérange, peau d'orange ? », ma phrase préférée quand j'étais à l'école primaire.

Assez de bla-bla. Oublions la pizza et l'école primaire. L'important, c'est ce qui s'est passé une fois qu'on est remontés dans sa voiture. Il m'a dit : « Rien ne t'oblige à retourner au bahut, pas vrai ? » et je lui ai répondu qu'il avait raison alors que, en réalité, j'étais pétrifiée à l'idée de sécher un après-midi entier de cours. On a donc fait un tour en voiture jusqu'à la ville d'à côté, en bavardant au son de la musique. On roulait sur une petite route secondaire et je lui expliquais pourquoi je détestais les films d'horreur quand il a soudain posé sa main sur ma cuisse. J'ai continué à parler pendant un moment, puis je me suis tue et j'ai touché son cou. «Je touche son cou!» ai-je pensé, mais ça me semblait complètement irréel. Le temps s'était ralenti, ou bien accéléré. Mac me caressait le genou et il a glissé ses doigts sous ma jupe. Je crois que c'est là que j'ai commencé à respirer très fort. C'était plus fort que moi. Personne ne m'avait jamais touchée à l'intérieur des cuisses. J'ai senti une décharge électrique se répandre à travers mon corps tout entier. Cette décharge électrique était la sensation la plus incroyable de toute ma vie. Je pourrais renoncer à tout – à la nourriture, à la musique et au sommeil – pour la ressentir tout le temps.

Il s'est garé sur le bas-côté et on s'est regardés droit dans les yeux tout en se caressant les bras et les jambes. Je sentais le désir monter en moi. J'avais déjà embrassé un garçon, un seul, mais cette fois j'avais l'impression de franchir une frontière et de me retrouver, totalement différente, de l'autre côté. Un mot trottait en boucle dans ma tête: «Sexe sexe sexe sexe – j'ai envie de sexe avec ce garçon, maintenant tout de suite!!»

– Merde, qu'est-ce qu'on fait? a lâché Mac.

– Je sais pas. À toi de décider.

Je pouvais à peine parler tellement j'étais exaltée, excitée, et effrayée. «Il est censé être ton meilleur ami. Il a une copine. Il n'est pas pour toi.» Mais Sienna me semblait très lointaine et abstraite, comparée à la présence bien réelle de Mac à côté de moi. Il a posé sa main sur mon visage, effleuré ma bouche avec son pouce, et la décharge électrique est revenue. Je savais que c'était une grosse bêtise, mais je n'ai pas pu m'en empêcher: j'ai détaché ma ceinture de sécurité pour venir m'asseoir sur lui à califourchon. Et là, on s'est embrassés pour de vrai. Genre, roulé des pelles. Sa langue était entièrement enfoncée dans ma bouche, j'avais envie de mordre dedans comme dans une tranche de melon. Il m'a léché l'oreille et je me suis frottée doucement contre lui.

– Attends, attends..., a-t-il dit.

Je touchais sa poitrine (ferme et moelleuse, comme un matelas), son visage (aiguisé, barbe de trois jours), ses sourcils (un peu humides), ses clavicules (plus saillantes que les miennes).

– Attends une seconde, a-t-il insisté.

Je ne voulais pas m'arrêter. C'était comme si j'avais porté des bouchons dans les oreilles depuis le début de l'année mais que je venais enfin de les retirer et que je le découvrais comme on apprend une nouvelle langue.

– J'ai une copine.

– Je sais.

– On ne devrait pas faire ça.

Il m'a repoussée sur mon siège, puis il m'a regardée avant de se cogner le front contre le volant.

Il m'a raccompagnée au lycée juste à temps pour la répète. Avant que je sorte de sa voiture, il m'a embrassé les mains et mordillé les doigts. Juste un peu.

Maintenant que j'y repense et que je raconte la scène par écrit, je n'arrive pas à croire que je me suis comportée comme ça avec lui dans sa voiture il y a quelques heures à peine. Sur le moment, c'était comme si j'étais sous l'emprise d'une drogue qui inhibait mes angoisses et ma capacité de réflexion. Mes cinq sens étaient en feu, mais mon cerveau s'était éteint et c'était une sensation délicieuse. J'avais disparu de moi-même pour me transformer en un simple corps, comme un animal… Oh, vivement que ça recommence !

Mercredi 4 mai

Avec Tris, on était un peu désœuvrés à la répète aujourd'hui, car Mlle Murphy s'occupait surtout des bonnes sœurs. On s'est retrouvés assis au sous-sol à manger des petits gâteaux en forme de poisson et à parler mecs.

– J'aurais jamais pensé que ce serait lui qui arrêterait le premier, a dit Tris.

– Tout le monde le prend pour un sportif macho et sans cervelle, mais c'est un vrai gentil. Il est super-croyant, en plus !

– Toi seule connais le véritable Macintyre Brody ?

– Exactement ! Et ne fais pas cette tête.

– Peux-tu au moins admettre que tu ne veux pas seulement être son amie ?

J'ai cassé la queue d'un poisson avec mes ongles.

– OK. Oui, je rêve de me marier avec lui, t'es content ? Je rêve qu'il plaque Sienna, qu'il m'emmène au bal de promo et qu'on sorte ensemble à la fac. Même s'il me trompe à des fêtes de temps en temps, ça m'est égal. Ensuite, il ira faire son service militaire et il comprendra sa chance : il n'aura jamais à s'inquiéter à l'idée que je sors avec lui pour son argent. J'enchaînerai les contrats de comédienne à Broadway, et quand on se mariera, on aura même droit à quelques lignes dans un journal people. Pas la couv, bien sûr – j'ai des ambitions réalistes !

– Pas du tout, a répondu Tristan. Jamais il ne quittera Sienna.

– Et pourquoi pas ?

Il a cassé un petit gâteau en deux.

– Je ne comprends pas à quoi tu joues. Tu n'as pas envie d'un vrai petit copain avec lequel tu aurais le droit de faire ce que tu veux, sans te cacher ?

Ça m'a fait réfléchir. Bien sûr que j'en ai envie ! Je ne pense même qu'à ça. Tout le temps. Tout m'y fait penser : quand je marche dans la rue, quand je caresse les poils de Snickers, et même quand je vois les petites feuilles vertes repousser sur les arbres. Tout ! Et c'est encore pire en présence de Mac. Enfin, encore mieux... Le simple fait de sentir son haleine ! Et l'odeur de sa peau ! Il est aussi appétissant que la vision d'un bon cheeseburger avec des frites là où les autres mecs au bahut me font l'effet de carottes en rondelles. Même si je n'ai pas le droit de toucher au cheeseburger, ce n'est pas pour autant que j'ai envie de me rabattre sur les carottes.

– Ce que je veux, c'est sortir avec Mac.

Jeudi 5 mai

Il est venu me trouver devant mon casier après les cours.

– Il faut qu'on parle. Tu as répète, ce soir ?

– Heu, non.

Bien sûr que si, j'avais répète. Je n'en avais pas raté une seule de toute l'année. J'ai envoyé un SMS à Tris.

Tu veux bien dire à Mlle M que j'ai une gastro ?

Qu'est-ce qui t'arrive ?

Je t'expliquerai + tard… tu lui diras pour ma gastro ?

Pff OK

On est allés dans sa maison. Enfin, plutôt dans l'appart de sa mère. Ce n'est pas si mal, en fin de compte. C'est petit, et certains placards sont bancals, mais c'est lumineux. Elle n'était pas là, mais il y avait une photo d'elle devant un sapin de Noël, en train de sourire à un homme portant une grosse moustache et une barbe grises.

– Qui est-ce ? ai-je demandé.

– C'est Steve, m'a répondu Mac sur le même ton que s'il avait dit « c'est Ben Laden ». J'ai préféré ne pas insister.

On est allés dans sa chambre. Voici un petit extrait de ce qui s'y trouve :

1. Un poster d'une fille agenouillée sur la plage avec un doigt dans la bouche et l'autre main posée entre ses cuisses, vêtue d'un bas de bikini et d'un sweat mouillé (un sweat *mouillé*, peut-on imaginer un truc plus désagréable à porter ?) laissant entrevoir ses tétons

2. Un millier de bouteilles vides de boissons énergisantes

3. Des draps marron et un dessus-de-lit noir

4. Une Xbox ou je ne sais quelle console dont je n'ai jamais entendu parler

5. Un aquarium avec des piranhas (!)

6. Un petit album photo que j'ai aussi feuilleté. Il y avait des photos de Mac enfant, essentiellement des

portraits de foot officiels. (Il avait déjà des biceps à l'âge de sept ans.)

En rédigeant cette liste, j'ai conscience que ce n'est vraiment pas terrible. Mais sur le moment, ce décor m'a donné envie de me déshabiller et de tomber enceinte de lui sur-le-champ. Je dois vraiment souffrir d'un grave déséquilibre hormonal.

Je me suis assise sur son lit. Il s'est assis à son bureau.

– OK, a-t-il commencé. Alors voilà. On s'est embrassés hier.

– En effet.

Je me suis efforcée de garder un ton factuel, comme lui.

– Mais il ne s'est rien passé, au fond.

– Non, ai-je répondu (alors que pour moi, il s'était réellement passé quelque chose).

– Et on n'en parlera à personne.

– Surtout pas.

– Non pas que je pense avoir mal agi.

– Pas du tout.

– Mais Sienna est ma copine, et je tiens à lui rester fidèle.

Mon sang s'est glacé dans mes veines.

– D'accord.

– Arrête de répondre comme un robot ! Tu ne te rends pas compte à quel point je suis attiré par toi... Tu n'as pas idée !

Il s'est frotté la figure avec les mains, comme pour mettre de l'ordre dans ses idées.

– Quand je suis avec elle, je sens que je l'aime. Mais quand je suis avec toi, je l'oublie aussitôt.

J'ai regardé son oreiller. Heureux oreiller, qui accueille son visage chaque nuit!

– Je comprends, j'ai dit.

Il est venu s'asseoir à côté de moi sur le lit. Juste à côté.

– Arrête de parler avec cette petite voix. C'est insupportablement mignon.

– D'accord, j'ai dit.

J'ai senti les larmes me monter aux yeux. J'étais dégoûtée. Jamais je ne serais la petite amie de Mac. Soudain, il s'est penché pour m'embrasser sur la bouche… et on s'est retrouvés allongés sur son lit à se frotter l'un contre l'autre comme si le futur de l'humanité en dépendait quand, tout à coup, il s'est redressé en position assise.

– Qu'est-ce qu'on fout, Chloe? a-t-il lâché avant de se lever pour faire les cent pas dans sa chambre, le front entre les mains.

Il m'a à nouveau embrassée au moment de me déposer chez moi. Et cette fois, sa main s'est aventurée sous mon tee-shirt.

Vendredi 6 mai

Mac est venu me trouver devant mon casier avant la première sonnerie du matin.

– Défais-moi mon bracelet, m'a-t-il ordonné.

– Pourquoi? lui ai-je répondu tout en m'exécutant.

– Tu le porteras demain pendant que je serai au bal, et tu penseras à moi.

Il a pressé le creux de ma nuque, et il est reparti. J'ai examiné le bracelet. Il est composé de trois morceaux de cuir tressés retenus par une sorte de crochet. Je connais son histoire, parce que Mac me l'a racontée au téléphone un soir : son coach au collège le lui a donné quand ils ont gagné le championnat. Je veillerai sur lui comme la prunelle de mes yeux.

Samedi 7 mai

Le bal de promo se déroule en ce moment même, pendant que j'écris ces mots. Voilà un petit condensé de mes échanges de SMS jusqu'à présent :

Mac :

Présoirée chez Bernadette. Heureusement que t'es pas là, l'une des meufs t'aurait sûrement jetée dans la piscine

Ah, dommage j'adore nager !

Tris :

Les parents de Roy nous ont mitraillés. La honte.

Je sais, ils vous ont taggés partout sur FB, je te vois… T'es trop beau dans ton smoking !

J'ai du nouveau à propos de mes parents, je t'en parle demain

OK ! Quel suspense !

Mac :

Je refuse de poser en amoureux pour une photo

Explique ça à Sienna, pas à moi

Tu peux venir me sauver STP ???

Tris :

On vient de danser un slow et tout le monde nous matait alors qu'on se tenait à un mètre de distance l'un de l'autre

Ce bahut = l'église baptiste de Westboro

Personne n'a encore rien dit mais j'ai peur que ça dégénère

Mac :

Si tu vois Tristan Flynn, tu lui passeras le bonjour de ma part ?

Je vois pas trop qui c'est

Grrr

Tris :

Ginny Benson élue reine de la soirée

Avec cette coupe de cheveux !??

Il paraît que ce sont les profs qui votent

Ceci explique cela

Tu peux continuer à m'envoyer des SMS jusqu'à ce que Roy revienne des toilettes ? Ses potes me font un peu flipper

Bien sûr. Raconte-moi ce que fait Hannah

Elle fait goûter un morceau de poulet à Josh avec sa fourchette

Et Sienna ?

Elle a l'air stressée et elle ne quitte pas Mac des yeux. Il est scotché à son téléphone.

Mac :

Je danse avec toi

Comment ça ?

J'écoute un slow et je m'imagine que je le danse avec toi

<3 <3 <3 <3 <3 <3

Tris :

L'after est la meilleure partie de la soirée. J'ai enfin pu enfiler un bas de jogging !

Et moi j'ai passé toute ma soirée en bas de jogging ! T'es jaloux ?

Mac :

Comment se passe l'after ?

Bon, tu dois être en train de picoler avec tes potes…

Bonne nuit ☺

Dimanche 8 mai

La grande nouvelle à propos des parents de Tris, c'est qu'il a fait son coming out auprès de sa mère ! C'est arrivé le matin avant la soirée, pendant qu'elle l'emmenait en voiture s'acheter une fleur pour mettre à la boutonnière de son smoking, comme le veut la tradition. Elle lui a demandé si son ami passerait le chercher, alors Tris lui a répondu que non, qu'ils s'étaient donné rendez-vous à une présoirée, mais est-ce qu'elle voudrait bien l'y emmener ? Sa mère lui a dit bien sûr, mais lui a demandé l'autorisation de prendre quelques photos souvenirs de Tris et de son… ami.

– C'était comme dans un film d'action, comme si on avait tous les deux des flingues et qu'on se disait : « Lâche ton arme ! Non, toi d'abord ! » C'est là qu'elle m'a dit : « Si tu as quelque chose à me dire… J'espère que tu sais que tu peux te confier à moi… Ce que je veux dire, c'est que je t'aime très fort, et ton père… » Là-dessus, elle a fondu en larmes et je n'en pouvais plus. J'ai craqué, je lui ai dit : « Roy est mon petit ami » et on a tous les deux chialé tellement fort qu'elle m'a pris dans ses bras sur le parking.

– Waouh, ça avait l'air magique !

– On peut le dire. Je lui ai demandé si papa était au courant, et elle m'a répondu que non mais qu'il vaudrait mieux ne pas lui en parler tout de suite parce que son travail le stresse beaucoup en ce moment. Ça m'a énervé. Je lui ai demandé pourquoi elle lui cherchait toujours des excuses, comme si j'allais les croire, alors qu'en réalité c'est juste un bigot étroit d'esprit !! Elle m'a fait, genre : « Je sais qu'il peut être difficile parfois, mais c'est ton père alors ne parle pas de lui sur ce ton. » Là-dessus, on est allés prendre le petit déjeuner dans un café et on a seulement parlé du bal. Du coup, ça allait mieux.

J'aurais voulu qu'on parle davantage de son père, mais il était trop impatient de me faire son compte rendu du bal, que voici :

1. La présoirée était mille fois plus cool que la soirée elle-même. Tout le monde roulait des yeux en faisant semblant de détester les photos, mais en réalité, c'est sympa de se sentir sous les flashs des paparazzis, même si ce sont vos parents. Et puis, la soirée ne faisait que commencer et tout le monde était excité comme une puce.

2. Le dîner de la soirée était à base de purée de pommes de terre, de petits pois et de poulets miniatures avec leurs minicuisses toutes rôties.

3. Tris a eu du mal à manger parce qu'il était perturbé par la vision des minicuisses de poulet et stressé par les amis de Roy, de peur qu'ils le trouvent trop jeune et ennuyeux.

4. Le thème de la soirée était « les années 1920 » – traduction, quelques colliers de perles en plastique dispersés sur les tables et des ballons noir et or dans les coins de la salle.

5. Le DJ ne passait que des tubes du Top 40, et tout le monde connaissait les paroles par cœur alors que tout le monde déteste soi-disant la pop commerciale.

6. Il y avait deux autres couples gays : Craig et Norman, deux terminales qui aiment aller à des fêtes sur le thème de la Renaissance le week-end et semblent ignorer l'existence des autres élèves dans le lycée à part eux-mêmes, et Mikala et Beth, qui ont dû se rencontrer à l'un de leurs seize cours de niveau avancé. Tris n'arrivait pas à se détendre tellement il se sentait nerveux. Roy, lui, disait : « Ça va bien se passer. Les gens s'en fichent de nous », et Tris lui répondait : « Tout le monde nous regarde, j'en vois certains qui rigolent, et c'est facile pour toi de te détendre, tu quittes le lycée à la fin de l'année ! » Personne ne leur a fait de remarques, mais certains leur ont dit des trucs un peu énervants, genre « Ooooh, vous êtes trop mignons tous les deux ! »

7. Roy et lui ont fait la fête toute la nuit chez l'un des terminales qui fait partie du club théâtre, et Tris a bu deux bières. Il m'a raconté que le plus stressant, c'était de sentir sa propre haleine à cinq heures du mat. Et le mieux, d'avaler quatre parts de pizza vu qu'il était mort de faim à cause des cuisses de poulet miniatures qu'il avait boycottées.

Il m'a raconté tout ça pendant une pause entre nos deux filages. Tiens, à propos de nos filages, c'était l'horreur. Le premier était mauvais, le second catastrophique. Ursula a trébuché et fait tomber le plateau de pâtisseries dans la fosse de l'orchestre. Liesl a foiré sa chorégraphie et elle est restée plantée là, hébétée, pendant que la musique continuait. Quand Josh a claqué la porte, le faux mur entier s'est écroulé sur scène. J'ai oublié deux de mes répliques et pendant *The Lonely Goatherd*, j'ai tellement paniqué que j'ai oublié une moitié de couplet et chanté « la la di da doum di la la la » à la place.

Mlle Murphy n'a même pas fait de commentaires à la fin. Elle s'est contentée de déclarer, d'une voix triste :

– Demain est un autre jour, pur et sans erreurs.

J'ai reconnu que c'était une réplique du téléfilm *Le Bonheur au bout du chemin*, mais je n'ai rien dit. Il m'a semblé que ce n'était pas trop le moment de la ramener.

Lundi 9 mai

Je pensais que le réglage technique se ferait les doigts dans le nez, puisqu'on ne dit que les répliques nécessitant un bruitage ou un éclairage particulier. Ha, ha, ha, quelle naïve j'étais ! Quand je suis rentrée, il était près de minuit. J'étais loin de m'imaginer qu'on devrait refaire chaque extrait environ 396 154 882 fois à cause des problèmes de lumière, des larsens (comme si on vous enfonçait une aiguille dans l'oreille), d'Oscar l'éclairagiste qui ajustait ses spots tout en beuglant : « On bouge plus, les gars ! », et d'un tas d'autres petits détails qui me passaient au-dessus de la tête mais qui, apparemment, étaient d'une importance cruciale. Les acteurs devaient poireauter sur scène et, de temps à autre, lancer une réplique d'un ton monotone, puisque personne ne jugeait (pour une fois) la qualité de notre interprétation. Du coup, j'avais tout le temps de penser aux grandes mains de Mac, à sa voix grave, à ses ravissants lobes d'oreille et surtout à ce qui s'est passé sur son lit quand on était dans sa chambre. J'imagine qu'on ressent la même chose quand on prend de l'héroïne, comme si la Voie lactée vous parcourait les veines et que votre corps tout entier n'était plus qu'un immense cœur battant.

Mardi 10 mai

J'ai enfin pu parler à Mac ce soir après la répète.

– Tu me manques ! Désolée, je suis débordée en ce moment. C'est la dernière semaine avant la représentation, et toute la troupe se comporte comme si on était sur le point de découvrir le vaccin contre le cancer.

– T'inquiète.

– Parle-moi du bal !

– Je t'ai déjà envoyé des SMS…

– Mais raconte-moi en vrai !

– Bah, c'était pas mal.

– Est-ce que Sienna s'était fait belle ? (Je connaissais déjà la réponse. J'avais vu des centaines de photos sur son Instagram. Elle portait une robe courte et une paire de Vans. Ses jambes faisaient dix kilomètres de long.)

– Oui, très.

– Tout va bien, dis-moi ?

– Ouais. Je suis juste crevé. J'ai trop fait la teuf.

Il avait l'air bizarre. Pas du tout comme d'habitude.

Mercredi 11 mai

Les théâtreux ont encore le don de m'énerver,

parfois. Oui, c'est dur de faire ses devoirs quand on passe ses après-midi et ses soirées à répéter un spectacle, et oui, Mlle Murphy nous engueule vraiment fort parfois, mais pourquoi faut-il qu'ils en fassent toujours des tonnes ? « Je n'ai *jamais* été aussi stressé de ma vie. » « Les spots sont allumés, ou c'est moi qui ai la migraine ? » « Elle ne réalise pas la pression que je subis. Entre la préparation de l'annuaire du lycée, les exams de fin d'année et ça, je suis au bord du surmenage. » « D'abord, Leo me hurle dessus et maintenant, il n'y a plus de fraises Tagada dans le distributeur. Je ne *peux pas* travailler dans ces conditions ! » OK, la dernière phrase, c'était moi.

Jeudi 12 mai

J'aurais préféré qu'on ne fasse pas relâche aujourd'hui. Trop de pensées se bousculent dans ma tête. Tous mes profs m'ont souhaité bonne chance, et certains ont même l'intention de venir demain soir. Jamais je n'aurais pensé qu'ils le feraient ! Il ne doit rien y avoir d'autre à faire dans la Ville-Que-Le-Temps-A-Oubliée. J'en ai presque les larmes aux yeux rien qu'à m'imaginer M. Hicks assis dans la pénombre du théâtre en train de regarder ses imbéciles d'élèves prétendre qu'ils sont des nazis alors qu'il pourrait être peinard chez lui, en pyjama, en train de mater un documentaire ou je ne sais quoi. Et si j'oublie à nouveau mes répliques ? Ce satané « troupeau solitaire » ? Ou si je deviens muette et immobile sous l'effet du trac ? Si je fais tomber un accessoire, si je rate mon entrée, si j'éclate de rire quand Josh dit « je le sens tout au fond de moi, si profondément », si je saute un couplet ou si j'exécute un mouvement de danse à gauche pendant que tout le monde part à droite ? Si tout le monde me dit en face que j'ai été géniale mais que, dans mon dos, ils murmurent que j'étais nulle et ajoutent : « Normal, Mlle Murphy a pris une débutante dans le rôle principal, à quoi d'autre s'attendre ? » Si je lui fais honte, à elle, et à mon père ? Si Mac me trouve ridicule ?

Vendredi 13 mai

C'était le plus beau jour de ma vie – pour l'instant.

Je n'ai même pas eu peur ! Enfin, j'ai été terrifiée toute la journée, jusqu'à la séance d'échauffement vocal et au moment où on se tient tous en cercle et où on se presse les mains à tour de rôle pour faire circuler l'énergie. Et puis, pire moment d'entre tous, quand on a dû attendre dans les coulisses avant le lever de rideau. J'ai l'habitude des répètes, quand les fauteuils sont vides et que tout se passe sur scène. C'était bizarre d'entendre la salle se remplir, les gens rire, parler et feuilleter leur programme.

Attendre la fin de la première scène pour faire mon entrée a été une torture absolue. Je me disais : « Plus que trois minutes et c'est mon tour, plus que deux minutes et cinquante secondes, pourquoi je ne suis pas allée faire pipi une dernière fois, je suis vraiment paresseuse, deux minutes et quarante secondes, est-ce que mes faux cils ne vont pas se décoller, waouh, le public a ri au bon moment, c'est bientôt mon tour, d'une seconde à l'autre… », et puis la scène à l'abbaye s'est terminée, les lumières se sont tamisées, le rideau s'est fermé et j'ai couru m'allonger sur scène en faisant semblant de me détendre à la montagne.

Ma première chanson, *My Day on the Hills Has Come to an End I Know*, s'est bien déroulée. Après ça, j'ai su que tout se passerait bien… et j'avais raison.

J'étais tout excitée d'être sur scène et (j'avoue) heureuse de montrer mes talents de chanteuse et de comédienne. Je ne pensais pas aux spectateurs en tant qu'individus – même pas à Mac. Je les entendais s'éclaircir la gorge et changer de position sur leurs fauteuils, mais ils étaient dans le noir, et moi dans la lumière. Et cela faisait toute la différence de ne pas voir leurs visages. Le public se transformait en une grosse masse vivante, comme une ruche. Et moi aussi, sous les spots, je me sentais comme une masse vivante, parfaitement de taille à affronter cet organisme qui m'observait.

En coulisses, après le spectacle, les membres de la troupe étaient hystériques. Mlle Murphy est venue nous voir et, d'une voix grave, nous a dit que nous avions été excellents et qu'elle était fière de nous. Hannah et moi nous sommes serrées dans les bras, comme au bon vieux temps. Tris m'a soulevée de terre et m'a fait tournoyer jusqu'à ce que mes jambes soient parallèles avec le sol. Quand je suis retournée dans l'auditorium, une petite fille de dix ans m'a demandé mon autographe! Et mon père était là, avec un énorme bouquet de fleurs roses (je ne connais pas leur nom – eh, je ne suis pas fleuriste). Mac n'a pas pu venir me voir dans ma loge parce qu'il avait regardé le spectacle en compagnie de Sienna et d'autres terminales, mais il m'a envoyé un SMS: T'étais géniale fillette. Quand Mlle Murphy m'a rejointe dans la salle, papa a sorti un second bouquet, presque aussi gros que le mien, et elle a déclaré:

– Waouh ! Ton père est un homme charmant, tu sais.

J'ai failli mourir de honte, mais failli seulement, car il y avait peu de gens autour de nous pour remarquer que mon père faisait un plan drague lourdingue à Mlle Murphy.

On est rentrés tous les deux à la maison, comme un jour ordinaire. Je n'avais pas envie d'écouter la radio de peur d'effacer la musique du spectacle qui résonnait dans ma tête. J'avais encore la figure tartinée de maquillage, les cheveux couverts de gel et de laque. J'ai demandé à papa de me raconter en détail tout ce qu'il avait aimé du spectacle et de ma prestation, parce qu'on a bien le droit d'être narcissique avec ses parents. Une fois à la maison, il a commandé des pizzas, truc qu'il ne fait *jamais* d'habitude (il est trop radin pour ça), et il m'a autorisée à boire un miniverre de champagne.

Samedi 14 mai

Deuxième représentation, j'ai survécu ! Je me sentais tout à fait comme une star de Broadway, arrivée avec un gobelet de café à la main, épuisée par la soirée de la veille mais prête à laisser mon cœur et mon âme sur scène parce que *oui*, c'est ça, le métier d'acteur, *darling*. On a ça dans le *sang*.

Je me vois tout à fait devenir comme ça, nonchalante et mélodramatique. Surtout quand j'aurai quatre-vingts ans, un turban et un fume-cigarette, comme le personnage de la tragédienne dans *Coups de feu sur Broadway*.

Avec Tris, on a mangé des M&Ms à la noix de coco

tout en se maquillant et en parlant de la représentation d'hier soir, de qui avait oublié ses répliques et qui volait la vedette aux autres en minaudant à l'arrière-plan (Gretl), et de la terreur qui nous saisit chaque fois que Josh (le capitaine von Trapp) claque la porte et qu'on croit que le mur va s'effondrer. Je pourrais parler du spectacle avec lui pendant cinq heures non-stop sans jamais m'ennuyer. Il a toujours un truc intéressant à dire et on se comprend instantanément parce qu'on a vécu toutes les répétitions ensemble et qu'on a les mêmes références. Parfois, je regrette qu'il ne puisse pas être mon petit ami... mais n'est-ce pas un peu homophobe de penser une chose pareille ?

La deuxième soirée s'est passée encore mieux que la première. Tout le monde était détendu, et le public a ri encore plus fort. Le meilleur moment est sans doute la séance d'applaudissements à la fin : j'attends en coulisses, le spectacle est fini, et je suis soulagée de ne pas m'être plantée. Chaque membre de la troupe est appelé à tour de rôle pour venir saluer, par ordre inverse d'importance. D'abord les bonnes sœurs, les nazis et les invités (Frau Schmidt et Franz, Herr Zeller, etc.), puis les enfants, et quand vient le tour de la mère supérieure et du capitaine von Trapp, mon cœur se met à cogner vraiment fort dans ma poitrine. Et enfin, tout à la fin, c'est MOI ! Je m'élance sur scène, je vais me placer au milieu de la troupe et je m'incline. Et les gens m'acclament !

Papa est revenu ce soir. Mac, non. J'ai cherché maman dans le public, mais elle n'était pas là. (Bien sûr que non, idiote !)

Je pense qu'elle viendra peut-être pour la dernière.

Si elle revient, bien sûr ! Ce qui n'est pas du tout prévu au programme. Mais puisque ça tombe le jour de mon anniversaire, il y a des chances pour qu'elle veuille me faire une surprise. Cela dit, je ferais mieux de ne pas trop espérer. Ça m'est égal ! Oui, ça m'est égal ! ÉGAL !

Dimanche 15 mai

Les matinées sont étranges. Je parle des matinées au théâtre, bien sûr, c'est-à-dire des représentations données dans l'après-midi. Les deux premières soirées m'ont fait l'effet de ballons en forme d'étoiles gonflés à l'hélium. Aujourd'hui, c'était plutôt un ballon en forme de hot-dog qu'on a lâché par erreur après l'avoir gonflé à moitié et qui retombe par terre. Ça ne semble pas naturel de s'enfermer dans ces loges souterraines sans fenêtres puis de s'exhiber sur scène, dans un grand auditorium sans fenêtres non plus, alors que le soleil brille dehors et que l'air sent le ciel bleu et l'herbe fraîche. Avant qu'on commence, j'ai pensé : « Qui sont ces sympathiques losers qui ont payé pour venir nous regarder par un beau dimanche après-midi de printemps ? » L'un de ces losers était mon père. Il faut vraiment qu'il soit mon père pour venir assister à toutes mes représentations et s'asseoir au premier rang d'où je le vois faire sa *standing ovation* tout seul à la fin.

J'ai envoyé un SMS à Mac pour lui demander si on pourrait se voir après le spectacle, mais il n'était pas libre. Ça commence à me faire bizarre qu'on ait passé autant de temps sans se voir. Il m'en veut peut-être d'être accaparée par la comédie musicale. J'ai vraiment envie de le voir. Je parie que dès qu'on se retrouvera seuls, tout marchera comme sur des roulettes.

Lundi 16 mai

Les cours de maths sont pour moi une sorte d'expérience méditative. En entendant la voix monotone de M. Hicks, je sens mon esprit se détendre. C'est comme un Jacuzzi pour le cerveau. Aujourd'hui, j'ai juste pensé au fait que j'étais heureuse. Le printemps est de retour. Je joue le premier rôle dans la comédie musicale du lycée. Je vais sans doute passer l'été au Mexique. Snickers ne pète presque plus la nuit. Mac voulait que je sois sa cavalière au bal de promo. Ma vie est parfaite.

Puis j'ai pensé: « L'est-elle vraiment ? Pourquoi n'ai-je pas revu Mac depuis le jour où il m'a confié son bracelet ? Ne devrait-on pas être en train de s'embrasser dans sa chambre ? Il a emmené la mauvaise cavalière au bal, et il le sait. Ses SMS me le prouvent. Pourquoi ne largue-t-il pas Sienna pour être avec moi, son seul véritable amour ? »

Mardi 17 mai

En tournant à l'angle d'un couloir dans le bâtiment des terminales aujourd'hui, j'ai aperçu Sienna devant son casier. Elle était en train de se faire une queue-de-cheval et Mac lui a dit:

– Attends, je vais t'aider.

Il lui a ébouriffé les cheveux et elle a éclaté de rire en essayant de le repousser. C'était écœurant. Je suis passée derrière eux comme un robot, les yeux rivés droit devant moi.

Après les cours, j'ai pris mon courage à deux mains et j'ai appelé Mac.

– J'ai l'impression de ne pas t'avoir vu depuis un an.

– Désolé, fillette. J'ai pas mal traîné avec mes potes. C'est notre dernière année ensemble. Je n'ai plus que quelques mois à profiter d'eux.

– Tu n'as plus que quelques mois à profiter de *moi* aussi, ai-je répliqué. J'aurais voulu que ça ait l'air d'une blague, mais c'est sorti malgré moi sur un ton sérieux.

– Pas faux.

Je lui ai demandé si tout allait bien et il m'a répondu ouais, bien sûr.

Je n'arrête pas de me repasser notre conversation dans ma tête. Parfois, j'arrive à me convaincre que tout ce qu'il m'a dit était sincère. Puis j'y repense et je me dis que non, il n'était pas lui-même. Quelque chose a changé. Je le sens mal.

Devrais-je le rappeler ? Non ! Bien sûr que non. Ce serait de la folie. Ça ne ferait qu'empirer les choses.

Mais peut-être que si je le rappelais, on rigolerait de cette conversation maladroite et il proposerait qu'on aille manger des pancakes ensemble.

Non, il ne le proposerait pas. Si je le rappelais, il ne décrocherait pas, alors je lui laisserais sans le vouloir un message désespéré et j'en serais malade pendant trois heures, après quoi je lui enverrais un GIF humoristique auquel il ne répondrait pas non plus et je ne fermerais pas l'œil de la nuit.

Mercredi 18 mai

Quand je me suis rendue au théâtre pour notre unique répétition de la semaine, Olivia m'a demandé :

– Alors, tu fais quoi ?

– Heu… je me dirige vers les loges.

– Non, je parlais de la répète ?

Elle a dû voir à ma tête que je ne comprenais pas un mot de ce qu'elle disait.

– Ce soir, c'est la répète en délire. Tout le monde invente des trucs, fait des blagues. T'es pas au courant ? C'est la tradition.

Je suis partie engueuler Josh de ne pas m'avoir prévenue. Il était dans le vestiaire des garçons, en train de repasser son uniforme.

– On est censés faire un sketch comique pendant notre scène ?

– T'inquiète, Chloe, relax.

– Tu as prévu quelque chose ?

– Même si c'était le cas, je ne te le dirais pas. Le but est de surprendre son partenaire et de lui provoquer un fou rire. Tu te souviens, quand…

– Ne m'en parle même pas.

Les bonnes sœurs ont twerké pendant leur chanson *Dixit Dominicus*. Kurt a récité toutes ses répliques avec un accent irlandais. Tris a chanté la partie de Liesl pendant *I am Sixteen*, et elle la sienne. Josh m'a bien eue acte II, scène 1. Il m'a tourné le dos pour regarder la baronne s'en aller et, quand il a de nouveau pivoté vers moi, il portait des lunettes noires avec un faux nez et une moustache. Je n'avais jamais autant ri de ma vie. Pourquoi ? Sa blague n'était que moyennement drôle, à vrai dire. Mais le choc et l'horreur de le voir me faire une surprise en pleine scène, et la terreur de m'imaginer qu'il puisse faire la même chose durant une vraie représentation m'ont achevée sur place.

L'acte II touchait à sa fin et je n'avais toujours pas trouvé de gag. En panique, à la dernière minute, j'ai enlevé mon jean juste avant l'entrée en scène du cortège matrimonial et j'ai débarqué sur scène en petite culotte, ce qui peut paraître choquant sur le papier, mais il faut se souvenir que 1/j'ai la silhouette d'un petit garçon de onze ans et 2/ toute la troupe m'a vue en sous-vêtements dans les vestiaires environ 492 053 fois. Le détail qui tue, c'est que je portais une petite culotte Hannah Montana. Tout le monde était mort de rire.

Jeudi 19 mai

Plus que trois représentations, et ce sera terminé. Je me sens en pré-dépression rien que d'y penser. Je n'ai même pas envie de noter ça, parce que c'est hyper-gênant, mais je crois que j'ai trouvé ma vocation dans la vie. Je veux être comédienne. Je sais que c'est impossible d'y arriver, mais même si je me retrouvais à jouer des rôles mineurs dans des théâtres de troisième zone à Broadway, je serais heureuse. Je prendrais un petit boulot de serveuse pour gagner ma vie, je passerais des auditions avec Tris, je m'endurcirais et je deviendrais cynique. Ou alors, Mac serait milliardaire grâce à sa carrière dans le foot américain et il pourrait m'entretenir.

Je l'ai appelé aujourd'hui, mais il n'a pas décroché. Je lui ai écrit Tu me manques avant de le regretter aussitôt et de lui envoyer un émoticone en forme de tas de caca souriant, histoire de réparer mon erreur, ce qui bien sûr n'a fait que s'ajouter à mon regret.

Il n'a pas pu se désenamourer de moi si vite, quand même ? Qu'est-ce qui a pu changer entre le soir où il m'a écrit Viens vite me sauver et aujourd'hui ?

Je dois rester calme, heureuse et positive. Peut-être

que je m'inquiète pour rien et que tout ça est dans ma tête. Si ça se trouve, demain soir, on fera des folies sur la banquette de sa camionnette et je me sentirai idiote d'avoir flippé pour rien.

Oh, je l'aime, je l'adore. Je ne supporte pas de ne pas savoir à quoi il pense. Je ne supporte pas d'être là à attendre de savoir ce qui se passe. Je veux connaître la vérité, aussi terrible soit-elle, et tourner la page. Je veux l'appeler et lui dire: « Parle-moi. Je veux savoir, je veux l'entendre de ta bouche. » Mais s'il me répond que je suis folle et qu'il n'a rien à me dire ? Ce serait la pire des tortures, pire que celle-ci.

Vendredi 20 mai

Quelle imbécile je suis. Quelle cruche naïve, aveugle et sans cervelle.

Je suis sortie en retard du théâtre après la représentation parce que j'avais perdu mon téléphone et que j'ai mis près de trois quarts d'heure à le retrouver. (Josh l'avait ramassé sur une table et déposé dans le panier des objets trouvés, comme un parfait sociopathe, mais passons.) Quand je suis enfin ressortie des coulisses, papa était assis dans la grande salle. Il portait son pantalon de travail, une chemise bleue et une cravate bordeaux ornée de petits pois blancs.

J'étais en train de m'excuser quand la double porte du théâtre s'est ouverte avec un bruit sonore, et Mlle Murphy est entrée.

– Vous êtes toujours là ? nous a-t-elle lancé.

J'ai tapoté mes poches et fouillé mon sac à dos.

– Attends, p'pa, je crois que j'ai aussi oublié mes écouteurs…

Il a un peu râlé.

– Oh non, Chlo, on y va…

– Désolée ! Je peux retourner les chercher ? Je serai super-rapide !

C'était comme une question de vie ou de mort. Je ne voulais pas repartir sans mes écouteurs.

– OK, mais dépêche-toi.

J'ai grimpé les marches et traversé la scène au pas de course. J'avais déjà atteint l'entrée des coulisses, sur le côté, quand j'ai soudain eu l'idée de fouiller dans la poche avant de mon sac : mes écouteurs étaient bien là, entortillés. Rassurée, j'ai pivoté sur mes talons et retraversé la scène dans l'autre sens. Je m'apprêtais à crier : « C'est bon, je les ai ! » quand je les ai vus. Papa et Mlle Murphy, dans les bras l'un de l'autre. Il riait, les yeux clos. Il avait l'air heureux.

J'ai dû faire un bruit quelconque parce qu'ils ont tous les deux levé les yeux vers moi comme si j'étais le monstre dans un film d'horreur. Puis ils ont sursauté et ils se sont détachés. Oh, j'étais en pétard rien qu'en voyant la peur et la culpabilité sur leurs visages.

J'ai descendu les marches et je suis passée devant eux. Je les ai entendus murmurer, ce qui m'a énervée encore plus. Comment osaient-ils échafauder des plans à voix basse ?

– Chloe, m'a appelée mon père.

Sa voix avait l'air super-normale. Grave, régulière, calme.

Je ne me suis pas arrêtée. Je ne me suis pas retournée. Dehors, il faisait frisquet. Orion brillait dans le ciel. Une voiture est passée en trombe avec du hip-hop à fond. J'ai entendu des éclats de rire ; les passagers avaient dû baisser leurs vitres. Ils devaient être heureux et insouciants, issus de familles unies, en route vers une fête quelconque.

J'ai envisagé de marcher jusque chez moi, ou chez Tristan, mais à quoi bon ? Cela ne ferait que retarder l'inévitable dispute.

J'ai attendu près de la voiture pendant quelques minutes avant qu'il apparaisse enfin. Il a ouvert les portières et on s'est installés sans un mot. Il a mis la clé dans le contact, mais il ne l'a pas tournée.

– Je te présente mes excuses, a-t-il déclaré.

– Pour quoi ?

Je croyais être en colère, mais dès que j'ai commencé à parler, j'ai réalisé que j'étais au bord des larmes.

Il s'est frotté le front.

Pour plusieurs choses.

– Mlle Murphy...

Je n'ai pas pu finir ma phrase. Ma voix tremblait alors que j'aurais voulu parler d'un ton glacial.

– Je suis désolé que tu l'aies découvert de cette manière. Je ne t'en ai pas parlé parce que je ne savais pas quoi dire et que je ne voulais pas te perturber. Mais j'ai sans doute eu tort.

Il a posé ses mains sur le volant.

– Tu sais que ça ne va pas très fort, entre ta mère et moi.

– Ah bon ? Première nouvelle.

– Arrête tes sarcasmes, Chloe.

Même pris la main dans le sac en plein acte criminel, il attend de moi que j'aie de bonnes manières. J'avais envie de briser la vitre à coups de poing.

– J'ai pas envie d'en parler.

Silence.

– Ça peut attendre, si tu préfères. Mais il faudra bien qu'on en parle tôt ou tard.

Une fois qu'on s'est arrêtés dans le garage, je lui ai demandé :

– T'es amoureux de Mlle Murphy, alors ?

Il a coupé le moteur et il a regardé par la vitre, en direction du mur du garage.

– Disons que je tiens à elle.

Mon ventre s'est serré. Il va falloir que j'y réfléchisse. Je veux savoir exactement ce qui s'est passé, mais je n'ai pas envie d'en parler avec lui, pas plus que je n'ai envie de lui poser des questions sur le *sexe* ou *l'amour*. Mon Dieu, rien que de taper ces deux mots dans une phrase en rapport avec mon père, j'en ai les doigts qui transpirent. J'aimerais que quelqu'un me tende un dossier en disant : « J'ai rédigé un rapport complet sur Mlle Murphy et ton père. Lis ces pages, et tu comprendras tout. »

J'ai pris mon téléphone pour traquer les vidéos et les photos, les cœurs, les likes et les trucs sur Snapchat. D'habitude, ça me vide la tête de tout, même de ce qui me fait souffrir. Mais ce soir, ça ne marche pas. Même les notifications ne m'apportent pas le shoot de dopamine habituel.

Samedi 21 mai

Avant-dernière repré ce soir. trop triste. et trop triste aussi à cause de tt le reste maman papa mlle mpuryp. je mac m'aime je crois quil maime alors au diable crions le àla face du monde ! en rentrnt jai bien réfléchi à tout ça mais je suis trop bourrée pour écrire je men souveindrai mieux demain

Dimanche 22 mai

Pire jour de ma vie. Gueule de bois. Maman aux abonnés absents. Dernière représentation. Huée pendant les applaudissements à la fin. C'est mon anniv aujourd'hui. Joyeux anniversaire, moi-même.

Lundi 23 mai

Papa m'a autorisée à ne pas aller en cours. Enfin, « autorisée » n'est pas le bon mot. Quand il est venu voir pourquoi je n'étais toujours pas levée, j'ai refusé de me retourner. J'ai fixé le mur, et j'ai dit :

– Je suis malade.

Il est resté là encore un moment, mais il a fini par déclarer :

– OK. J'espère que ça va s'arranger, et il est parti.

Va-t-il fermer les yeux et faire comme si de rien n'était sous prétexte qu'il se sent coupable ? Moi, je ne veux pas faire comme si de rien n'était. Je veux que tout redevienne comme avant.

Voilà ce qui s'est passé ce week-end. Le samedi matin, réveil en sursaut à 5 heures du matin. Après ça, impossible de me rendormir. Je suis restée planquée dans ma chambre jusqu'à 10 heures, mais je n'avais rien d'autre à manger qu'un vieux reste de paquet de biscuits. Résultat, c'est la faim qui m'a poussée à descendre à la cuisine.

– Bonjour, m'a lancé papa.

– J'ai pas envie de parler, OK ? Je joue ce soir, je ne veux rien qui puisse me déconcentrer.

Il m'a regardée.

– Je comprends.

Il était assis à la table de la cuisine, en train de lire le journal, comme à son habitude. C'était horripilant. Comment pouvait-il faire comme si tout allait bien, comme si l'apocalypse n'avait pas eu lieu ? Il aurait dû, je ne sais pas, moi, se rouler par terre en pleurant. Pas lire tranquillement les coudes sur la table en touillant son café.

La représentation s'est bien passée. Et même *très* bien passée. J'ai été hyper-détendue pendant les répétitions, histoire de montrer à Mlle Murphy que j'allais parfaitement bien. Être sur scène me faisait l'effet de savourer un milk-shake tout en prenant un bon bain chaud. Tant que j'étais là-haut, je n'avais pas à penser à mes parents adultères et irresponsables ou à cette traîtresse de Mlle Murphy. Debout derrière le rideau à attendre mon tour, je n'avais qu'une envie : jaillir devant le public pour ne plus avoir à réfléchir.

Après la représentation, Mlle Murphy nous a fait son compte rendu, comme toujours. D'habitude, c'est la partie de la journée que je préfère. C'est drôle d'entendre les autres se faire taper sur les doigts, surtout pour un détail que vous aviez remarqué aussi. C'est même sympa de se faire remonter les bretelles soi-même, parce que c'est la preuve que Mlle Murphy est attentive à ce qu'on fait. Samedi soir, elle ne m'a rien dit. Nos regards se sont croisés brièvement à un moment donné, puis elle a vite détourné le sien. J'ai essayé de toutes mes forces de lui transmettre des ondes de haine.

Pendant que je rangeais mes affaires dans mon sac, Tris est venu s'asseoir près de moi.

– Qu'est-ce qui t'arrive ? T'as été bizarre toute la journée.

– Ça va mal.

– Raconte-moi.

– Promis, mais pas maintenant.

– C'est grave à quel point ?

J'ai fermé la fermeture Éclair de mon sac.

– Pas grave *grave,* genre cancer ou je ne sais quoi. Disons, sept sur une échelle de dix.

Josh et Hannah passaient par là et se sont arrêtés devant nous.

– Vous voulez que je vous emmène aux carrières ? nous a proposé Josh.

Tris et moi avons échangé un regard.

– De quoi tu parles ? ai-je demandé.

– Oh, des carrières de gravillon près de l'étang. Les terminales y organisent des soirées, parfois. On peut mettre la musique aussi fort qu'on veut étant donné qu'il n'y a pas de voisins. Mac Brody a même apporté un canapé de jardin dans la remorque de sa camionnette !

– Mac y sera ce soir ? ai-je demandé.

Il fallait que je sache, au risque d'agacer Hannah ou d'éveiller ses soupçons. Heureusement, elle faisait défiler un truc sur l'écran de son téléphone et elle ne m'a pas entendue.

– Je crois, oui. J'ai même entendu Sienna lui faire des remontrances à ce sujet plus tôt dans la journée.

– Comment ça ?

– Écoute, j'ai une sainte horreur des ragots, mais j'ai entendu Sienna lui rappeler qu'elle devait rendre visite à sa grand-mère ce soir. Elle refusait de changer ses projets, même quand Mac lui a assuré que la soirée promettait d'être « épique ».

J'ai senti le regard lourd de Tris peser sur moi.

– On serait ravis que tu nous y emmènes, merci, ai-je répondu à Josh.

Hannah ne pouvait pas y aller parce qu'elle passait la journée avec sa grand-mère, qui était venue assister à la représentation. On formait donc un trio : Josh, Tris et moi. Je n'ai pas dit grand-chose durant le trajet. On est passés devant l'arboretum, puis devant l'église du centre-ville et l'un des centres commerciaux les moins déprimants (celui avec un café). Les rangées d'arbres qui bordaient les trottoirs étaient couverts de petites feuilles vertes – enfin, grises dans l'obscurité. J'ai entrouvert ma vitre pour humer l'odeur du printemps la nuit. Dans lesquels de ces endroits papa s'était-il rendu avec Mlle Murphy ? Ou bien étaient-ils allés dîner au restaurant dans d'autres villes ? Travaille-t-il vraiment aussi tard le soir ? Toutes ces fois où je me suis retrouvée seule à la maison, mes devoirs faits, à essayer de me distraire en regardant des tutos de twerking, était-il en train de faire ce que je pense avec elle ?

Les carrières étaient à la fois flippantes et cool, en un sens : d'immenses trous creusés dans le sol avec des galeries qui s'étendaient sur près d'un kilomètre. Le décor parfait pour tourner une scène sur une planète extraterrestre dans un film de science-fiction à petit budget. On a marché pour rejoindre les premières et les terminales, regroupés autour du canapé de jardin et assis sur des chaises de plage pliantes. Mac n'était pas là. En apercevant Josh, tout le monde a poussé des acclamations. Je le sentais vibrer de tension à côté de moi. J'aurais dû me sentir comme une pile électrique, moi aussi, notamment à cause du fait que je n'étais pas vraiment habillée pour me rendre à une fête ; je portais encore ma tenue confortable post-théâtre constituée d'un sweat-shirt fée Clochette et d'un sarouel. Mais franchement, c'était le cadet de mes soucis. Je ne me sentais pas à l'aise. En vérité, je ne ressentais rien. Des terminales qui snobaient deux élèves de première année ? Bonjour le scoop. Vite, alertez les médias. Les terminales auront quitté le lycée d'ici quelques mois, nous prendrons leur place pendant un an et *pff*, à la fin, on mourra de toute manière.

– Attends-moi là, j'ai dit à Tris. Là-dessus, je suis allée m'adresser à un mec plus âgé que moi qui ne riait pas et ne parlait à personne.

– T'aurais une bière pour moi ?

Le type s'est retourné.

– Eh, je te reconnais. *La Mélodie du bonheur*, pas vrai ? Ma sœur joue dedans. Nadine.

– Ah oui. Elle a le rôle de Gretl.

C'était tout ce qu'on avait à se dire sur le sujet. J'aurais pu lui expliquer que Gretl attirait exprès l'attention sur elle en s'agitant inutilement sur scène, mais c'était au-dessus de mes forces.

– Pas de bière, a-t-il fini par me répondre, mais j'ai mon cocktail spécial, si ça t'intéresse.

– C'est quoi ?

– Vodka, schnaps à la pêche et une bonne cinquantaine d'ingrédients. Recette secrète. Vas-y, sers-toi. C'est derrière le buisson.

En effet, j'ai découvert une glacière orange. J'ai rempli deux gobelets pour Tris et moi. Il se tenait seul dans son coin en faisant semblant de gérer des affaires importantes à distance sur son téléphone.

Je lui ai tendu son verre de cocktail spécial et il en a bu une gorgée.

– On dirait que quelqu'un a mélangé du Hawaiian Punch avec du Sprite et ajouté une petite touche de poison.

– Ça a quel goût la drogue du viol ?

– Réglisse, je dirais.

– On ne nous apprend rien d'utile en cours de santé et hygiène. Si je m'écroule sur les gravillons dans deux minutes, fais-moi plaisir et pousse-moi dans un trou.

– C'est une blague, ou il faut que j'aille signaler ton comportement à un adulte ? Pourquoi ce ton suicidaire, tout à coup ?

Je lui ai raconté. Il ne s'est pas exclamé : « Oh, mon Dieu, et que s'est-il passé ? » comme un vautour à l'affût des ragots, il n'a pas pris un air de pitié condescendante, il n'a pas déclaré : « Je n'en reviens pas qu'il ait osé faire ça » ou : « Je suis désolé de l'apprendre », ce qui aurait eu pour effet de m'agacer prodigieusement et de me murer dans le silence. Il m'a écoutée, le regard vaguement perdu au loin, parfois baissé vers le sol et parfois dirigé vers le mien. Quand j'ai fini de parler, il m'a demandé comment je me sentais, et je lui ai répondu. Après ça, on a tous les deux gardé le silence pendant un moment. Je sentais les effets du cocktail me réchauffer les doigts, comme une paire de mitaines. Une paire de mitaines empoisonnées.

– Mon père est la voix de la raison au sein du couple. Ma mère est l'électron libre. Ils ne peuvent pas faire n'importe quoi *tous les deux*.

Je n'y avais jamais réfléchi de cette manière. C'est sorti tout seul alors que je parlais à Tristan. Bizarre comme on peut se surprendre soi-même, parfois.

Il a acquiescé.

– Ma mère est la silencieuse du couple, et mon père est le barjot d'extrême droite.

Je me suis assise sur les gravillons à côté du buisson et là, j'ai picolé à mort. J'ai englouti des gobelets entiers de cocktail spécial jusqu'à ce que je ne sente plus mes lèvres et que Tris s'inquiète pour moi. Il tentait de me prendre mon verre des mains quand j'ai aperçu Mac qui se dirigeait vers le canapé.

– Il est là !

Je me suis levée péniblement sur mes deux jambes et j'ai épousseté mon sarouel.

– Eh, Tris, je ressemble à quoi ?

– N'y va pas.

– Et pourquoi ?

Je voulais sentir les bras puissants de Mac autour de moi. Je voulais lui parler de mon père et l'entendre traiter Mlle Murphy des pires insultes qu'on s'échange entre joueurs de football américain. Il saurait comment m'aider. Oui, car il m'aimait ! Il m'avait même embrassée DEUX FOIS ! Ce beau terminale aux mains immenses et à la carrière de footballeur universitaire prometteuse me parlait tous les jours, m'envoyait des SMS et se confiait à moi comme à personne d'autre. Moi, la petite élève de première année aux cheveux couleur flocons d'avoine. Un sentiment de gratitude m'a envahie et j'ai accouru dans sa direction. Mes jambes étaient si libres ! J'avais l'impression de voler ! Si je pouvais courir en étant ivre, je deviendrais à coup sûr une étoile de la course de fond! *Étoiles*. Elles brillaient au-dessus de ma tête. On ne regarde jamais les étoiles, quand on est au lycée. On est trop occupés à mater nos téléphones ou à stresser à cause de nos petits problèmes pour s'intéresser au monde qui nous entoure. Pourquoi ne prend-on pas le temps d'admirer les étoiles tous les soirs?

Arrivée devant Mac, je lui ai sauté au cou. Il a eu l'air surpris, mais il a tendu les bras pour me rattraper.

– Ah, tiens, salut, a-t-il dit en me reposant par terre.

L'odeur de sa peau! La perfection totale qui se dégageait de lui! C'en était trop!

– Je t'aime, ai-je déclaré en me hissant sur la pointe des pieds pour l'embrasser sur la bouche.

Il est resté de marbre.

Quand j'ai rouvert les yeux, j'ai vu que tout le monde nous observait. Les premières. Les terminales. Tristan. Bernadette, bouche bée, l'air choqué. Mac était le seul à ne pas me regarder. Il était tourné vers Bernadette, et il semblait paniqué.

Je me suis sentie entraînée vers l'arrière, malgré moi. Tristan m'avait prise par la main pour m'éloigner de là au plus vite. J'ai essayé de croiser le regard de Mac, mais il discutait à voix basse avec Ivan, l'un de ses coéquipiers. Je savais que j'aurais dû me sentir morte de honte, ou affolée, mais c'était exactement comme lorsqu'on se coupe en se rasant les jambes, juste avant que la blessure se mette à vous piquer. C'était exactement comme ce moment, sauf qu'il ne s'arrêtait jamais.

– J'veux encore boire, j'ai marmonné.

– Tu as assez bu comme ça, a rétorqué Tris.

– Laisse-moi tranquille.

J'ai trébuché sur les gravillons et il m'a rattrapée. On s'éloignait des carrières pour repartir en direction de la route.

– Où est-ce qu'on va ?

– Aucune idée. Il fallait juste qu'on se casse de là, et Josh a totalement disparu.

– J'ai merdé comment ? Un peu, beaucoup, horriblement ?

– Disons que tu n'étais pas au mieux de ta forme.

J'ai éclaté de rire. Quel pied ! Je pouvais me ridiculiser devant des terminales et n'en avoir strictement rien à faire ! Pourquoi n'avais-je jamais pris de cuite avant ce soir ?

Tris tordait la bouche et secouait la tête horizontalement devant moi.

– Tu ressembles à Bert, j'ai pouffé. Tu te souviens de Bert et Ernie ? Je regardais tout le temps *Rue Sésame* avec mon père alors que j'étais déjà trop grande pour ça. Personne de notre âge n'a jamais regardé cette émission. Ça date d'il y a super longtemps, genre les années 1970, 60, 50 ou 40. Eh ! Je me souviens d'un épisode où Grover chantait l'introduction de *La Mélodie du bonheur* et où les montagnes bougeaient derrière ! Comme si elles étaient vraiment vivantes au son de la musique, comme les paroles de la chanson ! T'as compris ? Dire que je regardais ça il y a si longtemps, et qu'aujourd'hui, je joue dans *La Mélodie du bonheur* ! C'est dingue, non ? Il faut absolument que je te montre cet épisode avec Grover, *tout de suite*.

Je me suis arrêtée pour sortir mon portable de mon sac à dos.

– Continuons à avancer, Chlo. On a une bonne heure de marche devant nous.

– Pourquoi Josh ne nous ramène pas en voiture ?

– Parce qu'il a disparu, tu te souviens ?

– Ah ouais ! C'est marrant, j'ai l'impression de regarder un film avec moi-même sauf que j'arrête pas de m'endormir aux passages importants. Tu sais, on aurait dû picoler encore plus. Viens, on va chez moi boire le gin de mon père, sa précieuse bouteille de gin. Oh, bien fait pour lui, je le déteste je le déteste ! Tu crois que quelqu'un m'a vue avec Mac... je veux dire... tu crois que *tout le monde* nous a vus ?

– Heu, je le crains...

– Bah, ça fait rien, hein ? Parce que tout le monde sait qu'on est genre *hyper*-amis et que c'est normal de dire à ses amis qu'on les aime !

Il n'a pas réagi.

– Pas vrai, Tris ?

– Écoute... on en reparlera demain.

– Arrête de me traiter comme un bébé ! Je suis parfaitement capable d'en parler maintenant, tout de suite. Oh, ça me rappelle la chanson de Beyoncé ! « *I Know You See Me Now, Right Now... I Know You See Me Now, Right Now.* » Ce morceau est un chef-d'œuvre d'écriture sous-estimé ! Tu savais que ça parlait en réalité de mères mortes ?

– Heu... non.

– Cette route est tellement belle la nuit. Regarde les arbres ! Écoute les grillons ! Quelle beauté ! Tris, j'ai un truc à te dire. Je t'aime. Sérieux, je t'aime. Je t'aime ! Tu es mon meilleur, meilleur ami. Bien plus que Hannah.

– Moi aussi, je t'aime.

– C'est vrai ? Oh, quel merveilleux bonheur ! Je veux dire, c'est merveilleux, quel bonheur ! Oh Tris, il faut absolument que j'aille faire pipi.

– Maintenant ?

– C'est une urgence. Garde mon sac !

J'ai descendu la pente herbeuse en courant et baissé mon pantalon.

– Éloigne-toi un peu de la route, Chloe. Il y a des voitures !

– Je m'en tape !

Quelle merveilleuse sensation de vider sa vessie ! Je n'avais jamais éprouvé un tel soulagement de toute ma vie. Hélas, j'ai éclaboussé mon sarouel au passage et marcher six kilomètres à pied dans un pantalon mouillé a considérablement assombri mon humeur.

Quand je suis enfin arrivée chez moi, j'ai trouvé un message sur la table : « C, j'ai dû retourner au boulot. Il reste du gratin de macaronis au frigo. 2 minutes au micro-ondes. Bisous, papa. » Moi qui redoutais de l'affronter dans mon état, je ne me suis étrangement pas réjouie de son absence. J'ai retiré mon répugnant pantalon de la honte et mangé mon gratin de pâtes froid en buvant une bière, les yeux rivés sur mon téléphone, ce qui n'était pas une mince affaire car j'y voyais limite flou. J'ai fini par envoyer un SMS à Tris (merxxi pour tout je tadooooore :* :* :*) avant d'aller me pieuter sans même me brosser les dents, chose qui ne m'était jamais arrivée de toute ma vie – je suis très à cheval sur l'hygiène dentaire, d'habitude. Les murs de ma chambre tanguaient chaque fois que je m'allongeais. J'ai essayé avec un pied posé par terre (j'avais lu ça dans un bouquin intitulé *Sept Jours de malheur*), mais ça n'a pas aidé. Au final, j'ai repoussé mon oreiller contre le mur et je me suis endormie en position assise.

À mon réveil le lendemain matin, je me sentais bien. J'avais la bouche sèche et les yeux gonflés, mais ça allait.

Puis le souvenir de la veille au soir m'est revenu d'un coup, et le choc (mêlé à l'effroi) m'a fait bondir hors de mon lit.

Le temps que j'atteigne les toilettes, il était presque trop tard : j'ai dû plonger la tête en avant au-dessus pour viser la cuvette avec mon jet de vomi. Une courte bouffée d'euphorie m'a envahie juste après, comme toujours dans ces cas-là. Je me suis brossé les dents. Puis j'ai revomi. Et me suis rebrossé les dents. Une éternité semblait s'être écoulée alors qu'il n'était que 10 heures du matin. Quand j'ai regardé dans le miroir, j'ai vu un zombie en face de moi. Mes lèvres étaient incolores. Le contour de mes yeux violacé. « J'espère que tu es fière de toi », ai-je pensé très fort.

Je suis allée m'asseoir dans la baignoire vide pour réfléchir. Mon père trompait ma mère avec mon ex-prof de théâtre. Hannah n'était plus mon amie. Et la veille au soir, j'avais pris une cuite effroyable avant d'agresser sexuellement Mac en public. J'ai frissonné de dégoût au souvenir de ma course sur les gravillons pour me jeter à son cou. Et mon Dieu… j'avais même osé lui dire « je t'aime ». À voix haute. Ne l'avais-je pas crié, d'ailleurs ? Mortifiée, j'ai posé mon front contre mes genoux.

Le monde entier était au courant, n'est-ce pas ? Tout le monde au lycée, et tout le monde sur Internet savait désormais que Mac et moi avions fricoté dans le dos de Sienna. Soit ça, soit je passais pour une nymphomane qui harcelait Mac et lui avait sauté dessus sans crier gare. Était-ce un scénario préférable ? Non, pas vraiment. Personne n'y croirait de toute manière. Tout le monde l'avait vu traîner avec moi dans les couloirs du lycée.

Jamais plus il ne m'adresserait la parole. À moins qu'il m'appelle en disant : « Chloe, merci pour ton acte de bravoure alcoolisé d'hier soir ! Tu as eu le courage qui m'a toujours manqué. Maintenant que notre secret n'en est plus un, j'ai décidé de rompre avec Sienna. »

Je me suis cogné le front contre mes genoux.

« Oh, non. Tristan ! »

J'ai bondi hors de la baignoire et regagné ma chambre en courant.

Mille excuses pour hier soir. Merci d'avoir joué les baby-sitters. Désolée de m'être conduite comme une imbécile.

Il m'a répondu dans la seconde. Ouf, t'es vivante. bon anniversaire !

Mon anniversaire. Mais oui. C'était mon anniversaire.

Quand je suis descendue, papa était en train de faire des pancakes. Mon estomac s'est retourné.

– Voilà la star du jour ! a-t-il déclaré.

Ça m'a foutue en rogne qu'il fasse comme si de rien n'était.

– Comment va Mlle Murphy ? lui ai-je répliqué d'un ton cinglant.

Il a fait glisser une assiette de pancakes devant moi avant de s'asseoir.

– Il faut qu'on parle.

– OK, j'ai répondu.

J'étais trop crevée et nauséeuse pour lui tenir tête.

– Bien.

Il s'est éclairci la gorge.

Alors voilà. Comme tu l'as deviné, il se trouve que je fréquente ta prof de théâtre.

– Depuis quand ?

– Peu importe.

– À Noël, tu… tu sortais déjà avec elle ?

– Je ne crois pas que cela te…

– C'est tout ce que j'ai envie de savoir. Je t'en supplie.

Il fallait que je sache, parce que je tenais à me repasser un à un tous mes souvenirs de répète avec Mlle Murphy pour comprendre à quel moment elle avait cessé de se montrer sincère avec moi.

– Depuis le mois de mars.

– Elle voulait jouer les confidentes et m'inciter à lui parler de maman, alors que pendant ce temps-là elle…

– Je sais que c'est difficile. Tâchons de rester calmes et de ne pas nous mettre en colère.

– Quelles raisons aurais-tu de te mettre en colère, hein ? Pourquoi perdrais-tu ton calme ?

Il a ri, mais son rire sonnait faux.

– *Quoi ?*

Je pleurais tout en luttant contre mes larmes.

– C'est dur pour moi aussi, Chloe. J'étais au plus mal quand ta mère nous a quittés.

– Elle ne nous a pas *quittés*. Elle est juste partie écrire un livre.

– OK. Mais en attendant, elle n'est pas là. Elle ne vient pas te chercher après les répétitions, elle ne dîne pas avec nous le soir. Elle a raté ton spectacle.

– Elle n'a rien raté du tout ! Il reste encore une représentation.

– Chérie...

Je pleurais comme une fontaine. Mon nez aussi.

– Vous allez divorcer, c'est ça ?

– Chloe...

– Si vous divorcez, tu comptes te marier avec Mlle Murphy ?

Il s'est frotté les yeux.

– Ces deux hypothèses ne m'ont même pas traversé l'esprit.

– Menteur.

Il a eu l'air gêné, ce qui signifiait que j'avais raison : il y avait pensé.

– Est-ce que tu l'aimes plus que maman ?

Il n'a pas répondu tout de suite. Mon cœur s'est arrêté de battre.

– Je ne la connais pas aussi bien que ta mère. Nous avons encore tout à apprendre l'un de l'autre. Mais elle est... Disons qu'on s'entend bien. Elle est stable, bienveillante.

– Elle a moins de poitrine que maman.

– Chloe...

– Et ses fesses sont plus plates.

– Ça suffit !

– Elle couche avec un homme marié. Ça fait d'elle une mauvaise personne. Et toi aussi, car tu trompes ta femme.

Il a pris un air peiné.

– Sans doute.

C'est impossible de se disputer avec quelqu'un qui ne se défend même pas.

– J'ai assez mangé, ai-je déclaré.

– Tu n'as même pas touché à ton assiette.

– J'ai pas faim.

J'ai remonté l'escalier quatre à quatre et j'ai avalé une moitié du vieux sandwich d'hier qui traînait encore au fond de mon sac. Je me suis sentie beaucoup mieux.

Sur le chemin du théâtre, j'ai contemplé cette belle journée de printemps et prié pour l'arrivée d'un ouragan.

La comédie musicale. La dernière représentation.

Je sais que c'est nul de se vanter, et je me garderais bien de le faire à voix haute, mais c'est une victoire énorme pour moi d'avoir décroché le rôle principal en tant qu'élève de première année. Je crois que ça n'était jamais arrivé dans ce lycée. Et ce n'est pas comme si je montais sur les planches depuis l'âge de cinq ans. Avant cette année, je n'avais jamais osé chanter devant qui que ce soit hormis mes parents.

Maman et moi avons toujours eu un lien très fort, comme si on pouvait communiquer par télépathie. J'ai pensé : « C'est la dernière, c'est moi la star, c'est mon anniversaire. Elle viendra. »

Quel soulagement de me retrouver sur scène. J'ai bien assuré alors que ma vie entière s'écroulait autour de moi. Peut-être ma Maria était-elle un peu plus triste que d'habitude, ce soir-là. Je n'arrêtais pas de me dire : « C'est la dernière fois qu'on chante tous ensemble assis sur ce lit. C'est la dernière fois que je sautille pardessus Liesl. C'est la dernière fois que je porte cette robe de mariée. C'est la dernière fois que j'embrasse Josh. » Dans les coulisses, tous les membres de la troupe se sont étreints longuement, une manie typique des théâtreux passionnels et mélodramatiques, mais ça ne m'a pas dérangée.

Pendant les applaudissements, j'ai enregistré chaque détail pour m'en souvenir longtemps. La texture du rideau entre mes doigts. Le tissu rêche de ma cape. La chaleur des spots. Mes partenaires sur scène, en train de sourire au public. Le son des acclamations et des applaudissements. Le nœud dans mon ventre en attendant le moment d'aller saluer à mon tour. Josh qui se tournait vers moi en souriant, le bras tendu, m'invitant à courir le rejoindre sur scène. La lumière aveuglante au centre du plateau. La masse sombre des spectateurs sur leurs fauteuils. Maman parmi eux, quelque part, impossible à détecter dans la pénombre, mais bien présente.

Je m'inclinais pour saluer quand j'ai distinctement entendu huer dans le public. « Qui se fait huer comme ça ? » ai-je pensé. Une fois. Deux fois. Soudain, les huées ont résonné de partout. Pas au point de recouvrir les applaudissements, mais assez fortes pour que tout le monde les entende. Une voix masculine s'est écriée :

– Tu pues, Chloe Snow !

Rires.

– Salope ! a renchéri une voix féminine.

J'étais à deux doigts de courir me réfugier dans les coulisses quand Mlle Murphy a surgi de derrière le rideau. Avait-elle l'intention de les faire taire ? Ça ne ferait qu'empirer la situation. Mais non. Elle s'est approchée de moi, s'est tournée face au public et a fait une profonde révérence. Leo s'est précipité vers elle avec un gros bouquet de fleurs. Elle a reculé, pris ma main dans la sienne et l'a levée en l'air pour qu'on s'incline toutes les deux.

Le rideau s'est fermé et tout le monde s'est embrassé. Je me suis tournée vers Mlle Murphy. Nos regards se sont croisés. Avais-je déjà examiné son visage, pour de vrai ? Il est étroit, comme le museau d'un cheval. Elle a le teint très pâle et les yeux vert clair, mais elle ne cherche même pas à se maquiller pour les mettre en valeur, ce que je ferais pourtant si j'étais à sa place.

– Bravo, a-t-elle déclaré. Excellent travail.

J'ai failli lui répondre « je vous hais » ou « vous ne serez jamais ma belle-mère », voire rien du tout, mais je me suis contentée de lui dire « merci » d'un ton plat avant de tourner les talons.

Dans les loges, c'était la folie furieuse. Tout le monde pleurait et s'embrassait pour la centième fois en disant : « Je n'arrive pas à croire que c'est fini. » Je sentais le poids des regards sur moi. Bernadette et sa clique chuchotaient dans un coin, éclataient de rire, chuchotaient à nouveau, éclataient de rire, etc. « Elles ne sont peut-être pas en train de parler de toi, ai-je tenté de me rassurer dans mon for intérieur. Ne sois pas aussi nombriliste. »

Je m'efforçais de me focaliser sur cet instant mémorable de mon existence, d'enregistrer les odeurs, les images et les sons, et surtout de penser à mes retrouvailles avec maman quand j'aurais fini de me changer, mais j'étais trop obsédée par les huées du public. Je me sentais misérable et je luttais tellement pour ne pas pleurer que j'en avais des crampes d'estomac. Tris est venu me voir, mais je lui ai dit :

– Une seconde, je cherche mes épingles à cheveux, avant de fouiller frénétiquement le contenu de ma trousse à maquillage, car je savais que s'il prononçait la moindre parole de réconfort, ou qu'il prenait juste un air compatissant, j'éclaterais en sanglots.

Hannah est venue nous rejoindre.

– Félicitations ! Heu, tiens, c'est pour toi.

À en juger par son expression et le ton de sa voix, elle n'était pas au courant de ce qui s'était passé dans les carrières. Elle m'a tendu une enveloppe rose pâle avec mon prénom inscrit en lettres énormes, une petite blague entre nous depuis le CE1.

Je l'ai remerciée.

– Tout va bien ? m'a-t-elle demandé.

J'ai fait oui de la tête.

– C'était bizarre, à la fin. Sûrement des terminales qui avaient trop bu. Ils ont décidé de s'en prendre à toi parce qu'ils ont vu dans le programme que tu avais le rôle principal. Tu ne crois pas ?

L'espace d'un instant, j'ai envisagé cette hypothèse. Si ça se trouve, les huées n'avaient rien à voir avec Mac, l'incident aux carrières et Bernadette ! Il n'y avait aucune preuve à cela, après tout. Aucune ! Sauf que... non. Bien sûr que c'était lié. Seul un psychopathe irait traiter une fille de salope ou la huer sans raison. Comment pourrait-il y avoir autant de psychopathes dans un même lycée ?

– Peut-être, ai-je lâché du bout des lèvres.

– En tout cas, je suis désolée que ça te soit arrivé. N'y pense plus, OK ?

Et si je lui avouais tout, enfin ? « Je suis amoureuse de Mac et on est sortis ensemble en secret. Hier soir, j'ai trop bu et je l'ai embrassé sur la bouche devant tout le monde. »

Elle me dévisageait d'un air inquiet.

– Tu as raison, j'ai dit.

– Tu fais quelque chose pour ton anniversaire ?

On a toutes les deux regardé par terre. Je ne me souvenais pas d'avoir passé un seul de mes anniversaires sans elle.

– Heu… on devait aller manger un morceau chez Wendell's, mais je me sens pas en super-forme. Je crois que je préfère rentrer chez moi et dormir.

– OK. Bon anniversaire, Chloe.

Elle m'a prise dans ses bras, et je lui ai tapoté le dos. Quand elle s'est éloignée, j'ai failli la retenir pour lui dire quelque chose. Mais quoi ? « Pourquoi avons-nous cessé d'être amies ? Tu crois qu'on peut redevenir comme avant ? Si tu savais la vérité, me détesterais-tu ? Est-ce que le fait de mal agir fait de vous une mauvaise personne ? »

Pour la dernière fois, j'ai quitté mon costume de scène et me suis changée pour aller retrouver mon père. Mon cœur battait la chamade. Maman se tiendrait-elle à ses côtés ? Comment serait-elle habillée ? Accourrait-elle vers moi, ou attendrait-elle que je vienne à sa rencontre ? Des dizaines de parents se pressaient dans l'auditorium, prenaient des photos et offraient des bouquets de fleurs à leur progéniture. J'ai mis une bonne minute à retrouver papa. Il se tenait au premier rang, les yeux rivés sur scène comme s'il s'attendait à ce que le spectacle recommence. Il était seul.

– Je suppose que maman n'est pas juste allée faire un tour aux toilettes ? ai-je déclaré d'emblée.

Il a secoué la tête et tenté de poser sa main sur mon épaule. Je me suis dégagée.

– Je suis désolé, ma puce.

Au même moment, Tris nous a rejoints, si bien que j'ai pu changer de sujet.

– On peut laisser tomber Wendell's ? ai-je demandé.

– Bien sûr, a répondu Tris.

Mon père m'a demandé si j'étais sûre de vouloir fêter mon anniversaire à la maison. Je lui ai assuré que oui.

On a fait tous les trois comme si de rien n'était. C'est idiot, j'aurais pu parler à mon père, ou à Tris, mais je ne pouvais pas le faire s'ils étaient là en même temps. Étrange, non ?

J'ai quand même eu de super-cadeaux. De la part de Tris, du vernis à ongles pailleté et un livre de Nina Stibbe intitulé *Journal d'une nounou*. De la part de mon père, un iPad : je me suis sentie à la fois gâtée, hyper-contente et énervée parce qu'il ne s'imagine quand même pas qu'il peut acheter mon pardon ? (Mais bon, c'est un iPad ! Ça pourrait aussi bien être une voiture, peu importe : il trompe maman depuis des années si ça se trouve.) J'ai dit :

– Merci beaucoup, j'adore mes cadeaux, ils sont trop beaux, j'en ai de la chance ! comme je l'aurais fait en temps normal, et ils ont fait comme si de rien n'était eux aussi.

Et papa a sorti une surprise du frigo : des cupcakes au chocolat avec glaçage au beurre de cacahuètes.

Enfin, j'ai pu faire ce dont j'avais rêvé toute la soirée : monter dans ma chambre pour discuter avec Tris. Il s'est allongé sur mon lit, moi, par terre.

– Ma mère n'est pas venue, j'ai dit.

– Ouais. Ça craint. Tu lui en veux ?

– Je suis sans doute un peu égoïste de m'attendre à ce qu'elle prenne l'avion pour venir me voir au moindre petit truc. Elle vit dans un autre pays. Temporairement, je veux dire.

– Mais c'est ton anniversaire, quand même.

J'ai attendu que mes yeux cessent de me piquer avant de changer de sujet :

– Je suis vraiment désolée d'avoir autant picolé hier soir.

– Tu n'as pas à t'excuser, Chloe, mais tu imagines si je n'avais pas été là ? Tu aurais pu te faire violer ou renverser par une voiture !

J'ai roulé des yeux.

– Mais si ! a-t-il insisté.

– OK. T'as raison.

J'ai plié mon bras devant mes yeux pour ne pas voir sa tête pendant que je posais la question suivante :

– À ton avis, le truc, ce soir, au théâtre… c'est à cause de ce qui s'est passé hier ?

Silence. J'ai déplié mon coude pour guetter sa réaction. Il semblait troublé, se mordillait le pouce.

– Tu penses que c'est ça, hein ?

Il m'a regardée.

– Quoi ? j'ai dit. Qu'est-ce qui ne va pas ?

– J'ai entendu Bernadette parler à Ambreen.

Mon cœur s'est changé en glaçon.

– Répète-moi exactement ce qu'elle disait.

– Je ne crois pas que…

– S'il te plaît. Rends-moi ce service. Je m'imaginerai des choses bien pires si tu ne me dis rien.

Il a soupiré.

– Je me tenais derrière la porte des loges des garçons,

et elles près du stand de maquillage juste dehors. Bernadette a dit, genre :

– J'ai tout vu. Ils se léchaient la figure.

– C'est faux, Mac ne m'a même pas rendu mon baiser !

– Tu vas me laisser parler, oui ou non ? Ambreen a demandé si Sienna était au courant, et Bernadette a répondu : « Bien sûr, je l'ai tout de suite prévenue par SMS. J'ai hésité, mais tout le monde avait été témoin de la scène, donc elle aurait fini par savoir de toute manière, et il valait mieux qu'elle l'apprenne par sa meilleure amie. Mais elle savait déjà. Mac lui a tout avoué et lui a demandé pardon. Il a dû déconner plus d'une fois avec Chloe, j'imagine. Il lui a juré que c'était une erreur, mais une erreur utile, parce que ça lui avait permis de comprendre qu'il aimait Sienna plus que tout au monde. Romantique, non ? Sienna a pleuré et hurlé pendant une heure, mais elle n'a pas eu le courage de rompre. Elle l'aime trop. Enfin bref, tu te rends compte qu'il l'a trompée avec cette vulgaire gamine de rien du tout ? »

Tris était à fond dans son rôle. Son imitation de la voix aigrelette de Bernadette était parfaite. Mais il en faisait un peu trop. Après avoir lâché « vulgaire gamine de rien du tout », il a plaqué sa main sur sa bouche.

– Quoi d'autre ? ai-je demandé. Je veux tout savoir.

– C'est tout, a-t-il conclu. Là-dessus, on a entendu sa mère klaxonner dehors.

Une fois seule dans ma chambre, j'ai ouvert ma boîte à trésors (en réalité, c'est un carton à chaussures couvert de photos que j'ai découpées dans le magazine *Vogue* de ma mère quand j'avais onze ans) et j'ai sorti le lapin en porcelaine de ma mère, celui qu'elle m'a offert avant de partir. Il est assis sur son arrière-train, l'air inquiet, et si on le tient assez longtemps, il vous réchauffe la main.

Il aime Sienna plus que tout au monde. Je n'étais qu'une erreur. Je n'existe pas.

Mardi 24 mai

Je m'attends à tout moment à ce que quelqu'un m'enferme dans mon casier ou m'enfonce la tête dans la cuvette des toilettes mais, pour l'instant, rien à signaler. Bernadette me jette des regards assassins dans le couloir – l'œil mauvais, les narines retroussées – et j'ai surpris des terminales en train de me jeter des coups d'œil en chuchotant. Mais je suis sans doute parano.

Mercredi 25 mai

Mon cœur est décédé.

Mac m'a appelée. Je n'avais jamais été aussi heureuse de voir le nom de quelqu'un apparaître sur l'écran de mon portable. Il m'a dit qu'il avait appris ce qui s'était passé à la fin de la dernière représentation.

– Je tiens à ce que tu saches que Sienna n'y est pour rien. Je parie que c'est un coup de Bernadette.

– Pourquoi me parles-tu de Sienna sur ce ton ?

– Sur quel ton ?

– Genre… gentil.

Il y a eu un silence.

– Écoute, Chloe, t'es une fille géniale…

J'ai fondu en larmes et écarté mon téléphone de ma bouche pour ne pas qu'il m'entende.

– Tu me fais rire, a-t-il poursuivi. Tu sais que je te trouve hyper-jolie. Mais on doit arrêter de se voir. C'est déloyal envers Sienna. On est ensemble.

– Quand...

Je me suis pincé la jambe le plus fort possible pour m'obliger à arrêter de pleurer.

– C'est à cause de ce qui s'est passé l'autre soir? Je regrette tellement! J'avais beaucoup trop bu. J'ai appris quelque chose de... Peu importe. Je ne recommencerai plus jamais. Tout peut redevenir comme avant.

– Ne t'inquiète pas pour l'autre soir. Là n'est pas le problème.

– Alors quoi?

– J'ai juste compris que je devais me montrer honnête.

– Mais d'où vient ce changement?

– Je ne devrais sans doute pas te le dire... Ça me fait bizarre de ne plus pouvoir parler de tout avec toi.

– Mais non, tu peux tout me dire!

– J'ai fait l'amour avec Sienna le soir du bal de promo. Pour la première fois, je veux dire. Depuis, on n'arrête pas. C'est génial. Ça m'a vraiment rapproché d'elle. Je sais que ça peut paraître idiot, mais c'est la vérité.

– Ah.

– Je savais que j'aurais dû garder ça pour moi...

– Non, tu as bien fait.

– Écoute, elle m'attend, alors je vais devoir raccrocher, OK? Mais on se reverra pour discuter de tout ça, promis. T'es la meilleure. Ne change rien.

Jeudi 26 mai

Mac m'a saluée de la main en me croisant dans le couloir. Un geste poli, comme quand on voit sa vieille voisine dehors en train de promener son chien et qu'on lui fait signe. C'est son avant-dernier jour de présence. Demain, c'est le concours de déguisement des terminales. Après ça, ils seront libérés du lycée pour toujours. J'avais mal dans la poitrine. Je suis allée voir l'infirmière. Elle a pris ma température et déclaré :

– Tu n'as pas de fièvre.

Elle est grosse et moelleuse comme un pain de mie humain. Elle se tenait si près de moi que je sentais son souffle sur ma joue. J'aurais bien aimé lui faire un câlin, mais je me suis dit qu'elle trouverait ça bizarre. Elle m'a autorisée à me reposer un moment. Je me suis allongée sur le dos et mes larmes ont coulé dans mes oreilles.

Vendredi 27 mai

JE VEUX BRÛLER CE MAUDIT LYCÉE ET TOUTES CES SALETÉS DE TERMINALES AVEC.

Samedi 28 mai

Maman,

Est-ce qu'on pourrait se parler par Skype ? Je t'en supplie ! Désolée si j'ai l'air d'une folle mais je t'ai laissé des messages partout et tu n'es joignable nulle part et j'ai vraiment vraiment vraiment besoin de ton aide, OK ?

Dimanche 29 mai

Je mérite peut-être ce qui m'est arrivé vendredi. Oui, c'est même certain.

Bernadette s'était déguisée en moi. Quand je l'ai vue dans le couloir, j'ai pensé: «Tiens, on a les mêmes baskets à fleurs», et tout à coup j'ai compris. Elle s'est fait une queue-de-cheval, ce qui était absurde puisque je n'en porte jamais, mais je crois que c'était une blague pour me traiter de gamine. Elle m'a souri d'un air narquois avant de lâcher:

– Qu'est-ce que tu penses de mon déguisement? avec une petite voix acidulée censée m'imiter.

Comme je restais plantée là, bouche bée, elle a tourné les talons et s'est éloignée en remuant des fesses. Toute la journée, des gens sont venus me demander si j'avais vu Bernadette. Des gens auxquels je n'avais jamais adressé la parole de toute ma vie! Certains avaient l'air de trouver ça très drôle, d'autres faisaient semblant de s'inquiéter pour moi.

Après le déjeuner, l'une des copines de Sienna m'a lancé:

– Salut, pétasse.

Je ne lui avais jamais adressé la parole, mais quand on est en première année – comme moi –, on sait tout de la vie des terminales. C'était Riley Isaacson. Signes particuliers: pratique la danse classique, porte toujours un chapeau mou (même en classe), aime faire le grand écart sur son mec quand ils font l'amour (en l'écrivant, je me rends compte qu'il doit s'agir d'une rumeur débile propagée par un imbécile). Bref, quand elle m'a dit ça, j'étais toute seule alors qu'elle était entourée de ses copines, qui ont pouffé de rire en se prenant par les coudes. Elle m'a souri et s'est tournée vers elles, l'air très contente d'elle-même. Les autres élèves présents dans le couloir (ceux qui n'étaient pas en terminale) ont interrompu leurs conversations pour me dévisager. Je les voyais presque en train de twitter dans leur tête.

Durant le concours de déguisement, auquel tout le lycée était censé assister, j'ai vu Mac et Sienna papoter et rire ensemble. Il portait un jean et son maillot de foot américain tandis qu'elle était déguisée en Finn, le personnage d'*Adventure Time*. Même pas une version sexy : elle portait un simple bermuda en jean, un tee-shirt bleu, un sac à dos vert et un bonnet en moumoute blanc par-dessus ses cheveux. Elle était encore plus belle habillée en garçon que toutes les autres filles avec leurs faux cils et leurs décolletés plongeants. Mac a tiré sur son bonnet, et elle a ri en faisant semblant de le repousser.

Plus tard, sur le chemin de la maison, une voiture de terminales m'a dépassée et quelqu'un m'a aspergée avec un pistolet à eau depuis la vitre arrière. J'ai entendu des acclamations et des éclats de rire, mais ils roulaient trop vite pour que je voie leurs visages. Quand la voiture s'est éloignée, j'ai soulevé mon tee-shirt pour le renifler et m'assurer que c'était bien de l'eau. C'était de *l'urine*. Arrivée à la maison, j'ai balancé mes fringues à la poubelle avant de prendre une douche (et de pleurer toutes les larmes de mon corps sous le jet d'eau chaude, mais est-ce utile de le préciser ?). Puis j'ai récupéré mes vêtements dans la poubelle et je les ai lavés. Ce ne sont que quelques gouttes de pipi, après tout. Et c'est maman qui m'avait offert ce tee-shirt.

Je suis devenue la risée du Net. Certaines personnes me citent nommément, d'autres se limitent à de simples allusions, et j'imagine qu'un tas d'autres gens parlent de moi sur des blogs dont je ne connaîtrai jamais l'existence, Dieu merci. J'ai passé toute la soirée sur mon téléphone à actualiser les nouveaux statuts. Chaque fois que j'en découvrais un nouveau, mes traits se figeaient.

leçon du jour, ne pas draguer les terminales #cassetoisalepouffe

le meilleur déguisement de toute l'histoire !!!!

Bernadette ton costume était canon !

merci c'était pas évident de me transformer en mini-conne lol

se moquer des premières années, c'est mal ? parce que HA HA HA HA HA HA

désolée de le dire, mais cette salope n'a eu que ce qu'elle mérite

moi j'assume de dire ce que je pense : chloe, t'es moche et t'es qu'une pute et tout le monde le sait

Il y en avait des millions d'autres comme ça. Silence radio de la part de Sienna – enfin, à propos de moi. Heureusement, je suis tombée sur ce message, signé de Josh :

Je suis écœuré par l'esprit de vengeance, l'esprit mal tourné et l'hypocrisie de mes condisciples. Que celui qui n'a jamais péché jette la première pierre.

Je lui ai aussitôt envoyé un SMS :

Merci pour ton soutien.

De rien, j'aimerais tant pouvoir t'aider.

Tu sais si des terminales s'amusent à asperger des premières années avec de la pisse ? T'as entendu parler de ça ?

Non. Ça t'est arrivé à toi ?

Laisse tomber.

Chloe, ça ressemble fort à du harcèlement. Je te conseille vivement de contacter la direction du lycée pour lui raconter ton calvaire.

Hum, peut-être.

Mais c'est hors de question, évidemment. C'est bien tout ce dont j'ai besoin : que le proviseur ou je ne sais qui convoque Bernadette dans son bureau pour lui dire que j'ai cafté. Personne n'aime les balances.

C'est le pire sentiment qui puisse exister, savoir que tout le monde parle de vous et vous déteste. Je n'en dors plus. Je suis épuisée, mais quand je me couche, mes muscles se crispent et mon cerveau turbine à cent à l'heure. « Relax, relax, j'essaie de me dire. Pense aux vacances. Imagine que tu descends le petit chemin qui mène à la plage. Les marches en bois. Les mouettes qui planent dans le ciel. La chaleur du soleil sur ta nuque. » Ça marche le temps d'une seconde, jusqu'à ce que je repense à cette fille qui m'avait traitée de salope ou à l'expression de Mac quand je lui avais sauté au cou dans les carrières. Je roule sur le côté pour trouver une position plus confortable, mais mes draps s'entortillent et me tiennent trop chaud. Je finis par m'endormir pour me réveiller en sursaut au milieu de la nuit et me précipiter sur mon téléphone. Il est posé là, juste à côté de mon lit, et les gens y parlent de moi en chuchotant. Comment pourrais-je ignorer ce qui s'y passe ? Mais quand je vais voir, c'est encore pire que ce que j'imaginais et il me faut des heures pour retrouver le sommeil, après.

Papa n'arrêtait pas de me demander ce qui n'allait pas. J'ai fini par craquer et tout lui raconter. Il a été adorable. Pourquoi se rend-il si difficile à haïr ?

Lundi 30 mai

Pas de cours – c'est jour férié. Enfin une bonne nouvelle, la seule depuis des semaines.

Dès mon réveil, j'ai vérifié mon fil d'actualité et vu six nouvelles mises à jour. Un torrent d'insultes, bien évidemment. Et là, d'un coup, un déclic s'est opéré en moi : j'ai supprimé tous mes comptes. Yik Yak, Snapchat, Instagram, la totale. J'ai eu l'impression de gonfler un ballon à l'hélium et de m'envoler tout doucement dans le ciel. Quand j'ai terminé, le silence régnait dans ma chambre. Les gens parlaient toujours de moi, mais je ne les entendais plus.

Problème : comment saurai-je ce qu'ils disent de moi ??? Comment savoir si le hashtag #chloesalope ne devient pas un sujet en hausse ?

Non. Non ! Sois forte. Ne te reconnecte pas.

Après le petit déjeuner, j'ai enfin chopé maman sur Skype. Elle était partie faire un voyage dans le désert pour les besoins de son livre et venait à peine de rentrer. Je lui ai raconté toute l'histoire avec Mac : l'invitation au bal de promo, les carrières, la dernière représentation, le concours de déguisement des terminales. Sa réaction :

– Les *monstres*. Comment ont-ils *osé* faire une chose pareille ? Tu n'as rien fait de mal. Rien du tout. Sauf si c'est un crime d'avoir quinze ans et des hormones, auquel cas il faudrait envoyer tous les adolescents de l'univers en prison ! Tu verras quand tu auras vingt ans. Toutes ces imbéciles seront coincées dans leurs banlieues à changer des couches pendant que tu feras le tour du monde et que tu rencontreras un tas d'hommes fascinants.

Ouais !!

Demain, retour au bahut. Comment vais-je survivre ? Je pourrais sécher, mais je ne peux pas non plus rester terrée chez moi jusqu'à la fin des temps. Et si je ne me pointe pas, les gens vont croire que Sienna m'a assassinée et/ou que je me suis suicidée.

Comment est-ce que je vais bien pouvoir m'habiller ? J'ai honte de toutes mes fringues, comme si elles faisaient partie du déguisement de Bernadette. Mon tee-shirt couleur barbe à papa. N'importe quoi avec des fleurs dessus. Mon pull avec les dinosaures qui s'embrassent. Je suis un peu vieille pour porter ce genre de trucs. Ils ont bien raison de se moquer de moi, finalement. Je suis excentrique et immature. Et sans doute une mauvaise personne. Non pas que je me compare à eux, mais après tout les types de Daech sont sûrement très contents d'eux-mêmes.

Mardi 31 mai

J'avais oublié : les terminales ne retournent plus au lycée. Aucun d'eux n'était là aujourd'hui – ni Bernadette, ni Mac, ni Sienna, ni Riley. Les premières se pavanaient dans les couloirs en savourant leur supériorité nouvelle. Tout le monde me regardait en chuchotant. Une nana de troisième que je ne connaissais même pas est venue me dire :

– Tu te sens bien ? Si les gens parlaient de moi comme ça, je me tailladerais les veines, sérieusement.

Ce qui était à la fois sympa et dégueulasse de sa part. Je sentais le poids des regards dans mon dos en classe. Mais au moins, je n'avais pas à m'inquiéter à l'idée qu'un terminale allait me frapper dans le couloir ou m'éclater les dents contre la fontaine à eau pendant que je me penchais pour boire (allez savoir pourquoi, quand je me réveille à 3 heures du matin, ce sont ces visions qui me viennent à l'esprit).

Tris est venu me chercher à la fin des cours et m'accompagner à mon casier. Il m'a emmenée bras dessus, bras dessous en me racontant des trucs d'une voix forte et en rejetant la tête en arrière pour rire aux éclats chaque fois que j'ouvrais la bouche, ce qui n'arrivait pas souvent. En gros, il essayait de convaincre les gens qui m'épiaient du coin de l'œil que tout allait bien et que j'étais encore vivante. Je l'ai remercié à la fin de la journée, mais j'étais trop timide pour employer les bons mots. Ce que j'aurais dû lui dire, c'est: « Merci de m'avoir soutenue au pire moment de ma vie. »

Mercredi 1er juin

« Lapins, lapins. » Mais à quoi bon?

Jeudi 2 juin

Il changera d'avis. C'est obligé. Il ne veut pas vraiment être avec elle. Son esprit est perturbé parce qu'il a sombré dans un coma sexuel. Au bout d'une ou deux semaines, il se souviendra de toutes les raisons pour lesquelles il m'aime. Oui, elle est belle, mais elle est ennuyeuse. Moi, je le fais rire! Le sens de l'humour est bien plus important que la longueur des jambes. Quand tout le monde aura oublié ces dernières semaines, il se pointera devant chez moi avec sa camionnette et me dira qu'il est désolé d'avoir commis une telle erreur.

Vendredi 3 juin

Je le déteste à cause de ce qu'il m'a fait. M'inciter à tomber amoureuse de lui pour me planter là et m'abandonner.

Samedi 4 juin

Tout est de ma faute. C'est moi qui l'ai obligé. Si seulement je ne l'avais pas agressé sexuellement devant tous ses amis ! Si seulement je n'avais pas été aussi jalouse de Sienna ! Oh, et si seulement je ne l'avais pas toujours textoté en premier ! Je suis pathétique et désespérée.

Dimanche 5 juin

Je n'aimerai jamais personne comme lui. Je suis sûre que je rencontrerai plein de garçons qui me correspondront davantage, et que je finirai même par épouser quelqu'un de plus intelligent et de plus gentil que lui. Mais personne ne me fera ressentir ce que j'ai ressenti pour lui.

Lundi 6 juin

La douche est une bonne planque pour pleurer. Le ruissellement de l'eau chaude est d'un tel réconfort. Et ça essuie les larmes, en plus.

Mardi 7 juin

Je me suis fait le serment de ne plus adresser un regard ou une parole à Mlle Murphy jusqu'à la fin de l'année, mais je dois encore la supporter en cours d'anglais. On étudie *Gatsby le magnifique*. Aujourd'hui, quelqu'un a déclaré qu'il ne comprenait pas pourquoi

Gatsby aimait autant Daisy alors qu'elle n'a rien d'extraordinaire. Je mourais d'envie de lever le doigt pour répliquer: «Justement, on tombe plus facilement amoureux d'une personne sans la connaître, puisqu'on tombe amoureux d'un être qu'on a inventé», mais je me suis retenue. Je n'ai pas l'impression que papa continue à voir Mlle Murphy, à moins qu'il le fasse pendant ses heures de bureau. Il reste à la maison tous les soirs, en ce moment.

Mercredi 8 juin

Je me sens tout le temps triste. Comme si je portais un énorme chapeau très laid. Parfois, je n'y pense plus pendant un moment, puis je l'aperçois du coin de l'œil et je me dis: «Ah oui, c'est vrai, mon gros chapeau de tristesse.» Mac. Maman. Papa. Mlle Murphy.

Pendant une poignée de secondes, quand je me réveille, je ne me souviens de rien. Puis je bouge la tête et ça me revient. Je porte le chapeau.

La présence de Tris m'aide beaucoup. Tapoter sur mon téléphone aussi. Mais même quand la journée s'est bien passée, je me retrouve seule dans mon lit le soir avec mes pensées.

Jeudi 9 juin

La plupart des trucs que j'ai lus à ce propos sur Internet disent que la vie sentimentale de vos parents ne vous concerne pas. Certains disent que si vous appreniez que votre ami Joe était trompé par sa copine, vous devriez d'abord vous demander: «Si j'étais Joe, j'aimerais être au courant?» et que si la réponse à cette question est oui, alors dites-le-lui.

Maman est peut-être déjà au courant ! Si ça se trouve, papa lui a avoué son aventure avec Mlle Murphy. *Si ça se trouve*, ils ont un mariage « libre » (beurk, vomi, suicide, rebeurk). Ou alors papa la trompe depuis qu'ils sont mariés. Ça expliquerait leurs disputes. Ça expliquerait les achats compulsifs de maman sur Internet, pourquoi elle picolait seule à la maison et lui hurlait dessus s'il avait le malheur de ne pas se déchausser en rentrant : elle lui en voulait parce qu'il la trompait. Et elle lui avait peut-être posé un ultimatum du genre : « C'est ta dernière chance. Je pars quelques mois au Mexique pour que tu réalises à quel point tu as besoin de moi. Ressaisis-toi avant qu'il soit trop tard. » Peut-être est-elle partie exprès sans moi pour lui montrer qu'il ne s'en sortirait pas en tant que père célibataire. C'était sa façon à elle de sauver leur mariage ! Elle a fait ce sacrifice alors que je lui manque terriblement.

Vendredi 10 juin

Ce soir, j'ai ressorti ma boîte à trésors de mon placard. J'ai posé le lapin de maman sur mon genou et j'ai parcouru tous mes souvenirs de Mac.

* le bracelet du bal de promo
* le baume à lèvres à la cerise qu'il m'empruntait tout le temps
* un petit mot qu'il m'avait écrit sur une page de bloc-notes et glissée dans mon casier pour me remercier de l'avoir aidé à faire un devoir d'anglais : « Chloe t'es géniale. Merci de m'avoir sauvé la vie, t'es trop mignonne. Tu me fais sourire fillette. Bisous. »
* une barre chocolatée qu'il m'avait offerte un jour

* une photo de lui en train de rattraper le ballon, découpée dans le journal local après le match de Thanksgiving

Cette boîte à trésors est la deuxième chose que je sauverais lors d'un incendie, juste après Snickers.

Samedi 11 juin

Papa regardait un film d'espionnage tout seul, et j'ai craqué. C'est déjà assez déprimant d'être chez soi le samedi soir sans que votre père vous balance sa solitude en pleine figure. J'ai fait irruption dans le salon, et j'ai dit :

– T'es pas obligé d'être là tout le temps, tu sais.

Il a levé les yeux vers moi.

– Hein ?

– Tu annules tous tes rendez-vous exprès pour que je n'aie plus aucune raison de te détester. Tu es constamment à la maison. Tu ne vas même plus faire les courses.

Il a éteint la télé.

– Non, n'éteins pas. J'ai aucune envie d'avoir une grosse discussion maintenant, tout de suite.

– Laisse tomber. C'était naze de toute manière. Je vois un peu moins… Mlle Murphy ces derniers temps.

Il s'est tapoté le front avec la télécommande.

J'ai pensé qu'il valait mieux, comment dire… ralentir un peu les choses entre nous.

– Oh non, papa, mais c'est pire !

– Pire que quoi ?

– Je ne veux pas me sentir responsable de ta vie sentimentale répugnante ! Je refuse d'être la personne qui t'empêche d'entretenir une… une *liaison.*

– Tu n'empêches rien du tout. C'est ma décision, a-t-il rétorqué.

J'ai gardé le silence.

– Ça te dirait de regarder ce film débile avec moi en mangeant du pop-corn ? On peut le reprendre au début, si tu veux.

– Non merci.

Je me serais bien laissé tenter par le pop-corn – il le fait lui-même avec une tonne de beurre, miam –, mais je ne pouvais pas m'empiffrer avec lui sur le canapé après ce qu'il avait fait. Ça m'est égal qu'il ait largué Mlle Murphy (si c'était bien la vérité). Il a quand même trompé ma mère.

Dimanche 12 juin

Mac. Je pense à lui sans arrêt. Comment il tapait dans ses mains et regardait le ciel quand je le faisais rire. Le goût de sa langue (sans doute le même que celui de la nourriture au paradis). Ses muscles. Ses cils. À sa manière de me regarder dans sa camionnette. À sa manière de me toucher dans sa camionnette.

Lundi 13 juin

On sortait de classe après le cours d'anglais quand Mlle Murphy m'a demandé :

– Chloe, tu veux bien rester une minute ?

J'ai obéi – je ne voyais pas comment faire autrement. Une fois tout le monde parti, elle est venue s'asseoir à côté de moi, à une table voisine. On regardait toutes les deux droit devant nous, comme s'il y avait un prof invisible à l'avant de la salle.

– Je tenais à te dire à quel point je suis désolée.

J'ai trahi ta confiance. Rien ne saurait excuser ma conduite.

Elle avait raison. Rien. Elle avait tenté de détourner un homme marié. C'était une voleuse immorale, comme Abigail Williams dans *Les Sorcières de Salem*. Elles sont exactement pareilles: elles ne comprennent pas qu'on ne peut pas s'emparer de la personne qu'on veut comme on arrache la feuille d'un arbre. La feuille appartient à l'arbre. L'arbre appartient à la feuille. Abigail et Mlle Murphy sont deux enfants gâtées qui ne se soucient que d'elles-mêmes et de leurs petits plaisirs mesquins.

Je sais que j'ai essayé de voler Mac à Sienna, mais c'est différent. Je suis une ado. Et Mac aurait dû être *mon* arbre.

– Chloe? Tu souhaites dire quelque chose?

J'ai baissé les yeux vers mes mains, qui étaient serrées à m'en faire mal.

– Vous inquiétez pas pour ça, j'ai marmonné. C'est pas grave.

Là-dessus, je me suis levée et je suis sortie de la salle sans la regarder.

Mardi 14 juin

Je croyais que les gens se lasseraient de parler de moi au bout d'un moment, mais toujours pas. Ils continuent à me regarder et à échanger des messes basses sur mon passage. Aujourd'hui, une fille de première que je ne connais pas m'a crié: «Eh, Chloe la salope!» sur le parking après les cours, donc j'imagine que le slogan est encore à la mode. Je n'ai réactivé aucun de mes comptes sur les réseaux sociaux, mais je suis sûre qu'on parle aussi de moi sur le Net. C'est très reposant de ne plus avoir de profils. J'ai l'impression de vivre dans les temps anciens. Forêts de pins, chants d'oiseaux et adolescentes qui se disent des méchancetés en face.

Mercredi 15 juin

Les cours continuent, encore et encore, et s'étendent à l'horizon telle une ligne droite interminable. Pourquoi me réjouissais-je lorsqu'il neigeait ? Il faut rattraper le temps perdu quand le printemps revient. Quelle idiote j'étais.

Jeudi 16 juin

Échange sur Skype avec maman. Elle est apparue à l'écran, assise dans son appartement, un foulard vert sur ses cheveux, en train de caresser son affreux chien sur ses genoux et en expliquant son admiration pour Faulkner et les récits à la première personne. Je n'arrivais pas à l'écouter. J'avais de la peine pour elle.

– Qu'en penses-tu, ma chérie ? m'a-t-elle demandé.

– De quoi ?

– Tu ne trouves pas que le narrateur a un point de vue plus fort que les autres personnages ?

– Peut-être. Maman ?

– Oui ?

– J'ai une question à te poser. Imagine que tu sois au courant d'un truc qui risque de causer beaucoup de chagrin à quelqu'un, mais que cette personne mérite quand même de savoir.

Elle a chassé son chien de ses genoux.

– Où veux-tu en venir, Chloe ?

– Je ne peux pas te le dire car ça concerne une amie et c'est un secret.

– Je n'aime pas les sous-entendus et les secrets.

– Tu penses donc que je devrais lui dire.

Elle s'est calée contre le dossier de sa chaise.

– Si tu veux mon avis, l'honnêteté est un concept surfait. Je crois que les gens avouent parfois certaines choses juste pour soulager leur conscience. Et ce n'est certainement pas à toi d'avouer le secret de quelqu'un d'autre.

– Tu es en colère, on dirait ?

– Pas du tout. J'affirme une opinion.

– Eh bien, merci. Ça m'aide beaucoup.

Vendredi 17 juin

Papa s'obstine à dîner tous les soirs avec moi. C'est pas la joie. Il essaie de me faire la conversation, et je lui réponds d'un ton poli, mais ce n'est pas ma vraie voix. Parfois, j'oublie d'être froide avec lui quand il évoque un sujet intéressant (New York, quel personnage de Jane Austen me ressemble le plus ou encore le cyberharcèlement) et qu'on engage une vraie discussion. Puis je me souviens, je réalise qu'il m'a piégée et je quitte la table, furieuse.

Le pire, c'est quand j'ai une question à lui poser, comme ce soir. Poser des questions, c'est se rendre vulnérable. On demande une faveur, la faveur d'obtenir une information qu'on ne possède pas. J'essaie donc de poser des questions discrètement, sans en avoir l'air.

– J'imagine qu'on n'organisera pas de fête pour le 4-Juillet*, cette année.

– Pourquoi pas ?

* Jour de la fête nationale américaine. (*N.d.T.*)

– Bah, parce que ce serait bizarre sans maman, non ?

– Ça se passera très bien, j'en suis sûr.

Je l'ai fusillé du regard. Je sais ce qu'il insinue. Maman et ses amies n'aiment pas arborer les couleurs nationales alors que papa porte fièrement son tee-shirt du drapeau américain et moi mon short a rayures blanches et rouges et mon débardeur bleu à étoiles blanches. Maman raconte des trucs du genre : « Le patriotisme est le dernier refuge des imbéciles. Je suis entourée de ploucs, même sous mon propre toit ! » C'est une blague. Elle ne nous considère pas comme des ploucs, papa et moi. Elle est fière de notre normalité et de son excentricité.

J'avais envie de dire à papa que non, ça ne pourrait pas se passer bien. Mais j'avais trop peur qu'il annule la fête en croyant me faire plaisir. J'adore la fête du 4-Juillet.

Puis j'ai enchaîné :

– J'imagine que Cape Cod serait *vraiment* trop bizarre sans maman.

Autant balancer toutes mes questions secrètes en une fois.

Il a reposé sa bière.

– Chloe, on ne va pas s'arrêter de vivre, OK ? Je te promets que toutes nos traditions estivales seront respectées. J'ai déjà loué la maison à Cape Cod, juste après Noël. J'aurais dû t'en parler. Je ne pensais pas que ça t'inquiéterait autant.

J'ai acquiescé et me suis efforcée de ne pas trop montrer mon soulagement. C'est agaçant quand on se prend pour un agent secret et que vos parents lisent en vous comme dans un livre ouvert.

Samedi 18 juin

Chère maman,

J'ai bien réfléchi. Papa ne veut pas déménager au Mexique, et je respecte sa décision. Mais pourquoi ne pourrais-je pas venir vivre avec toi ? J'ai trouvé des cours par correspondance, et je n'aurai qu'à apprendre l'espagnol au lycée mexicain près de chez toi. Tu imagines les bénéfices pour mon cerveau si j'apprenais une seconde langue ? Et si papa n'est pas convaincu, on peut toujours lui dire que ça fera bien sur mon dossier d'inscription à la fac. Ma lettre de motivation va cartonner ! Je te promets de ne pas traîner à la maison toute la journée en râlant pendant que tu essaies d'écrire. Tu dois te souvenir que je faisais ça quand j'étais petite, mais j'ai beaucoup changé. Je sais me distraire toute seule, aujourd'hui.

Je vais être honnête avec toi. Je n'en peux plus de cette ville. Je suis devenue la risée de mon lycée. Je sais, tu vas me dire que je ne dois pas y attacher d'importance, mais c'est impossible. J'ai un nœud au ventre tous les jours en allant en cours, et je me réveille en pleine nuit. Et puis, tu me manques. Aide-moi, je t'en prie. Dis-moi que je peux venir habiter avec toi au Mexique cet été !

Dimanche 19 juin

Fête des Pères. J'ai acheté au mien une simple carte toute bête, même pas l'un de ces trucs en relief ou à paillettes qui coûtent 7,99 dollars, et j'ai simplement rajouté « Bisous, Chloe » en dessous du message imprimé.

Aucune réponse de maman pour l'instant. Elle ne doit pas vouloir de moi.

Lundi 20 juin

Chloe Lapin,

Ton e-mail était magnifique. J'ai quelques problèmes à régler de mon côté, mais je te promets de réfléchir à ta proposition et de t'en reparler dès que possible. OK, mon ange ? Je dois filer – je suis archidébordée aujourd'hui –, mais à bientôt.

En lisant ses mots, ma première réaction a été : « Hein, archidébordée ? Elle n'a pas de boulot, aucune responsabilité ! » Mais ça, c'est la mentalité de papa. Ou de Mlle Murphy. Genre, il faudrait se lever à six heures tous les matins, rédiger une liste de tâches pour la journée et partir à la conquête du monde. C'est super quand on est avocat ou directrice d'un club de théâtre dans un lycée débile dont personne n'a jamais entendu parler. Ma mère, elle, essaie de créer de l'art. Pour ça, il faut bien dormir, faire de longues promenades et attendre l'inspiration. On n'a pas de temps à perdre à lire ses e-mails. Bien sûr qu'elle est débordée ! Mais pas d'une manière que les employés de bureau minables et les metteurs en scène ratés peuvent comprendre.

Mardi 21 juin

Peut-être qu'elle ne reviendra jamais. *Sans doute* qu'elle ne reviendra jamais. Elle n'aime pas mon père. Elle m'aime moi, mais pas assez. Pas assez pour supporter de vivre dans un endroit où tout le monde se mêle de vos affaires et où la plupart des autres mères s'intéressent davantage à Pinterest, aux bougies parfumées et à leur nouvelle coiffure qu'à la littérature.

Elle ne peut pas rester au Mexique éternellement.

Je parie que papa et elle vont divorcer et qu'elle ira s'installer… à New York ! Mais oui ! Voilà ce qui va se passer ! Elle publiera son roman, elle vivra à Brooklyn comme elle en a toujours rêvé, elle se rendra à des soirées branchées en compagnie d'écrivains célèbres qui portent des lunettes cool. Je vivrai là-bas moi aussi, avec Tris, et elle m'emmènera le week-end à des événements avec des auteurs à qui elle déclarera : « Je vous présente Chloe, ma fille, ma fierté ; elle fait actuellement des études de théâtre à l'université de New York, mais ça ne devrait pas durer longtemps car tout Broadway va bientôt se l'arracher. » Et tout le monde dira : « Chloe, nous avons tellement entendu parler de toi ! Tu ne voudrais pas nous chanter quelque chose ? » Je protesterai, mais ils insisteront, alors je chanterai *I Get Along Without You Very Well* et tout le monde pleurera d'émotion. Pendant les vacances, je rentrerai voir papa à la maison. Je prendrai le train, la tête posée contre la vitre, et je contemplerai le paysage enneigé d'un air grave. Papa aura les tempes grisonnantes et il nous fera cuire des steaks en écoutant *Nutcracker Suite* de Duke Ellington, comme toujours. Je ne serai pas triste en repartant car… non. Il ne peut pas épouser Mlle Murphy. Tant pis si je me sens coupable au moment de les quitter, Snickers et lui. Il devra mourir seul.

Mercredi 22 juin

Dernier jour de cours. J'avais hâte que ce moment arrive, mais je ne pensais pas éprouver un tel soulagement en rentrant à la maison, en laissant mon sac à dos tomber par terre et en m'allongeant par terre sur le sol de la cuisine. J'ai regardé la lumière du plafond et j'ai senti mes os se transformer en chamallows tout doux. Puis je me suis endormie. À mon réveil, le jour déclinait et Snickers me léchait la figure, sans doute parce qu'il me croyait morte.

Oh, je suis si heureuse! Un bel été s'annonce sans regards en coin, sans ragots ni murmures, sans honte et sans larmes d'autoapitoiement.

Jeudi 23 juin

Tris et moi avons passé la journée allongés devant un ventilateur. Il faisait trop chaud pour faire quoi que ce soit hormis manger des glaces à l'eau. On a parlé du réchauffement climatique et de nos abrutis de parents qui savaient que le monde était en train de fondre et qui ne faisaient rien pour l'en empêcher. Là-dessus, on a fait une liste de tous les trucs qu'on n'aurait plus à faire maintenant qu'on était en vacances d'été:

1. S'arracher à nos cycles de sommeil naturels
2. Se préparer pour le lycée alors qu'il fait encore nuit dehors
3. Porter un foulard et un bonnet en classe pendant le mois de juin à cause de la clim arctique
4. S'efforcer d'être joyeux sous des plafonniers au néon
5. Consulter nos portables en cachette pendant les cours
6. Tâcher de ne pas s'endormir pendant les cours
7. Subir l'humiliation d'être trop jeunes pour conduire

8. Gérer les trahisons, les ragots, les jugements, la terreur, les intrigues de cour et les luttes de pouvoir qui régissent la vie sociale au lycée

Tris m'a dit qu'il viendrait à notre fête du 4-Juillet avec Roy. Cette nouvelle aurait dû me réjouir. J'aime bien Roy, mais on ne se marre pas vraiment ensemble. Je n'ai pas envie de le charrier, comme je charriais parfois Josh. On se montre polis et gentils l'un envers l'autre. C'est insupportable.

Vendredi 24 juin

C'est l'anniversaire de Hannah aujourd'hui. Je lui ai textoté un bouquet de fleurs, un visage soufflant un baiser en forme de cœur et deux filles en train de danser, mais elle ne m'a pas répondu.

Elle a dû apprendre ce qui s'était passé entre Mac et moi, et je suis sûre qu'elle pense que j'ai mal agi.

Moi aussi.

Samedi 25 juin

Ce matin, papa m'a crié depuis le rez-de-chaussée qu'il se rendait à la quincaillerie et m'a demandé si je voulais l'accompagner. En temps normal, je n'aurais jamais accepté, mais la vérité c'est que je me sens un peu seule depuis qu'il n'y a plus cours. Ça irait encore si j'étais la seule amie de Tris, comme lui est mon seul ami, mais il est pas mal occupé avec Roy et je n'ose jamais me plaindre qu'il ne passe pas assez de temps avec moi, de peur de passer pour un pot de colle pathétique. Quand je me sens triste, je me dis que ça pourrait être pire. Je pourrais me faire huer, bousculer ou ridiculiser dans les carrières. Et là, d'un coup, ça va un peu mieux. Mais un peu seulement.

Bref, quand papa m'a hurlé sa proposition, j'ai répondu en hurlant que j'acceptais.

La quincaillerie est le seul endroit au monde qui soit plus ennuyeux que le musée des Beaux-Arts. Je me tenais à côté de papa, le regard fixé sur un présentoir de fils électriques, quand j'ai reconnu la voix du père de Hannah :

– Eh, Charlie, comment va ? Ça fait des mois qu'on ne s'est vus !

J'ai levé les yeux et j'ai aperçu Hannah, vêtue d'une robe rose et de la paire de tongs qu'elle avait achetée l'été dernier (je le sais parce que j'étais avec elle). Gros malaise, étant donné qu'elle avait ignoré mon SMS la veille.

Papa et M. Egan plaisantaient, les bras croisés et les jambes écartées, comme deux pères typiques.

– Comment se passent tes vacances ? j'ai demandé à Hannah.

– Pas trop mal. Je reviens de colo.

– Je suis trop jalouse.

C'était vrai. J'étais en train de lire un roman qui se passait à la campagne, dans une colo équestre pour filles, et ça me donnait envie de monter à cheval et de sortir avec un palefrenier.

Il y a eu un silence gêné.

– Comment va Josh ? j'ai demandé, parce que c'était la seule chose qui me passait par la tête.

– On a rompu.

– Quoi ?

Elle a fermé les yeux et effleuré l'une de ses paupières. Elle avait l'air si triste, si mature d'un seul coup.

– Hannah, qu'est-ce que tu racontes ? Vous étiez quasiment mariés ! Que s'est-il passé ?

– J'en sais rien. J'ai pas trop envie d'en parler.

Ça m'a blessée, même si je comprenais pourquoi elle n'avait pas envie de se confier à côté d'une poubelle remplie d'ampoules à incandescence pendant que nos pères parlaient base-ball.

– OK. Désolée de l'apprendre, en tout cas.

– Merci.

On a regardé par terre. C'est là que mon père a dit :

– Bon, on se voit le 4 juillet, pas vrai ?

– Que se passe-t-il le 4 juillet ? a demandé M. Egan.

Papa m'a jeté un regard furtif.

– On organise un barbecue dans le jardin. Oh, un petit truc tout simple entre voisins. Passez si vous pouvez. C'est de 16 heures à 20 heures.

Dans la voiture, pendant le trajet, il m'a dit :

– Désolé pour ma gaffe de tout à l'heure. Je partais du principe que tu avais invité Hannah.

– T'inquiète.

– Que se passe-t-il ? Vous vous êtes disputées ?

J'ai haussé les épaules.

– Pas vraiment. Notre amitié n'était peut-être pas faite pour durer au-delà du collège.

Il n'a pas fait de commentaire ni tenté de me faire changer d'avis. Si ce n'était pas un mari volage, il serait un excellent père.

Dimanche 26 juin

Hannah a débarqué à la maison. Elle a sonné à la

porte sans même me textoter d'abord, comme dans les vieilles séries à la télé. Elle était fraîche comme la rosée. Moi, je sortais à peine du lit. J'avais les yeux gonflés comme des raviolis chinois et une haleine de poney parfumée au café froid. Je l'ai invitée à entrer et on est restées debout dans la cuisine à papoter de tout et de rien pendant trois quarts d'heure – exams, météo, mises à jour de statuts. Puis, d'un coup, elle m'a sorti :

– C'était bizarre de se croiser à la quincaillerie hier.

– Tu m'étonnes.

– Mais c'est bizarre depuis un moment, entre nous.

– Ouais.

Elle a pris une grande inspiration.

– Tu veux qu'on en parle ?

– OK.

On s'est assises autour de l'îlot central. Il était bouillant, et mon avant-bras restait collé au granite. Mon cœur cognait dans ma poitrine. Qu'allait-elle me dire ? À ma grande surprise, elle a sorti son téléphone. Ça ne lui ressemblait pas d'envoyer un SMS à quelqu'un dans un moment pareil.

– Je t'ai écrit une lettre, a-t-elle déclaré. Histoire de ne rien oublier de ce que j'avais à te dire. Ça te va si je te la lis ?

– Bien sûr.

Elle s'est éclairci la voix.

– « Chère Chloe. Tu es ma plus vieille amie. Je me souviens encore de notre rencontre au jardin d'enfants. Mme Yglesias s'était moquée de toi le premier jour sous prétexte que tu avais colorié un dinosaure en rose, et ça t'a tellement mise en colère que tu as refusé de participer aux activités pendant le reste de la semaine. Ça avait impressionné tout le monde, moi y compris. Je pourrais évoquer nos souvenirs communs pendant des heures, mais je suis là pour vider mon sac et te dire tout ce qui me dérange chez toi.

« Petit 1 : tu ne me racontes plus rien. Peut-être est-ce ma faute. Je sais que je peux me montrer trop critique, parfois. N'empêche, je m'intéresse à ta vie sentimentale et à tes problèmes avec ta mère. Je ne suis pas idiote. Quand tu me caches des choses, je le devine. Ça m'attriste de savoir que tu n'as plus envie de te confier à moi. Petit 2 : tu ne me poses plus de questions sur ma vie. Quand j'avais besoin de te parler de mes parents, tu t'es enfuie dans les bras de Mac. Tu ne m'as jamais demandé comment ça allait avec Josh – et je ne parle pas de masturbation. Je te parle de sentiments. Maintenant, on a rompu et tu n'étais même pas au courant. Tu l'aurais été si tu t'étais intéressée à moi. Petit 3 : tu as changé. Je sais que tu ne viens pas d'une famille catho comme la mienne, et ça ne me dérange pas. C'est peut-être moi qui suis complètement déconnectée des jeunes de mon âge. Mais je suis mal à l'aise avec le fait d'avoir une amie qui boit de l'alcool. »

« Je n'ai qu'à me lever et m'en aller », ai-je pensé très fort. Mais je ne pouvais pas. J'étais fascinée.

– « Petit 4 : d'après les rumeurs, Mac et toi êtes sortis ensemble à plusieurs reprises, et vous ne vous êtes sans doute pas arrêtés là. S'il te plaît, je veux savoir si ces rumeurs sont vraies ou fausses. »

Elle a levé les yeux vers moi, et j'ai soutenu son regard d'un air impassible.

– Tu n'as sans doute pas envie de l'entendre, mais

ce que tu as fait avec Mac était mal. Tu as fait du mal à Sienna. Et à vous deux. Je ne dis pas que ta punition était méritée. Bernadette et ses copines se sont encore plus mal comportées que toi. Mais l'adultère est un péché.

– *L'adultère?* Arrête, le nombre de fois où on est sortis ensemble se compte à peine sur les doigts d'une main. Ce n'est pas un homme marié, Hannah. Il a dix-huit ans. Pas de quoi en faire un plat.

Ses joues se sont enflammées.

– Je trouve ça grave, au contraire.

– Ça ne m'étonne pas. Tu es la réincarnation de la Vierge Marie.

Elle a froncé les sourcils.

– Au fond de toi, tu sais pertinemment que tu as mal agi.

– Tu sais quoi ? Tu avais raison, Hannah. Tu ne sais plus rien de ma vie. Tu veux qu'on parle de l'adultère ? Mon père a une liaison avec Mlle Murphy depuis des mois.

Elle a eu l'air choquée, comme si je venais de la gifler.

– *Ça,* c'est de l'adultère, ai-je conclu. C'est digne d'Abigail Williams.

Elle a regardé la table, puis moi.

– En quoi es-tu si différente de Mlle Murphy ? m'a-t-elle demandé.

– Hormis le fait qu'elle essaie de voler le mari d'une autre femme alors que je ne suis qu'une simple ado innocente qui a roulé quelques pelles en secret à un mec de terminale ? Et au passage, merci pour ta réaction pleine de tact à l'annonce que mes parents divorcent et que notre metteur en scène couche avec mon père. Tu es si égoïste, Hannah.

– Non, c'est toi l'égoïste. Un pur cliché de l'enfant unique.

J'ai eu un mouvement de recul.

– C'est vrai, a-t-elle insisté. Tu ne te préoccupes que de toi-même. Tu n'as pas remarqué que Sienna a beaucoup maigri et qu'elle a d'énormes cernes sous les yeux ? Ça t'arrive de te demander ce que ressentent tes parents ? Es-tu consciente que d'autres gens existent dans le monde à part toi ?

– Eh bien oui, figure-toi !

Elle s'est levée.

– Je n'en crois pas un mot. Et au fait, j'ai un scoop pour toi : je ne suis plus vierge.

Maintenant, elle est partie et je suis tellement furieuse que j'ai envie de donner un coup de poing dans le mur. Comment ose-t-elle me donner des leçons de morale ? Comment ose-t-elle me reprocher de boire et de tomber amoureuse ? Et surtout, comment ose-t-elle avoir des rapports sexuels avant moi ?

Lundi 21 juin

Oh, mon Dieu. Hannah a raison sur toute la ligne.

C'est le milieu de la nuit. Ma prise de conscience m'a réveillée.

« Je suis Abigail Williams. »

Je suis la méchante de l'histoire.

Je ne vaux pas mieux que Mlle Murphy.

J'ai essayé de voler Mac à sa copine. Je peux toujours me chercher un million d'excuses pour me différencier de toutes les autres personnes qui ont fait la même chose, mais dans mon cœur je sais que j'ai mal agi. Et lui aussi. Mais sa culpabilité ne diminue en rien la mienne.

Mardi 28 juin

J'ai appelé Hannah ce matin à la première heure.

– T'avais raison, j'ai dit.

Silence.

– Hannah ? Allô ?

– Je suis là.

– Je suis désolée de m'être emportée avec toi.

Aucune réponse. Une idée m'est venue : utiliser les phrases qu'on avait apprises en cours pour apprendre à exprimer nos sentiments.

– Quand tu as dressé la liste de toutes mes erreurs, ça m'a mise en colère parce que c'est difficile d'entendre la vérité sur moi-même.

Pause.

– D'accord.

– Je n'aurais jamais dû faire ce que j'ai fait avec Mac. J'avais réussi à me convaincre que ce n'était pas grave, mais j'ai compris le mal que j'avais fait et je regrette profondément. Et je n'aurais jamais dû cesser de me confier à toi. Tu as raison, je t'ai remplacée par Tristan.

Silence.

– La seule chose pour laquelle tu n'as pas à me juger, c'est d'avoir changé. Non, je ne suis plus la même qu'avant. C'est normal d'évoluer. Je n'ai pas à m'en excuser.

Long silence. Puis :

– Je suis désolée de t'avoir traitée d'enfant unique.

– Ne t'en fais pas pour ça.

Je lui ai proposé de venir dormir chez moi mardi soir, et elle a dit oui.

Elle ne cessera sans doute jamais de m'agacer, et moi de la choquer, mais il faut l'accepter. On ne jette pas à la poubelle des amis qu'on aime depuis son enfance. Et même si ça ne me fait pas plaisir, il faut bien que quelqu'un me sorte mes quatre vérités de temps en temps.

Mercredi 29 juin

Chère Sienna,

Je te présente mes excuses pour ce que j'ai fait. Tu dois me détester, et c'est ton droit le plus strict. J'ai essayé de te voler Mac pendant des mois. Comment ai-je pu faire un coup pareil à une autre fille ? Je me suis raconté des mensonges sur ton compte. J'avais décrété que tu étais trop jalouse et collante pour mériter Mac. Parfois, j'arrivais à me convaincre que tu étais trop belle et populaire pour ressentir des choses, comme les gens normaux, et que ça te serait égal si Mac te trompait, tu n'aurais qu'à changer de mec d'un simple claquement de doigts. Grosso modo, j'ai ignoré ton existence. Je ne te considérais pas comme une personne réelle.

Récemment, je me suis demandé comment je réagirais si quelqu'un se comportait ainsi avec ma mère. Si une autre femme essayait de voler mon père. Ma pauvre mère, quelle injustice. Elle serait anéantie. Elle pleurerait, elle maigrirait à vue d'œil. Des cernes se formeraient sous ses yeux. Enfin bon, c'est une simple hypothèse sans importance. Ce que je veux dire, c'est que je comprends le calvaire que je t'ai fait endurer, et que j'en suis désolée.

Chloe.

J'ai envoyé le brouillon à Tristan pour qu'il me donne son avis.

– T'es malade ? Elle va balancer ça en ligne et tous les recruteurs universitaires tomberont dessus dans trois ans.

Hannah a réagi aussi :

– Entièrement d'accord avec Tristan. En plus, tu voudrais qu'elle te pardonne pour alléger ta conscience, mais c'est un peu égoïste de l'obliger à lire ça et de lui faire revivre tout ce qu'elle a enduré. Et pour finir, c'est insultant de la traiter de pot de colle.

J'étais furax pendant un moment, mais elle avait raison une fois de plus, bon sang.

Au final, j'ai juste écrit : « Je te présente mes excuses pour ce que j'ai fait » et pas un mot de plus.

Jeudi 30 juin

J'ai eu le fin mot de l'histoire pendant la soirée pyjama. Apparemment, Hannah avait eu tort de s'inquiéter de la réaction de ses parents. Elle leur avait présenté Josh, et il lui avait présenté les siens, et tout le monde s'était beaucoup apprécié. Les Egan voyaient en Josh un gentleman et un génie, et les Menaker avaient trouvé Hannah respectueuse et douce. Les deux couples de parents s'étaient vus juste avant le bal de la promo, avaient bu du vin ensemble et s'étaient gentiment moqués de Josh et Hannah. Bref, c'était génial. Mais quand il était parti au week-end d'intégration de sa future fac, patatras : à son retour, il avait annoncé à Hannah qu'il se sentait encore trop jeune pour s'engager. Les hommes sont tous des porcs.

J'ai dû l'interroger pendant des heures pour lui

arracher quelques malheureux détails sur son expérience sexuelle. Est-ce que ça faisait mal ? Non. Même pas la première fois ? Pas vraiment, non. Est-ce qu'elle avait saigné ? Chloe ! Non, pour ton information. Combien de fois l'avaient-ils fait ? Chloe, je t'en prie… Moins de douze fois ? Oui. Plus de cinq ? Oui. C'était bien ? Oui, super bien. Se sentait-elle coupable après ? Oui, horriblement, surtout pendant la messe. Avaient-ils mis des capotes ? Bien sûr. C'était comment, exactement ? C'était comme… comme… c'est impossible à décrire. Comme de se faire poignarder ? Non ! Comme quoi, alors ? Elle n'en savait rien, c'était juste bien. Est-ce que ça avait rendu leur rupture encore plus triste ? Oui. Est-ce qu'elle regrettait de l'avoir fait ? … Non.

Vendredi 1er juillet

Papa trouve inacceptable que je passe toutes mes journées à glandouiller seule à la piscine. Je lui ai rétorqué que je n'étais pas seule mais que je m'y rendais avec mes amis, et que je ne glandouillais pas puisque je lisais des chefs-d'œuvre de la littérature. Ce qui est la stricte vérité ! Je ne passe que deux petites heures par jour en moyenne sur mon téléphone, autant dire rien du tout selon les critères d'aujourd'hui. Papa m'a dit que j'étais une lectrice acharnée comme oncle Julian était un buveur acharné. Un soir, il a bu tellement pendant un dîner qu'il a dû dormir sur le canapé. Le lendemain matin, maman s'est aperçue qu'il avait uriné dans le placard de l'entrée au beau milieu de la nuit et l'a traité d'alcoolique en le regardant droit dans les yeux.

– Mais l'addiction aux livres est une bonne chose, ai-je rétorqué.

– Pas si tu t'en sers pour t'évader de ta propre vie, a objecté papa.

– Ma vie est merdique.

Là-dessus, on a eu une grosse dispute sur le thème de la gratitude et il m'a dressé la liste de tous les jobs d'été qu'il faisait quand il avait mon âge. Pour finir, il m'a ordonné de me trouver un travail.

Samedi 2 juillet

Pendant le dîner, ce soir, papa m'a demandé si j'avais réfléchi au genre de petit boulot que j'aimerais faire, et je lui ai répondu oui, des tas, mais que je n'étais pas encore prête à en parler.

Hum boulot. Boulot, boulot, boulot. Je pourrais faire du baby-sitting ! C'est super-facile le soir quand les enfants sont couchés et qu'on peut aller fouiller dans les affaires de leurs parents à la recherche de vibromasseurs ou de relevés bancaires. Mais je ne connais que deux familles avec de jeunes enfants, et papa veut que je trouve quelque chose de régulier. Et puis les gamins sont ultrapénibles quand il faut les supporter pendant plusieurs heures. Le cinéma ? Pas de fenêtres, trop déprimant, et vos cheveux doivent sentir le popcorn. McDo ? Encore plus déprimant, avec en prime vos cheveux qui sentent la frite. L'un des restos du centre-ville ? Pourquoi pas. En plus, ça me ferait une bonne expérience pour quand je m'installerai à New York et que j'aurai besoin de gagner ma vie au début. Mais je ne pense pas qu'on autorise des ados de quinze ans à servir des cocktails.

Dimanche 3 juillet

Reçu un e-mail de maman !

Salut, ma chérie,

Juste un petit mot pour te dire que je suis partie en vadrouille à l'improviste sans accès à Internet – une connexion Wi-Fi s'est matérialisée par miracle, temporairement – mais que je n'ai pas oublié ton e-mail, que j'y réfléchis beaucoup et que je laisse les choses mariner dans ma tête. À très bientôt, lapin de mes rêves.

Maman.

Pendant qu'on préparait le gâteau pour la fête de demain avec papa, je lui ai demandé :

– Papa, t'accepterais que je parte m'installer au Mexique si maman le proposait ?

Il a reposé le bol de myrtilles qu'il tenait à la main et m'a regardée.

– Qu'est-ce qu'elle t'a dit ?

– Rien pour l'instant. Je lui ai demandé si je pouvais vivre avec elle, et elle réfléchit.

À ce moment, son visage a eu l'air… impossible à décrire. Je n'avais jamais rien vu de pareil. Je crois qu'il faut que je lise davantage avant de comprendre son expression. « Pétrifié » est peut-être le mot correct.

– Il y aurait beaucoup de paramètres compliqués. Le lycée, pour commencer.

– Mais tu ne dis pas non ?

Il a plongé son regard dans le bol de myrtilles.

– Ce serait vraiment bizarre, ici, sans toi. Qui me dirait que mes jeans sont moches ?

– Je déteste vivre ici, papa. Je déteste les gens de mon bahut et je déteste cette ville.

Il a regardé le plafond.

– J'ai bien compris.

Je culpabilise, mais je ne devrais pas. C'est lui qui a tout gâché !

Lundi 4 juillet

La fête est finie.

Tris et Roy sont venus.

Ainsi que Hannah et ses parents. Et Josh.

Et maman.

Tout est horrible, ou tout va bien.

Je ne peux pas écrire. Je me sens comme un robot contraint par un scientifique fou de ressentir toutes les émotions en même temps. Mon circuit électrique a grillé.

Mardi 5 juillet

Le roi dans *Alice au pays des merveilles* dit : « Commencez au commencement et poursuivez jusqu'à la fin ; puis arrêtez. » Très bien. Je vais donc suivre son conseil.

C'était une belle et chaude journée d'été. Je m'étais levée tôt (9 heures) pour aider papa à installer les lampions dans le jardin, mettre de la glace et de la bière au frais, nettoyer la pelouse, etc. On écoutait les Pixies, le vieux groupe préféré de mon père – sur un Compact Disc ! À midi, on était tous les deux morts de faim et papa nous a confectionné d'énormes sandwichs avec du salami, du fromage, du jambon, des cornichons vinaigrés, de la mayonnaise, de la moutarde et des tomates. On a débattu pour savoir quel était le meilleur parfum de Doritos : Cool Ranch, ou Nacho Cheese ? Il m'a accusée de défendre les Cool Ranch « juste pour avoir l'air cool », ce qui est typique de son humour pourri. Puis il m'a stupéfaite en m'apprenant qu'au Canada, il y avait un parfum de Doritos appelé Roulette où seule une chips sur sept était pimentée. Quand je lui ai dit que je ne le croyais pas, il a retrouvé l'info sur son téléphone. C'était notre plus chouette conversation depuis des siècles. Je me suis seulement souvenue de Miss Murphy à la fin, et même là, la douleur me faisait davantage l'effet d'un vague mal de crâne que si on m'avait scié un bras.

Une première vague d'invités est arrivée à 16 heures, la deuxième à 16 h 30, et à 17 heures le jardin était noir de monde. Tris, Roy et moi étions assis sur la balançoire.

– Vous vous souvenez comme c'était amusant de se balancer quand on était petits ? a demandé Tris. Aujourd'hui, ça me donne limite la gerbe…

– Quelle tristesse, ai-je commenté.

– Je sais.

Roy a éclaté de rire.

– Je ne pensais pas qu'on pouvait être nostalgique de son enfance avant même d'être assez vieux pour passer son permis de conduire.

J'ai failli le foudroyer du regard, mais à la place j'ai enfoncé mon orteil dans le sol. Ce mec est trop joyeux ; c'est ça, son problème.

L'après-midi déclinait ses couleurs, vert, bleu et or. L'odeur des hot-dogs et des hamburgers flottait dans l'air. Le soleil filtrait à travers les branches des arbres.

Quelqu'un a sorti un ballon de foot et certains invités ont joué au croquet sur la pelouse. Les enfants ont trouvé le courage de nous demander l'autorisation d'utiliser la balançoire, donc on est descendus et on est allés parler à Hannah, qui se tenait plantée à côté de ses parents, l'air nerveux. Tous les quatre, on s'est servi des assiettes au buffet et on est allés s'asseoir sur une couverture dans le jardin. Je venais d'enfourner une énorme fourchetée de salade de pommes de terre quand Roy a lâché :

– C'est qui, celui-là ?

J'ai levé les yeux et aperçu un beau mec, un parfait inconnu. Plus âgé que nous, mais pas très vieux. Disons entre vingt-cinq et trente ans. Il avait de longs cheveux rassemblés en catogan, un regard sombre et un angle droit en guise de mâchoire. Ses vêtements n'étaient pas vraiment à la hauteur de son physique : il portait un tee-shirt blanc mal coupé et un jean baggy bleu pastel qui faisait terriblement années 90. Malgré son look atroce, il dégageait une belle assurance.

Puis il a fait un pas sur le côté et j'ai vu… ma mère.

Hannah a retenu son souffle.

– Ben quoi ? ont demandé Roy et Tristan exactement en même temps.

Pour la première fois depuis des mois, je me suis sentie plus proche de Hannah que de Tris. Elle me connaît depuis si longtemps.

– C'est ma mère, j'ai expliqué.

Elle portait une robe blanche, un rouge à lèvres éclatant et un gros collier en argent avec de grosses pierres turquoise incrustées dedans, un peu comme celui qu'elle m'avait offert à Noël. Elle balayait la foule du regard, comme si elle cherchait quelqu'un, puis ses yeux ont croisé les miens et elle s'est dirigée vers moi d'un pas vif en souriant et en écartant les gens sur son passage. Du coin de l'œil, j'ai vu papa immobile près du barbecue, hébété, une spatule à la main.

– LAPINOU !

Elle m'a serrée fort dans ses bras et m'a soulevée de terre.

– Maman !

Oh, son parfum, son parfum !

Elle m'a reposée, de nouveau serrée contre elle, elle a pris mon visage entre ses mains et m'a regardée avec un sourire jusqu'aux oreilles.

– Je suis si heureuse de te voir, ma puce.

Tous mes amis étaient assis à nos pieds, en train de nous observer.

– Et si on allait, heu…

J'ai marché jusqu'au bord de la pelouse, là où elle rejoint les arbres. Quand je me suis retournée, maman était là, ainsi que le bel étranger.

– C'est Chloe, *no* ? il lui a demandé.

– *Si, mi cielo*, a-t-elle répondu.

Il m'a serré la main.

– Chloe, *mucho gusto*. Je suis très content de te rencontrer enfin.

– Ravie également, ai-je répondu.

– Chérie, je te présente Javi, a dit maman.

Elle a pris sa main dans la sienne.

– Mon ami.

J'ai regardé fixement leurs mains. Ils m'ont souri tous les deux.

– Javi, le diminutif de Javier, ai-je balbutié.

Quelle idiote. Je me croyais en cours d'espagnol, ou quoi ?

– Je t'ai déjà parlé de lui, lapin. Il est matador, tu te souviens ?

Oh, mon Dieu. Ma mère s'envoyait en l'air avec le torero ! J'avais donc vu juste, il y a quelques mois. J'ai jeté un coup d'œil en direction de mes amis. Ils se sont empressés de regarder ailleurs et de faire comme si de rien n'était. Je ne pouvais pas leur en vouloir. C'est dur de ne pas observer ce qui se passe entre une ado embarrassée, sa fugueuse de mère et son petit ami mexicain bien plus jeune qu'elle.

Soudain, mon père est apparu à côté de moi. Il portait un tablier fantaisie (« Ça sent le roussi », disait le message imprimé dessus) qui m'a fait honte pour lui. Mais en même temps, Javier semblait s'être échappé de 1991. Et peut-être ne comprenait-il pas suffisamment bien l'anglais pour savoir que mon père aurait dû avoir honte de son tablier.

– Veronica, quelle surprise.

– Bonjour, Charlie, a dit maman. Je te présente Javi.

Ils ont échangé une poignée de main polie. « Pourquoi faites-vous comme si tout allait bien ? avais-je envie de leur hurler. Cette situation n'a rien de normal. Tu serres la main du mec de maman ! Et tu as une copine dont elle ignore sans doute l'existence ! Tous les invités nous matent en faisant semblant de ne pas nous regarder ! » Mais je ne suis qu'une hypocrite, au fond. Ne faisais-je pas la même chose qu'eux, plantée là, moi aussi, comme si de rien n'était ?

– Tu restes longtemps ? a demandé papa.

Maman a haussé les épaules.

– *Vamos a ver.*

J'ai senti papa faire la grimace sans même le regarder.

– Vous avez trouvé un hôtel ?

– On est au Marriott.

Ah. Bien sûr. Elle ne pouvait pas rester dormir à la maison avec son petit ami.

Sans m'en rendre compte, j'ai tourné les talons et j'ai fendu la foule d'un pas tranquille. Tris a commencé à se lever ; je l'ai salué joyeusement de la main, puis j'ai levé le pouce pour indiquer que tout allait bien. En chemin, je suis passée devant la mère de Hannah qui m'a regardée d'un ai inquiet. Je me suis contentée de lui dire :

– Bonjour, madame Egan.

Mon cœur s'est mis à se serrer une fois à l'intérieur de la maison, et ma gorge tandis que je montais l'escalier. J'ai dû courir jusqu'à ma chambre pour ne pas éclater en sanglots dans le couloir. Snickers, sur mon lit, a sursauté et levé le museau. Je me suis jetée à côté de lui et j'ai pleuré dans son cou. Une odeur de feu de camp flottait dans l'air. Fidèle à la tradition, papa faisait griller des chamallows dehors alors que le monde volait en éclats. C'était bien lui.

On a frappé à ma porte.

– QUOI ? j'ai crié, en pleurs.

Maman a glissé sa tête à travers l'ouverture. Elle était seule.

– OK, ma chérie…

Ce n'était pas juste. Je voulais qu'elle s'en aille pour toujours, mais je n'ai pas pu l'empêcher de s'asseoir sur mon lit et de me caresser les cheveux.

– Que se passe-t-il ? Parle-moi. Je promets de t'écouter sans le moindre jugement.

J'ai secoué la tête.

– Ça t'a fait un choc de me voir avec Javi ? J'aurais peut-être dû y penser. Il fait tellement partie de ma vie, à présent… J'ai le sentiment que tu le connais déjà parce que je le connais si bien. Mais bref, ce n'est pas ainsi que j'imaginais nos retrouvailles. Je pensais que tu serais heureuse de me voir.

Elle me regardait d'un air plein d'espoir, comme si j'allais sauter en l'air et jeter des confettis, ou au moins dire : « Je le suis, maman. »

Mais je n'ai rien dit du tout.

Elle a soupiré.

– Je suis désolée que cette année ait été si déroutante pour toi.

Déroutante pour *moi* ? Ce n'était pas mon problème. J'étais déchirée entre deux adultes qui se comportaient comme des ordures. Quatre adultes, si on incluait Javi et Mlle Murphy.

– Est-ce que toi et papa avez une relation libre ?

Elle s'est esclaffée.

– Non.

– Tu n'es donc pas au courant qu'il a une copine ?

Elle a cessé de rire.

– Mlle Murphy, ai-je poursuivi. Elle était actrice à Broadway, mais elle est revenue vivre ici pour s'occuper de sa mère.

Elle est devenue livide. Je l'ai vue paniquer l'espace d'une seconde, puis elle a réussi à sourire. Elle croyait vraiment me berner ? Je la connais depuis quinze ans. Je sais quand elle est furax et sous le choc, même si elle s'efforce de sourire comme la Joconde.

– Chloe, a-t-elle déclaré en me prenant la main,

ton père pense que nous ne devons pas discuter de notre vie conjugale avec toi et je suis assez d'accord avec lui. Mais je vois bien que tu te sens abandonnée, que tu es en colère, et je crois que nous te devons un minimum d'honnêteté. Un fossé s'est creusé entre ton père et moi depuis quelques années. Ce n'est la faute de personne. Je crois qu'au final, nous n'étions pas très bien assortis, lui et moi. Il a les pieds sur terre, le genre honnête travailleur qui paie ses impôts ; moi, je suis libre comme l'air et la lumière, plutôt du genre à contempler les étoiles jusqu'à trois heures du matin. Les opposés s'attirent, mais ils se repoussent aussi. Avec Javi, j'ai enfin trouvé quelqu'un qui me complète, qui m'aide à devenir le meilleur de moi-même.

– Depuis quand papa est au courant ?

– Je ne pense pas que…

– Dis-le-moi, maman. Dis-le-moi, dis-le-moi, *dis-le-moi,* DIS-LE-MOI.

– Chloe ! Mais enfin, qu'est-ce qui te prend ? Je lui en ai parlé à Noël, voilà !

Il le savait déjà depuis des mois avant de sortir avec Mlle Murphy. Et il n'a jamais dénoncé maman. Il ne m'a jamais dit : « C'est elle qui m'a trompé la première. »

– Ça fait beaucoup de nouveautés d'un coup, j'en ai conscience, mais je sais que tu es capable d'encaisser tout ça, mon petit lapin, intelligente et forte comme tu es. Sais-tu pourquoi Javi et moi sommes venus ici, aujourd'hui ?

Je l'ai dévisagée sans rien dire.

– Pour t'inviter à venir au Mexique avec nous. Je nous ai trouvé un appartement à louer à San Miguel, un endroit magnifique au milieu des montagnes. Tu pourras prendre des cours par correspondance, comme tu le souhaitais. Tu te feras des amis fantastiques avec lesquels tu t'éclateras au motocross – tu verrais les sauts qu'ils font ! On fera des excursions au bord de la mer le week-end, on visitera les ruines, les grottes, on ira voir Javi toréer à la plaza de Toros, on se baladera partout. Je sais que ce sera dur pour toi de quitter ton père, mais tu ne le quitteras pas vraiment. Tu reviendras pendant les vacances. Vois ça comme un interlude surprise entre l'enfer du lycée et la joie d'entrer en fac. Tu me manques terriblement, ma chérie. C'est vrai, j'avais besoin de prendre du temps pour moi, loin de toi et de ton père, pour clarifier mes pensées et mettre sérieusement la main à mon roman. Je te remercie de m'avoir fait ce cadeau. Mais maintenant, j'ai besoin de ma puce chérie à mes côtés. Ma lectrice numéro un, ma partenaire épistolaire, ma ruminatrice préférée. Alors, tu viens avec moi ?

Elle me regardait. Snickers me regardait. Je me suis levée, j'ai pris ma boîte à trésors sur mon étagère et je suis redescendue. Maman m'a suivie tandis que je sortais dans le jardin, que je traversais la foule des invités et que je m'arrêtais devant le feu. Mes amis étaient toujours là, blottis les uns contre les autres, sans doute à parler de moi. M. et Mme Egan regardaient fixement Javi, qui promenait son regard à travers le jardin d'un air fasciné, tel un anthropologue. Papa était là aussi, un énorme sachet de chamallows à la main, toujours affublé de son tablier.

Je savais exactement quoi dire.

« Tu m'as abandonnée. Je ne me sens pas abandonnée. Je le suis. J'ai tenu le premier rôle dans la comédie musicale du lycée, j'ai perdu ma meilleure copine, je me suis fait un nouvel ami, je suis tombée amoureuse et je me suis comportée comme un monstre, et TU N'ÉTAIS PAS LÀ. Tu ne me connaîtras jamais entièrement parce que tu ignores tout de ma vie durant cette année. M'installer au Mexique ? Je n'irai NULLE PART avec toi. Pas à Chipotle, et encore moins dans un pays étranger. Qui venait me chercher après les répètes ? Qui m'a préparé le petit déj et le dîner tous les jours ? Qui me lavait mon linge quand j'avais trop la flemme sans jamais se plaindre de devoir s'occuper de mes culottes plastifiées pour les règles ? Qui déneigeait l'allée devant la maison pendant que je faisais la grasse matinée ? Qui m'a offert des chocolats à Pâques ? Qui a supporté tes excentricités et tes conneries pendant des années, sans broncher, sans doute par amour pour moi, histoire que j'aie une mère à la maison, même une mère aussi nulle et narcissique que toi ? Réponse : PAPA. »

Je n'ai rien dit de tout ça, mais je lui ai quand même crié :

– Je ne suis pas ton lapin !

J'ai ouvert la boîte, sorti le lapin en porcelaine et je l'ai jeté dans les flammes, le plus fort possible. Puis je suis remontée en courant dans ma chambre et j'ai claqué la porte, je l'ai couverte et claquée à nouveau, encore, et encore, et encore, et encore.

J'imagine que j'ai gâché la fête. Depuis ma fenêtre, j'ai vu les invités s'éclipser les uns après les autres, sans doute impatients de rentrer chez eux pour cancaner. Quand j'ai vu que même les enfants partaient, j'ai eu un peu honte. J'espérais ne pas leur avoir fait peur. Maman sanglotait dans le cou de Javi. Est-ce d'elle dont j'ai hérité ma façon de pleurer ? J'espère que c'est hormonal, et non pas héréditaire.

Finalement, son matador et elle sont repartis sans dire un mot à qui que ce soit. Le feu des chamallows brûlait toujours. Une fois tout le monde parti, papa a mis ses mains sur ses hanches et contemplé la pelouse déserte autour de lui. Puis il est rentré dans la maison et en est ressorti une minute plus tard avec des sacs-poubelle. Je suis descendue l'aider.

– Tout va bien ? m'a-t-il demandé.

– Ouais.

Arrivée devant les flammes, j'ai rouvert ma boîte à trésors pour en sortir cette fois tous mes souvenirs de Mac, et je les ai jetés dans le feu. D'abord les lettres. La taie d'oreiller a mis un moment à brûler, de même que le stick à lèvres. Le bracelet est parti en dernier. Une fois tout le contenu vide, la boîte elle-même a suivi le même chemin. J'ai pris un sac-poubelle et commencé à rassembler les gobelets. Quand on a eu fini de tout ranger, la nuit était tombée. On est rentrés sans un mot. Je suis montée, je me suis brossé les dents, je suis allée me coucher avec Snickers et j'ai dormi pendant douze heures d'affilée.

Mercredi 6 juillet

Je n'ai pas vu ma mère hier. Papa, si. Il s'est rendu en voiture jusqu'à son hôtel et ils sont allés boire un café. À son retour, il m'a demandé si j'avais envie de parler. J'ai répondu que non.

Elle est venue dîner ce soir. Seule. Sans Javi. Je savais

qu'elle était censée venir, alors je me suis planquée dans ma chambre, la boule au ventre, en échangeant des SMS avec Tris. J'ai sérieusement envisagé de ne pas descendre mais, quelques minutes plus tard, j'ai entendu un livreur sonner à la porte et ma curiosité a été la plus forte. Papa était en train de sortir les verres du placard et maman se tenait accoudée à l'îlot central. Quand elle m'a vue, elle est venue vers moi, les bras écartés, mais je l'ai saluée d'un geste avant de mettre la table.

– Il est impossible de manger une pizza digne de ce nom au Mexique, a-t-elle déclaré. Non pas que celle-ci soit particulièrement extraordinaire, mais c'est un chef-d'œuvre culinaire comparée aux trucs infâmes qu'on trouve là-bas.

Papa a esquissé un sourire poli. Je n'ai pas levé les yeux de mon assiette. Ils avaient commandé ma préférée : l'hawaïenne. Une entière, pas moitié hawaïenne et moitié poivrons et oignons, comme ils font d'habitude. Enfin, comme ils faisaient.

J'ai pris ma part. Papa s'est éclairci la gorge.

– Chloe, nous aimerions te parler. Tu devines déjà de quoi.

Il avait des larmes au coin des yeux.

– Vous allez divorcer, c'est ça ?

J'avais beau déjà connaître la réponse, ça m'a fait un choc lorsqu'ils ont échangé un regard avant de se tourner vers moi et que papa m'a dit :

– Oui.

Maman a aussitôt ajouté :

– On t'adore, lap… Chloe. On se sépare parce que la vie nous a poussés dans des directions différentes, pas du tout à cause de toi. Nous t'aimons très fort tous les deux. Rien ne changera jamais cela.

On aurait dit qu'elle avait tapé sur Google « comment annoncer à ses enfants qu'on divorce », sauf qu'elle ne se serait jamais donné la peine de faire un tel effort.

– Ça va durer quelques mois, a précisé papa. J'habiterai ici, dans cette maison.

Il a dû voir quelque chose dans mon expression, parce qu'il s'est empressé d'ajouter :

– Je veux dire, nous habiterons ici, ensemble.

– À moins que tu viennes avec moi au Mexique, a contrecarré maman.

– Veronica…

– Charlie ! Nous avons convenu que c'était à elle d'en décider. Chloe, quel que soit ton choix de résidence principale, tu verras ton autre parent très souvent, au moins une fois par mois.

Je m'étais juré de ne pas prononcer un mot durant cette conversation, mais j'ai paniqué.

– Je ne veux pas aller au Mexique.

– Tu veux dire que tu souhaites rester vivre ici avec ton père ?

– Je veux dire que je refuse de mettre les pieds au Mexique.

Ses yeux se sont remplis de larmes. Je n'ai rien ressenti.

Papa est intervenu :

– Il n'est pas impossible que ta mère revienne aux États-Unis un jour.

– Mais peu probable, a aussitôt objecté maman.

Papa l'a regardée bizarrement.

– Très peu probable, a-t-elle insisté. Chloe, je tiens à ce que tu saches que les choses sont sérieuses entre Javi et moi. Je sens que mon avenir se construit avec lui, au Mexique. Quel impact cette décision aura-t-elle sur mes projets littéraires ? Je l'ignore. Tout le monde s'imagine qu'il faut vivre à Brooklyn pour être un « vrai » écrivain !

Elle a mimé les guillemets avec ses doigts.

– Veronica, nous discuterons de ça plus tard, OK ?

C'était bizarre de voir papa se montrer aussi doux avec elle. En temps normal, il lui aurait reproché d'une voix sèche d'avoir interrompu une conversation importante pour parler d'elle et de son rêve stupide de devenir un écrivain célèbre – ce qui n'arrivera jamais, bien sûr.

– Rien ne t'oblige à te décider tout de suite, Chloe, a dit maman. Prends tout le temps dont tu as besoin pour y réfléchir. Déménager au Mexique serait un gros changement pour toi. Je comprends que cela t'effraie, mais souviens-toi que tu as exprimé pendant des mois ton désir de venir vivre avec moi.

– Je sais, ai-je répondu. Mais plus maintenant. Désolée. Ma décision est prise.

On a tous baissé le nez vers nos parts de pizza. J'avais à peine croqué dans la mienne. Je voyais les traces de mes dents dans le fromage.

– As-tu des questions ? a demandé papa.

Des questions ? J'en avais un million à leur poser, mais c'était impossible, et ils auraient dû le savoir.

Depuis combien de temps étiez-vous mariés avant de découvrir que vous n'aviez rien en commun ?

Comment puis-je empêcher que cela m'arrive aussi un jour ?

Maman, quand tu es partie, savais-tu déjà que ce serait pour toujours ? M'as-tu menti en promettant de revenir au bout de quatre mois, ou as-tu changé d'avis en cours de route ?

Quel âge a Javi ?

Tu ne crois pas qu'il a une fascination un peu perverse pour les mères de famille ? (Tu n'imagines même pas toutes les catégories pornos qui existent sur Internet. Beaucoup de choses ont changé depuis le temps de ta jeunesse.)

Vous vous êtes mis d'accord sur le fait que vous aviez le droit de sortir avec d'autres gens avant *que maman parte au Mexique ?*

Vous vous en voulez l'un l'autre pour Javi et Mlle Murphy ? Est-ce que ça vous a mis en colère malgré votre accord ?

Vous n'aviez pas décidé d'avoir un mariage libre, n'est-ce pas ? Au fond, vous n'aviez pas discuté de grand-chose, hein ? Maman a annoncé qu'elle partait, elle l'a fait pour de vrai et papa était furieux ? Puis il a appris l'existence de Javi et décrété que si maman avait un petit ami, il avait bien le droit de sortir avec Mlle Murphy ?

Papa, tu comptes épouser Mlle Murphy maintenant que vous allez divorcer ?

Pourquoi as-tu laissé maman se plaindre de toi auprès de moi pendant toutes ces années ? Pourquoi ne t'es-tu jamais plaint d'elle ? Elle m'a fait un lavage de cerveau pour me convaincre que tu n'étais qu'un loser pathétique.

Combien de temps va durer la procédure de divorce ?

Que vont devenir les habits de maman, ceux que j'ai mis dans les tiroirs de ma commode, ainsi que ses vieux carnets et tous les trucs qu'elle a laissés ici ? Est-ce qu'on ne pourrait pas allumer un autre feu de camp dans le jardin et tout brûler une bonne fois pour toutes ?

Vous croyez que je suis bipolaire ?

C'est cher d'aller voir un psy ? Ça se trouve sur Internet ?

Pourquoi vous ne pouviez pas plutôt vivre ensemble, avoir des aventures secrètes chacun de votre côté sans que je le sache, et rester gentiment amis jusqu'à ce que je parte à la fac ? Pourquoi vous êtes-vous montrés aussi égoïstes ?

Est-ce que Javi a l'âge légal pour boire de l'alcool ?

Est-ce qu'un seul de vous deux se soucie de moi et de ma vie ? OK, j'avoue : c'était une question pour maman, et je connais déjà la réponse.

Mais à la place, tout ce que j'ai dit, c'est :

– Non. Pas pour le moment.

Maman a annoncé qu'elle avait un avion le lendemain matin et qu'elle ne me reverrait pas avant son départ. Je l'ai laissée me serrer dans ses bras. J'étais plantée là, immobile, comme une grande nouille trop cuite, quand je me suis dit que je culpabiliserais sans doute plus tard de ne pas lui avoir dit au revoir aussi, alors j'ai passé mes bras autour d'elle pour l'étreindre à mon tour. Elle pleurait dans mes cheveux.

– Je t'aime tant.

– Pareil, j'ai répondu.

Tout le monde sait que ça ne compte pas si on ne prononce pas la vraie phrase en entier.

Jeudi 7 juillet

Maman doit déjà être au Mexique à l'heure qu'il est. Mon cœur est comme un bracelet de cuir calciné.

Vendredi 8 juillet

Les trucs que je ne supporte pas chez ma mère :

1. Ses cheveux trop longs
2. Le bruit qu'elle fait quand elle mange des spaghettis
3. Quand elle picolait à la maison avec sa copine Mimi. Une fois, pendant qu'elles croyaient que je faisais mes devoirs à l'étage alors que j'étais assise en haut des marches, j'ai entendu ma mère m'imiter. Elle disait « genre » et « ouais » tous les trois mots, alors que je ne parle pas du tout comme ça.
4. Ses horribles vieilles pantoufles en forme de lapin
5. Ses ambitions artistiques débiles
6. La façon dont elle s'est barrée au Mexique sur un coup de tête comme si elle avait dix-huit ans et aucune responsabilité
7. Comment elle m'a montée contre papa

Samedi 9 juillet

Avant de m'endormir, tous les soirs, je me dis : « Voilà, ça y est, j'ai versé toutes les larmes de mon corps. C'est la dernière fois que je pleure. » Mais je me trompe à chaque fois.

Dimanche 10 juillet

Tris est plein de compassion à mon égard, mais il va vraiment falloir que je lui demande d'arrêter de ressasser les faits devant moi tous les jours pendant des heures.

Lundi 11 juillet

Pourquoi l'ai-je prise dans mes bras ? Je la déteste ! J'aurais dû dire : « C'est ça, vas-y, divorce ! C'est la meilleure idée qui te soit jamais passée par la tête. J'espère que tu prendras un avocat incompétent et que papa n'aura pas à te payer un sou, et aussi que ton torero te refilera une MST, que ta foufoune se désintégrera et que papa épousera Mlle Murphy. Tu n'es plus ma mère. »

Mardi 12 juillet

Avant, j'étais couleur verte genre feu de circulation. Puis cette année a tout changé. Désormais, je suis plutôt menthe pâle.

Mercredi 13 juillet

Hannah et moi sommes restées huit heures à la piscine, de 10 heures du matin à 16 heures. On a passé tout notre temps à manger des glaces, à boire du Coca Light et à analyser nos ruptures. C'était tellement chouette que j'en ai oublié ma mère pendant quelques heures. Pendant le déjeuner (des hot-dogs achetés à la buvette), on s'est mises d'accord sur le fait qu'en dépit de leurs différences – Mac était un beau sportif, Josh un geek nain –, ils nous avaient à peu près fait le même coup. À 16 heures, on en a conclu que c'était une chance de vivre ça maintenant, en plein été, parce que ce serait trop humiliant de se pâmer d'amour tout un automne pour se faire larguer pendant le week-end de Thanksgiving. Pendant le trajet de retour à pied, Hannah m'a conseillé de penser aux boutons d'acné de Mac quand je me sentais triste. Je lui ai rendu la pareille en lui disant de penser aux pieds minuscules de Josh.

– Tiens, tiens, mais qui voilà ? Splish et Splash, a commenté papa quand on est arrivées à la maison.

Il nous appelle comme ça depuis le CE1, à cause de la fois où on s'était disputées parce que j'avais poussé Hannah dans une flaque sans le faire exprès et que ça avait bousillé ses belles chaussures rouges à brillants comme celles de Dorothy dans *Le Magicien d'Oz*.

À compter d'aujourd'hui, je serai une meilleure amie pour Hannah.

Jeudi 14 juillet

Vous savez quoi ? Mac est un CONNARD. Il a trompé sa copine avec une élève de troisième, et ça aurait pu continuer comme ça pendant longtemps. Il y a mis un terme uniquement parce que tout le monde l'a découvert et qu'il n'avait pas le choix. Il n'a même pas cherché à me soutenir ou à me réconforter en disant par exemple : « Je suis désolé que tu te sois fait huer ou asperger de pipi. » Il est homophobe, en prime. Il s'est montré odieux envers Hannah. Et envers mon père !

Et vous savez quoi d'autre à propos de Mac ? Il est idiot. Il n'est pas fort et silencieux. Il est juste *bête* et silencieux. Il ne m'a jamais posé la moindre question à propos de moi. Il n'avait d'opinions sur rien. Il n'a jamais entendu parler de classiques de la littérature américaine comme *Ne tirez pas sur l'oiseau moqueur* ! Comment peut-on être bouché au point de traverser le lycée sans entendre parler de ce bouquin ? Je devrais appeler le secrétariat de sa future fac et leur dire que la plupart des devoirs qu'il rend sont des trucs plagiés d'Internet et vaguement réécrits. Pourquoi ai-je gaspillé les précieuses ressources de mon cerveau à me faire un sang d'encre à cause de lui ? J'aurais dû les utiliser pour lire de bons romans ou des manuels de technique théâtrale au lieu de dépenser mon énergie mentale pour ce simple d'esprit.

Le pire, ce qui me perturbe vraiment, c'est que j'en étais déjà consciente au moment où je vivais tous ces trucs avec lui. Mais je l'ai ignoré. Pourquoi ? Parce que j'étais attirée par lui, par son odeur irrésistible. Et j'aimais bien le fait qu'il soit un parfait abruti. Ça me plaît toujours, d'ailleurs. Et c'est ça que j'ai du mal à comprendre. J'y verrai peut-être plus clair quand je serai adulte.

Vendredi 15 juillet

Papa est rentré à la maison à l'heure du déjeuner et nous a surpris Snickers et moi encore en train de dormir. Il m'a demandé si je me croyais dispensée de devoir trouver un job d'été sous prétexte que maman est partie. Je lui ai répondu que non, bien sûr que non, même si en réalité il avait vu juste. Il m'a dit que j'avais une semaine de retard sur mon plan de recherche de travail. Je lui ai répondu que ça faisait partie de mon plan, et quand il m'a demandé lequel, je lui ai répondu :

– Devenir surveillante de baignade.

Il a haussé un sourcil et admis que l'idée n'était pas mauvaise mais qu'il était sans doute trop tard pour être formée et embauchée cet été, et m'étais-je au moins renseignée sur la question ? Je lui ai répondu « oui, presque ».

Samedi 16 juillet

Papa avait raison. Les maîtres nageurs pour la saison estivale sont recrutés au mois d'avril. Mais Mme Franco m'a expliqué qu'ils avaient besoin de quelqu'un pour tenir le stand de la buvette quatre matinées par semaine. Je commence mardi prochain. Je suis payée des cacahuètes et je n'ai même pas droit à des glaces gratuites (j'ai demandé). Mais je crois que le boulot sera sympa, et Mme Franco a ajouté que je pourrais suivre une formation au mois d'août pour postuler à un boulot de maître nageuse dès le printemps prochain.

Dimanche 17 juillet

Tris et moi, on est allés voir mon futur lieu de travail et on s'est posés sur des chaises longues pour discuter. Il m'a raconté que les parents de Roy l'avaient déjà invité à partir en vacances quatre fois avec eux, en insistant sur le fait qu'ils auraient bien sûr une chambre pour eux deux. On a convenu que s'il acceptait, il risquait de se retrouver dans un album photo Facebook intitulé « Vacances à quatre dans le Maine !!! ». Quant à sa mère, elle avait fait tirer et encadrer une photo de Roy et lui au bal de promo.

– Ton père a dit quelque chose ? j'ai demandé.

– Nan.

– Tu crois qu'il sait ?

– Sûrement. J'imagine qu'il ne fera aucun commentaire, et moi non plus.

Il a haussé les épaules, genre « bah, je m'en tape ». Je suis sûre qu'il n'y est pas si indifférent que ça, mais je ne veux pas l'obliger à me faire des confessions larmoyantes.

– Roy est allé au week-end d'intégration de sa fac ? ai-je demandé.

– Oui. Pourquoi ?

– Oh, juste comme ça. Il envisage de s'installer à New York quand il aura fini ses études ?

– Chloe, je te promets qu'on restera meilleurs potes et qu'on vivra à New York. Même si je me marie avec Roy.

– Tu crois que vous vous marierez ?

– T'es dingue ? J'en sais rien. Je n'ai que quinze ans !

On a lu nos magazines et consulté nos téléphones. Les gamins sautaient dans la piscine. Le soleil diffusait de la vitamine D dans mon corps. L'air sentait le chlore et la crème solaire. J'avais du vernis jaune fluo sur les ongles et *Les Chroniques du Barsetshire* d'Anthony Trollope en e-book sur mon téléphone. Tris et moi étions les deux seuls ados du lycée présents dans les parages.

– T'as pas l'impression que cette année a duré un siècle ? lui ai-je demandé.

Tris a reposé son magazine.

– Un peu. En même temps, j'ai l'impression que l'audition pour les Bonnes Notes s'est déroulée seulement hier.

– Tu te souviens comme on était dégoûtés que Bernadette ne nous ait pas choisis ?

Ça nous a fait rire. C'était à la fois mignon et triste de se remémorer notre jeunesse insouciante, du temps où on était loin de se douter de ce que l'avenir nous réservait.

Lundi 18 juillet

Certains jours, je suis comme un feu d'artifice de

haine envers ma mère. D'autres, je me sens comme un serpentin mou oublié toute une nuit sous la pluie après une fête.

J'aimerais pouvoir affirmer «je hais ma mère» ou «j'adore mon père». Si j'avais des sentiments nets et précis, je n'aurais pas à me prendre la tête. Mais j'éprouve des choses contradictoires, ce qui n'est pas évident à gérer. Je triture mes propres pensées comme on essaie de défaire un nœud. Je méprise profondément ma mère, mais je voudrais qu'elle rentre à la maison me masser le cuir chevelu, me lire des articles marrants du *New Yorker* et se moquer de notre ville avec moi. J'adore mon ringard de père, mais je ne lui pardonne toujours pas d'être sorti avec Mlle Murphy. Ce n'est pas que je ne l'aime pas, elle. Je suis même désolé que papa ait rompu avec elle. Elle est sympa, intelligente, et elle a fait exactement la même chose que moi: tomber amoureuse de quelqu'un qui était déjà pris. C'est juste qu'elle n'est pas ma mère.

Mardi 19 juillet

J'avais oublié un détail: je ne pourrai pas peaufiner mon bronzage depuis l'intérieur de la buvette. Mais ça ne fait rien, car il n'y a que deux clients par heure en moyenne, ce qui me laisse tout le temps de lire. Avant que je commence, Mme Franco m'a fait une séance de formation, ce qui a pris quinze minutes environ: elle m'a montré comment utiliser la vieille caisse, gérer l'argent et remplir le registre du stock. C'est chouette d'avoir un boulot et une petite liste d'instructions. Papa avait raison.

Ce soir, il m'a dit qu'il voulait se débarrasser du

barbecue à charbon avant qu'on se retrouve tous les deux avec un cancer. Je lui ai répondu que je préférais mourir jeune plutôt que de manger des steaks cuits sur un barbecue à gaz. Comme vous voyez, les choses sont revenues à la normale entre nous.

Mercredi 20 juillet

Parfois, je me rappelle que ma rentrée en seconde a lieu dans un mois et demi et mon corps tout entier vire au rouge écrevisse sous l'effet de la panique. Puis je me souviens que Bernadette ne sera plus là, ni Sienna, ni Mac non plus. D'autres événements horribles se produiront, mais pas ces trois-là.

Jeudi 21 juillet

Un type du nom de Mike travaille avec moi les jours « chargés », c'est-à-dire quand on a dix clients par heure au lieu de deux. Peut-être Mme Franco l'a-t-elle envoyé pour m'espionner et s'assurer que je ne vole rien. Il fait à peu près ma taille et il est encore plus maigrichon que moi. Déjà un mauvais point pour lui. L'autre problème, c'est qu'il est plus joli que moi. C'est tout à fait le genre de mec sur lequel Mac trébucherait sans faire exprès pendant son entraînement de foot américain. Aujourd'hui, pendant que je comptais les pièces de monnaie, il m'a dit :

– Cool, ton vernis.

Il a peut-être des qualités, finalement.

Vendredi 22 juillet

Roy est parti faire un stage humanitaire, j'ai donc Tris pour moi toute seule durant une semaine entière.

Ce soir, on est allés au ciné. J'ai horreur de ça à cause des gens qui regardent leur téléphone pendant le film et qui m'empêchent de me concentrer tellement je suis en colère. Quand je serai vieille, j'espère me souvenir que le problème ne vient pas que des ados. Il vient de *tout le monde*. La mère de famille à côté de moi tapotait sur son clavier qui faisait du bruit à *chaque touche. Clic clic clic clic.* J'ai cru que j'allais lui taper sur les doigts=. Le lycée propose peut-être des cours de gestion de la colère pour les élèves de seconde.

Samedi 23 juillet

J'ai dormi jusqu'à 13 heures, si tard que j'avais un affreux mal de tête au fond des yeux en me levant. Mais un bol de glace au chocolat et un café glacé en guise de petit déjeuner m'ont guérie. Tout en léchant les derniers restes de glace sur ma cuillère, j'ai pensé : « J'ai vécu des trucs difficiles. Ma mère m'a abandonnée. Je suis tombée amoureuse d'un sale type qui m'a brisé le cœur sans jamais devenir mon petit ami. Je me suis fait harceler par des terminales. Pourtant je suis toujours là, et parfois je me sens même heureuse. » Je suis remontée dans ma chambre, j'ai ouvert les rideaux et les fenêtres, mis une compil de la Motown et dansé en sous-vêtements devant le miroir. Snickers m'observait depuis le lit l'air de dire : « Mais qu'est-ce qu'elle a encore inventé ? » Il faisait vingt-cinq degrés dehors, le ciel était bleu azur. J'ai enfilé mon bikini et je suis allée à la piscine pour profiter du fait que j'étais jeune et en vie.

Dimanche 24 juillet

Voici ma liste d'objectifs pour mon année de seconde :

* Me coucher de bonne heure pour ne pas m'endormir en classe
* Décrocher le premier rôle dans la prochaine comédie musicale
* Si je l'obtiens, rester humble et modeste
* Si je ne l'obtiens pas, réagir avec fair-play et philosophie
* Me montrer polie et professionnelle envers Mlle Murphy
* Faire des choses généreuses pour Hannah et Tristan ; leur poser des questions sur eux au lieu de toujours parler de moi
* Arrêter de penser tout le temps aux garçons
* Acheter des vêtements qui reflètent ma vraie personnalité
* Trouver quelle est ma vraie personnalité
* M'inscrire à la formation de maître nageuse
* M'inscrire à des activités extrascolaires
* Passer mon permis de conduire
* Être gentille avec papa
* Penser des trucs sympas à propos de maman – ou au moins, arrêter de m'imaginer ce que je ressentirais si elle se penchait trop dans l'arène en encourageant son mec et qu'elle se faisait étriper par un taureau

Et voici les choses que je vais sans doute continuer à faire sans me forcer – elles ne comptent pas comme des objectifs, mais j'ai quand même envie de les noter parce que j'en suis fière :

* Lire au moins un livre par semaine et tenir une liste
* Décrocher de bonnes notes
* Écrire chaque jour dans mon journal

Lundi 25 juillet

Avec Tris, on a passé notre après-midi à mater des comédies musicales sur YouTube et à essayer de deviner laquelle Mlle Murphy choisira l'année prochaine. Lui vote pour *West Side Story*. Je croise les doigts pour *Annie du Far West*. Quand papa est rentré du travail et nous a trouvés scotchés à l'écran de l'ordi dans le noir, à regarder des extraits de *Promenons-nous dans les bois*, il a relevé les stores d'un geste sec et s'est écrié :

– Ah ah ! Foyez comme les fampires fuient la lumièrrrre du jourrr ! avec l'accent de Dracula.

Ce qui est un contre-sens total, mais depuis quand les blagues de papa fonctionnent-elles ?

Mardi 26 juillet

Mike arbore le même look chaque fois que je le vois : Chuck Taylor, pantalon Dickies coupé aux genoux, tee-shirt noir et deux vieux bracelets en caoutchouc beige au poignet gauche. Son sujet préféré, c'est la musique. Il me parle de groupes avec des noms comme Bloody Wolves ou The Rickets, et quand je lui dis :

– Oh, moi tu sais, je n'écoute que les trucs du Top 40, il me répond :

– La pop, c'est cool aussi.

Mais une demi-heure plus tard, après qu'on a vendu des bouteilles d'eau à des mères de famille, des glaces à un tas d'enfants, et alors que j'ai totalement oublié notre conversation, il est capable de revenir à la charge en disant :

– Sauf que le Top 40, c'est comme les bonbons en forme de tranches de pastèque comparés à de vraies tranches de pastèque.

– Mais *j'adore* les bonbons tranches de pastèque ! je proteste alors.

C'est très reposant de discuter avec un garçon plus jeune. Je me fiche totalement de ce qu'il pense de moi. Je me demande quel âge il a ? Douze ans, je dirais. J'aurais dû lui demander le premier jour. Maintenant, ça ferait bizarre.

Mercredi 27 juillet

La lecture m'aide à me vider de mes pensées. Chaque fois que je ne peux pas lire à cause d'une tâche matérielle, par exemple vider le lave-vaisselle ou balayer le sol de la buvette, mon esprit s'égare et, avant que je m'en rende compte, j'ai passé un quart d'heure à me demander de quoi peuvent bien parler Javi et ma mère, si elle fait maintenant les choses qu'elle trouvait dégradantes quand elle vivait ici, comme le ménage ou les courses, et s'ils passent leurs soirées chacun sur leur ordi comme les couples ordinaires ou si Javi enfile sa cape de matador pendant qu'elle fait des offrandes aux muses de l'écriture.

L'autre pensée qui m'obsède en ce moment, c'est si mon père meurt. Chaque fois qu'il part faire son jogging, j'imagine qu'il se fait renverser par une voiture. Avec des détails hyper-précis, en plus. Je le vois projeté dans les airs et atterrir sur le bas-côté, la nuque brisée. Ce soir, il est rentré de son travail avec dix minutes de retard et j'étais persuadée que quelqu'un avait grillé un feu rouge et percuté sa voiture. Vous comprenez pourquoi il vaut mieux que je passe mon temps à bouquiner ?

Jeudi 28 juillet

Aujourd'hui, Mike m'a offert une compil. Sur une *cassette* – oui, une vraie cassette audio, comme dans les années 1990. Je lui ai dit :

– Merci, mais je n'ai aucun appareil pour écouter ça.

Et il m'a répondu :

– Oh, tiens, avant de me balancer un Walkman jaune avec les écouteurs tout entortillés.

Dit comme ça, on pourrait croire qu'il flirte avec moi, mais c'est archifaux. Si je devais le décrire en trois adjectifs, je choisirais « chelou », « minus » et « borné ».

J'ai vérifié : les Walkman jaunes coûtent une fortune sur eBay ! Quel monde étrange. Quand j'ai raconté l'épisode à Hannah, elle m'a dit :

– Il a flashé sur toi, triple andouillette !

J'ai compris à « triple andouillette » qu'elle était de très bonne humeur.

– Je suis sûre qu'il a trouvé le Walkman dans un vieux tiroir de son père ou je ne sais où.

– Hum. T'as raison.

– T'as l'air toute joyeuse, dis donc.

La vérité, c'est qu'elle flirte avec un mec qu'elle a rencontré à son stage de catéchisme cet été ! Les voies du Seigneur sont impénétrables.

Vendredi 29 juillet

On part en vacances demain. Le timing est idéal :

c'est pile le moment où Tris part dans le Maine avec la famille de Roy.

La veille de nos départs à Cape Cod, maman préparait toujours une grande salade, histoire d'utiliser les légumes qui restaient dans le frigo. Elle les découpait tout en écoutant les Indigo Girls et Joni Mitchell, et quand arrivait *River*, elle fondait en larmes, surtout quand Joni chantait : « Maintenant, je suis partie et j'ai perdu le plus bel amour que j'aie jamais eu. »

Maman m'avait perdue, moi.

Samedi 30 juillet

On y est.

Mon moment préféré de l'année, c'est quand on quitte l'autoroute et qu'on traverse tous ces ravissants petits villages que les ados du coin doivent détester mais que j'adore, qu'on franchit le pont, qu'on passe devant le magasin de souvenirs et de matériel de plage et qu'on tourne dans la rue où on loue notre maison, et que j'abaisse ma vitre pour respirer l'océan. Et aussi l'entendre, et sentir l'air marin sur mon visage. Pendant une semaine entière, je serai déconnectée de ma routine. Pas de télé, et on ne capte quasiment rien ici, ce qui signifie pas de téléphone, pas de clics, pas d'histoires de lycée. Le monde tel qu'il était quand j'étais bébé.

Dimanche 31 juillet

Voici quel sera mon programme quotidien à Cape Cod. Réveil de bonne heure. Petit déjeuner et lecture. Tartinage de crème solaire *avant* d'enfiler mon bikini, histoire de ne pas prendre de coups de soleil en bordure de maillot (conseil de pro). Prendre ma serviette, mon bouquin, ma chaise de plage, mon pique-nique et descendre sur la plage. Lire, lire et lire. Rester sur ma chaise jusqu'à ce que mes fesses s'engourdissent, puis m'étendre à plat ventre sur ma serviette jusqu'à ce que j'aie trop chaud. Faire signe à papa quand il vient me rejoindre. Éventuellement aller me promener. Lancer une balle de tennis à Snickers pour qu'il la rapporte. Flotter sur ma bouée géante. Remonter jusqu'à la maison. Me doucher dehors dans le jardin. Admirer le soleil couchant et l'océan tout en frottant la crème solaire et le sable. Me demander si une chose me procurera un jour plus de bonheur que de me doucher dehors en bord de mer. Jouer aux cartes et grignoter des chips avec papa pendant qu'il sirote un gin tonic et moi un Coca Light. Faire une partie de solitaire pendant qu'il prépare un truc au gril pour le repas. Dîner en discutant. Lire encore. Me coucher de bonne heure. J'ai toujours une faim de loup quand je suis ici, l'esprit aiguisé et un sommeil de bébé.

Lundi 1er août

Aujourd'hui, j'ai carrément lu un livre en entier. *Jane Eyre*. C'est juste le meilleur roman au monde. Quand je l'ai terminé, le soleil déclinait dans le ciel et j'ai plongé mes doigts dans le sable pour tenter d'entrer en communication avec l'esprit de Charlotte Brontë, l'auteur, et lui dire : « Merci d'avoir écrit ce livre, et merci d'avoir fait du personnage principal une fille intelligente qui ne s'en laisse pas conter. » Puis j'ai pensé à toutes les filles qui avaient lu *Jane Eyre* au fil des décennies et aux épreuves que certaines d'entre elles avaient dû traverser en même temps. Comme se faire larguer, par exemple, haïr de tout le monde ou abandonner par sa mère. Pire encore, être orpheline, ne pas réussir à tomber enceinte ou lutter contre le cancer. J'ai envoyé un message télépathique à toutes les filles qui ont aimé *Jane Eyre* : « J'espère que tu t'es bien battue, que tu étais fière de toi et aussi heureuse que possible. »

Mardi 2 août

J'ai pleuré ce matin parce que la moitié de la semaine est presque déjà passée. #hormones.

Mercredi 3 août

Pourquoi les vacances donnent-elles envie de tout changer dans sa vie quand on rentre chez soi ? J'ai l'intention de faire le tri dans mes fringues, mes bibelots et mon maquillage et de jeter tout ce dont je ne me sers plus. Et je vais cesser de consulter mon téléphone, aussi. Ou plutôt, non : j'y jetterai un coup d'œil le soir après avoir terminé mes devoirs. Ce sera ma récompense. En parlant de devoirs, je les ferai lentement et méthodiquement au lieu de tout bâcler en panique à la dernière minute. Mais surtout, je vais transformer mon esprit fripé et angoissé en un lac de sérénité. Je vais me mettre à la méditation, tiens ! J'ai lu un article disant que les ados qui méditent dix minutes par jour obtiennent de meilleurs résultats scolaires. Mais là n'est même pas la question. Je refuse de laisser mon esprit divaguer et penser à ma mère pour revenir brutalement à la réalité et m'apercevoir que j'ai la migraine à force d'avoir froncé les sourcils.

Jeudi 4 août

On est allés en ville avec papa. Il y avait du réseau, pour une fois, alors pendant qu'il faisait les courses, je me suis assise sur un banc devant la supérette et j'ai consulté mon téléphone. J'étais en train de regarder un diaporama sur les amitiés animales les plus improbables quand Hannah m'a appelée.

– Tu me manques ! me suis-je exclamée en décrochant sans même dire « allô ».

Ça l'a fait rire.

– Toi aussi !

– Comment va ton amoureux du catéchisme ?

– Ça va. Mais bon, c'est pas Josh…

– Apprends à le connaître. Dans quelque temps, je parie qu'il aura totalement éclipsé Josh.

– T'as peut-être raison.

Elle a marqué une pause.

– On s'est envoyé des SMS, Josh et moi.

– Ah bon ?

– Des trucs… un peu trash.

– Nan !?

– Je sais. Je lui ai même envoyé des photos.

– Pas avec ton visage dessus, j'espère !

– Bien sûr que non ! Je ne suis pas complètement idiote, quand même.

J'ai regardé une petite fille qui passait devant moi avec ses Crocs et son maillot de bain une pièce jaune. J'ai essayé de ne pas l'imaginer ado en train de sextoter avec son ex infidèle.

– C'est mal, tu penses ? a soufflé Hannah.

– J'en sais rien. Pas forcément. Seulement si tu le regrettes.

– J'avoue que c'est excitant sur le moment, mais je culpabilise toujours après.

– Loin de moi l'idée de te juger. Ce serait bien hypocrite de ma part !

Il y a eu un silence.

– Tu fais quoi, en ce moment ? j'ai demandé.

– Je suis dans la cuisine, avec vue sur le jardin. Mon père ramasse des branchages. Ah, tiens, ma mère lui apporte un verre d'eau, et… non mais je rêve, il vient de lui pincer les fesses !

– Je suis *trop* jalouse.

– De mes parents répugnants ?

– Oui. J'aimerais que les miens soient toujours ensemble et amoureux.

– Je sais…

Son ton était sincère, plein de compassion.

– J'ai de la chance. C'est très injuste.

– Mais non, ai-je répliqué. Je suis heureuse pour toi.

Et je le pensais vraiment.

Vendredi 5 août

J'ai fait une longue promenade sur la plage avec mon père, aujourd'hui. Tu parles d'un plan romantique ! Tiens, en parlant de trucs pervers, on s'est demandé si on pouvait encore s'autoriser à aimer les films de Woody Allen malgré le fait que sa belle-fille l'ait accusé d'agression sexuelle. Puis on s'est demandé si *Manhattan* n'était pas un film super-dégueu, au fond. Au début, je ne savais pas trop quoi en penser, mais papa m'a demandé :

– Donc, tu te verrais sortir avec un homme de quarante-deux ans dans… deux ans ?

Et j'ai compris où il voulait en venir. On a marché un moment en silence. La marée était basse, et on longeait la bordure des vagues en slalomant entre les rochers, avec le soleil et le vent dans le dos.

– Comment va Mlle Murphy ? ai-je voulu savoir.

– Bien, pour autant que je sache.

– Vous ne vous êtes toujours pas reparlé ?

– Non.

Je me suis penchée pour examiner une coquille d'huître. Hum, non, pas assez jolie pour ma collection.

– Rien ne t'empêche de l'appeler, si tu en as envie.

Il m'a regardée. On a continué à marcher.

– Enfin, fais comme tu veux, j'ai poursuivi. C'est à toi de décider. Mais elle est vraiment chouette. Et maman…

J'ai achevé ma phrase d'un geste de la main, comme pour dire « … vit à Mexico avec un matador prépubère ». Je crois qu'il a parfaitement compris.

Samedi 6 août

C'était triste de partir, mais papa m'a laissée écouter ma musique dans la voiture et, quand on est arrivés à la maison, Snickers nous a fait une fête pas possible. Il avait dû se dire qu'on avait emménagé à Cape Cod pour toujours. Ah, si seulement !

Tris s'est ramené à la seconde où je lui ai écrit. Il était si content de me voir qu'il m'a sauté dans les bras et qu'on s'est tous les deux étalés par terre dans l'allée du garage, au point que je me suis méchamment égratigné le genou. Du coup, il s'est senti tellement mal qu'il s'est frotté le genou contre le sol jusqu'à ce qu'il saigne, et on a spontanément collé nos blessures l'une contre l'autre pour devenir frère et sœur de sang. Là-dessus, on s'est mis à flipper à l'idée de s'être refilé des MST et on a cherché sur le Net pendant une demi-heure avant d'être rassurés.

Il a donné un B+ à ses vacances dans le Maine.

– J'avais peur qu'on n'ait vite plus rien à se dire avec Roy, mais en fait c'était génial. On pouvait pas non plus parler tout le temps, mais les silences étaient agréables aussi. On faisait parfois de longues promenades où on discutait de choses qu'on n'avait jamais abordées avant. Il m'a confié qu'il essayait tous les jours de croire en Dieu parce qu'il aimait tellement sa grand-mère qu'il avait envie de l'imaginer au paradis, mais que ça ne marchait pas vraiment.

– C'était donc une semaine de rêve !

– Si on veut. Sauf que jamais plus je ne retournerai nager dans un lac. C'est tout gluant au fond, avec plein de feuilles. Je te jure, on a l'impression de marcher sur les cheveux d'un cadavre géant. Le dernier jour, on était en train de se baigner quand j'ai vu un serpent nager à côté de moi. Un serpent !!

– Il devait aussi être là les autres jours, tu sais !

– Lui et tous les autres, tu veux dire ! Je parie qu'il y en avait des centaines.

– Viens à Cape Cod l'année prochaine. C'est garanti sans serpent.

– Les parents de Roy en mourraient, je pense. Ils m'adorent encore plus qu'avant. On restait des heures après le dîner à faire des jeux de société et à discuter. Un soir, j'ai battu tout le monde au Trivial Pursuit et j'ai bien cru qu'ils allaient m'adopter sur-le-champ.

– Ils ont l'air tellement gentils…

– Ils le sont.

On était dans la minuscule salle de bains du rez-de-chaussée, en train d'asperger nos genoux de solution antiseptique.

– Bien plus que mes parents, a ajouté Tris en fouillant dans la boîte à pansements. Ou que mon père, en tout cas. Bizarrement, j'étais quand même content de rentrer chez moi. T'expliques ça comment ?

J'ai haussé les épaules.

– Tes parents sont tes parents, j'imagine. C'est comme un vieux pantalon hyper-confortable. Peu importe qu'il soit taché ou troué. Tu l'aimeras toujours.

Il a acquiescé et m'a tendu un pansement.

– Et les parents des autres, c'est comme un jean. Ça ne sera jamais aussi confortable.

Le soir, Hannah est venue dîner à la maison. Après manger, on est allées dans le jardin, on a étendu un vieux drap et on s'est allongées dessus en contemplant le ciel jusqu'à ce que la nuit tombe.

– Tu as parlé avec ta mère ?

– Non.

– Elle te manque ?

Un an auparavant, je l'aurais décapitée si elle avait osé me poser une question pareille.

– Oui. Je ne lui pardonnerai jamais ce qu'elle a fait, mais elle me manque terriblement.

Hannah n'a rien dit, mais je savais qu'elle m'écoutait. Un avion est passé au-dessus de nous, laissant une traînée de vapeur blanche dans le ciel rose.

– J'arrive pas à croire qu'on a déjà une année de lycée derrière nous, a-t-elle fini par déclarer. Dire que ça m'a terrifiée, et que c'est déjà fini.

– La seconde, c'est comme le mardi par rapport aux autres jours de la semaine. Le prolongement du début, mais pas encore le début de la fin.

– Ce sera peut-être une année relax, sans événement particulier ?

– Tu parles. Ça va être drame après drame, comme l'an dernier. Mais peu importe. C'est ça, le lycée, j'imagine.

Les années lycée sont peut-être dures à encaisser, mais l'avantage, c'est qu'elles ont une fin. Et à moins que papa meure dans un accident de voiture, on ira toujours en vacances à la plage l'été. Je connaîtrai au moins une semaine parfaite durant l'année ! Et je suis sûre que les autres ne se passeront pas trop mal dans l'ensemble.

Dimanche 7 août

Aujourd'hui, maman m'a appelée sur Skype et j'ai décroché. Elle a filmé tout l'intérieur de chez elle avec son ordi pour me montrer son nouvel appart. C'est joli. Grands rideaux de dentelle blanche, mosaïque au sol, chaises au dossier en fer forgé. Elle a ensuite tourné son écran vers moi pour me demander :

– Alors, qu'en penses-tu ? Merveilleux, non ?

– C'est très joli.

– Tu sais, Chloe, mon offre tient toujours. Si jamais tu changes d'avis…

– Ouais, m'man, merci. Bon, je dois filer.

– Promets-moi au moins que tu viendras pour Thanksgiving. Je ne peux pas…

– Il faut vraiment que j'y aille. À plus, maman.

Lundi 8 août

J'ai travaillé avec Mike, aujourd'hui. C'était la première fois que je le revoyais depuis mon retour de vacances. On dirait qu'il s'est embelli en mon absence. Je me demande ce qui a changé, chez lui. Se mettrait-il de l'eye-liner ?

– T'étais où ? m'a-t-il demandé aussitôt. (Même pas bonjour, ni rien.)

– À Cape Cod.

– T'as bronzé.

J'ai élargi le col de mon tee-shirt d'un côté pour lui montrer les marques de mes bretelles de débardeur. Il a eu l'air scandalisé. Ha ha ! C'est si drôle de terroriser les enfants.

Vers la moitié de notre service, il m'a demandé :

– Le lycée, c'est aussi horrible que le collège ?

J'y ai réfléchi.

– D'une certaine manière, oui. Mais ma première année là-bas a été particulièrement dure. Pourquoi cette question ?

– J'y entre cette année.

– C'est vrai ? Je te dirai bonjour dans les couloirs, alors.

– Cool.

On a regardé la piscine sans rien dire.

– Qu'est-ce qui s'est passé de si affreux pendant ta première année ?

– Tu tiens vraiment à le savoir ?

– Bien sûr, a-t-il répondu. Bien sûr.

– OK. Ouvre grand tes oreilles.

Je lui ai tout raconté. Même les pires détails. Et il m'a écoutée.

Mardi 9 août

Tris et Hannah sont passés me voir à la piscine après le boulot. On s'est assis sur les marches, du côté où on a pied, avec nos casquettes et nos lunettes de soleil sur le nez. On a parlé de notre enfance, et de la manière dont on avait découvert que le père Noël n'existait pas.

Tris :

– Ma sœur l'avait appris à l'école et comme mon père ne voulait pas l'obliger à maintenir l'illusion juste pour moi, il m'a pris entre quatre'z'yeux et m'a avoué la vérité. J'ai pleuré tellement fort que j'en ai vomi.

Hannah :

– Mon instit de CM2 nous avait demandé d'écrire une rédaction sur le jour où on avait découvert que le père Noël n'existait pas, et je suis tombée des nues, genre : « Quoi, le père Noël n'existe pas !? »

– Je n'y ai jamais cru, ai-je confié à mon tour. Ma mère ne voulait pas me mentir.

– C'est moche, s'est désolé Tristan. Ou généreux de sa part – ça dépend de quel point de vue on se place.

– Je me sentais comme une grande personne. Mais c'était horrible de détenir ce secret et de ne pouvoir en parler à personne.

– Merci de ne m'avoir rien dit, a déclaré Hannah.

– De rien.

On laissait flotter nos mains à la surface de l'eau, là où elle est la plus chaude. Le soleil inondait mes épaules. Hannah avait un large sourire, comme Tristan, et moi aussi. Mon cœur débordait d'amour pour eux.

Je n'arrive pas à croire qu'un jour j'aurai seize ans, puis dix-sept, puis dix-huit, puis vingt et un. Je conduirai une voiture, j'irai à la fac, je deviendrai une adulte. Ce sera à la fois terrifiant et merveilleux. J'ai vraiment hâte d'y être.

Remerciements

Mes remerciements les plus affectueux vont à…

Jessica Salky, pour m'avoir exhumée de la pile, représentée avec brio, tenu la main à chaque étape et épargné toutes les parties les plus dures et les plus effrayantes. Je serais perdue sans toi ! Carrie Hannigan, pour m'avoir aidée à réaliser mon rêve. Liesa Abrams, qui non seulement a raison sur tout, mais dont la gentillesse et la compréhension sont infaillibles.

Mes professeurs de littérature et d'écriture à l'université de Barnard : Mary Gordon, Jhumpa Lahiri, Peter Platt et Timea Szell, pour leur attention envers leurs étudiants.

Leslie Epstein, qui nous a appris les fondamentaux du métier. Ha Jin, pour nous avoir obligés à faire des plans. Jennifer Haigh, qui nous a enseigné que le talent ne servait à rien sans travail. Andrew J. Wilson, mon ami et mon âme sœur à la fac.

Melissa Albert et Susanne Grabowski, qui ont lu ce manuscrit à l'état de brouillon et qui sont les deux meilleurs auteurs que je connaisse. Lauren Passel, amie et lectrice chaleureuse. Emily Winter, dont le style honnête et drôle m'a donné envie d'arrêter de faire des effets de manche et d'écrire quelque chose de réel. Milan Popelka, mon ami depuis le CM2, pour son aide et ses conseils essentiels.

L'équipe de Simon Pulse.

Mes parents, David et Patricia Anna Chastain, pour tout, y compris m'avoir lu des histoires tous les jours de mon enfance, m'avoir envoyée dans une université où on prenait mon écriture au sérieux, et m'avoir appris à être une personne entière. Ma regrettée grand-mère, Frances Shanor, qui m'a montré par l'exemple qu'il était possible de gagner sa vie en étant auteure et éditrice. Mon autre grand-mère, Anita Lannom, dont l'amour est sans bornes et qui voit le monde avec des yeux d'écrivain. Carl Chastain et Laura Chastain Emmons, mes frère et sœur adorés.

Jared Hunter, pour m'avoir épousée. Il n'y a jamais eu, et il n'y aura jamais, de meilleur mari au monde. Et mes enfants, Wesley et Malcolm, pour m'avoir inspiré la peur de mourir sans avoir écrit un livre. Je vous aime.

Loi n° 49-956 du 16 juillet 1949
sur les publications destinées à la jeunesse

PAO : Françoise Pham
Imprimé en Italie par L.E.G.O. Spa - Lavis (TN)
Dépôt légal : mai 2017
Numéro d'édition : 309751
ISBN : 978-2-07-507878-8